제인 오스틴의

연애
수업

제인 오스틴의

연애 수업

모라 켈리 · 잭 머니건 지음
최민우 옮김

다산
책방

차례

헛소동

뜻대로 하세요

사랑의 헛수고

나는 지난 몇 년간 꽤 독특한 방식으로, 그러니까 남녀관계에 관한 글을 쓰는 걸로 먹고살았다. 나 개인에게는 불행이지만 경력에는 다행스럽게도, 이것저것 말할 거리가 생기는 황당한 데이트를 주로 해 왔던 것 같다. 이를테면 온라인엔 텁수룩하게 머리를 기른 사진들만 올려놓았는데, 막상 마주앉으니 94퍼센트가 대머리였던 유명 과학자와의 만남 같은 게 있다. 자신이 예약한 근사한 레스토랑에 저녁식사를 하러 가서 자리를 잡자마자 그는 바나나를 주문했다. 그 "낱개로 보면 남근 모양을 닮은 과일"은 메뉴에 아예 없었다. "계산서엔 당신 좋을 대로 달아주시고!" 그는 당황한 웨이트리스에게 그렇게 말했다. 생각해보면, 계산서가 왔을 때 그가 내게 했던 말도 대략 그런 식이었다. 그가 한 말은 정확히 다음과 같았다. "우린 이걸 반씩 내거나, 아니면 내가 내거나, 아니면 당신이 낼 수 있어요." 야, 선택할 게 이렇게 많을 수도 있네요. 음식 값을 바나나 자르듯 반으로 똑 쪼개서 계산한 직후에 내가 한 말이었다.

기가 엄청 크고 젊은 신사—이 말을 굉장히 헐렁하게 적용하자면—얘기도 있다. 컬럼비아 대학에서 경제학 박사 과정을 밟고 있던 남자였다. 그는 전채 요리를 앞에 두고 자기가 어떤 영계를 스토킹 비슷하게 따라다니고 있지만, 나보고는 걱정할 필요가 없으니 안심하라고 했다. 내가 자길 미치게 할 만큼 예쁘진 않다는 거였다. 나는 평정을 유지하며 맞장구를 쳤다. 그런 뒤 화장실 문을 잠그고 거기서 20분 동안 훌쩍거렸다.

어느 여름 프로스펙트 파크에서 만난 인간도 있다. 인생과 음식을 포함한 좋아하는 것들에 대해 짧게 전화로 이야기를 나눈 뒤, 그는 만남의 자리에 기타를 들고 나타나서는 이 자리를 위해 특별히 썼다는 세레나데를 불렀다. 노래는 이렇게 시작했다. "모라 켈리는 별종nutter, 땅콩버터peanut butter를 좋아하는 별종." 내가 만약 시를 통해 불멸의 존재가 된다면, 바로 이 순간이었으리라.

범상치 않은 직업적 전문성 덕분에 친구들과 낯선 사람이 종종 나에게 조언을 구한다. 처음 소개팅을 하고 나서 만 하루 동안 애프터 신청이 안 들어오는 걸 어찌 해석해야 하는지, 최근 만나기 시작한 사람과 섹스를 하려면 얼마나 오래 기다려야 하는지, 온라인데이트 프로필에 아끼던 고양이가 얼마 전에 죽었다는 글을 올리면 혹시 오버가 아닐지 묻는다. 처음 이런 질문들을 받을 때는 정말 예민했다. 어쨌거나 나는 데이트 칼럼니스트인데, 이 일은 행복하고 로맨틱한 연애를 다루는 것과는 본질적으로 거리가 멀다. 내가 진짜로 도움이 될 만한 상담을 해줄 수 있냐고?

사실, 나도 내 인생에 최근 끼어든 바람둥이를 어떻게 다뤄야 할지에 대해 물어볼 만한 친구들에게 항상 의지한다. 특히나 이 책의 공저자인 잭 머니건. 그를 알게 된 건 〈데일리 비스트〉에 그가 쓴 책의 서평을 청탁받고 난 뒤였다. 그는 학구적일 뿐 아니라 붙임성 있는 성격으로 나를 홀렸다. 그는 굵은 생강빛 머리칼, 드높은 광대뼈, 굳건한 턱, 완벽한 치아가 돋보이는 널찍한 미소, 그리고 아마존 군대조차 넘어뜨릴 치명적인 매력의 소유자다. 더구나 그것만으로는 충분치 않다는 듯 프루스트나 데이비드 포스터 윌리스를 거침없이 인용하기도 한다. 그는 인생의 좋은 시절을 문학에서 지혜를 추출하는 데 보낸(브라운 대학에서 철학과 기호학을 전공했고, 듀크 대학에서 문학박사 학위를 땄다), 책벌레와 미소년이 묘하게 뒤섞인 타입의 남자다. 그뿐이랴, 세상 물정에는 또 어찌나 밝은지. 사실 그가 그렇게 마음에 쏙 든 건, 그에게 여자친구가 있다는 말을 듣고 마음이 놓였기 때문이었다. 그 말인즉 그가 왜 내게 로맨틱한 관심을 보이지 않느냐는 의문이 방정식에서 제거된다는 소리였으니까.

나는 잭의 동네 쪽에 갈 일이 있으면 그의 아파트에 들르기 시작했다. 그의 보금자리는 차이나타운 위쪽에 위치한 침실 하나짜리 아파트였고, 벽마다 책이 줄지어 늘어서 있었다. 우리는 거기서 때로 저녁도 먹고, 차도 마시고, 서로의 연애 생활에 대한 얘기를 했다. 그는 언제나 내 문제에 최고로 만족스러운 해답을 제공했다. 아마 그 역시 한때 비쩍 마르고 외로운 소년이었던 적이 있었기 때문에, 희망찬 동시에 불운한 내 마음의 진실을 아무도 이해하지 못할 거라는 나의 두려움에 가 닿을 수 있었던 것이리라. 그게 아니면 그가 책을 엄청나게 읽는다는 사실과 더 관계있을 수도 있겠고. 그는 소설 속의 특정 여성 캐릭터, 이를테면 자신을 학대하는 『카라마조프의 형제들』의 카테리나와 자신감이 바닥인 『등대로』의 램지 부인에게 내게 공감하는 것만큼이나 깊이 감정이입할 수 있다. 또한 세상에서 가장 위대한 소설들을 쓴 명민한 심리학자들로부터 위대한 교훈들을 수집하기도 했다.

우리가 친구가 된 지 얼마 안 됐을 때였다. 소호에 있는 호텔 바에서 열린 파티가 끝나고 집에 돌아가는 길에 나는 잭을 보러 들렀다. 문학잡지인 〈오픈 시티〉의 최신호(이자 슬프게도 마지막 호) 발간을 축하하는 파티였다. 그날따라 어떤 남자도 내게 눈길 한 번 주지 않았다. 내 신상 검정 칵테일드레스가 그 촌놈들한테는 아무 의미도 없었던 걸까? 나는 의기소침해 있었다.

"과연 내가 만나는 사내놈들을 죄다 홀리는 애들처럼 될 방법이 있을까?" 나는 잭에게 물었다. "그 뭐냐, 잘은 모르지만 '뭐라 말할 수 없이 좋은je ne sais quoi' 걸 갖고 있는 여자들 있잖아. 걔네들은 눈에 띄게 화려하거나 똑똑하거나 성공한 여자도 아니란 말야. 하지만 그 매력을 어떻게 활용할지 잘 안다고."

잭이 자리에서 일어서자, 나는 그가 차나 한 잔 건네면서 그런 것 때문에 짜증낼 필요는 없다고 말해주려는가 싶었다. 대신 그는 자기 책장에서 큼지막한 마음의 양식을 한 조각 뽑아들더니 내 앞에 내려놓았다. 『전쟁과 평화』였다.

"읽어 봐." 잭이 말했다. "'나타샤'라는 캐릭터를 눈여겨 봐. 네가 매혹적인 여자가 되는 데 필요한 모든 걸 보여줄 거야."

나는 눈썹을 찌푸렸다. "이거 좀 길지 않아?"

"너 예전에 『황폐한 집』*이 제일 좋아하는 소설 중 하나라면서. 그것도 길어."

"하지만 그 책은 굉장히 좋으니까."

잭이 책표지를 가리켰다. "이 책 맘에 들 거야. 내려놓기 힘들 걸."

"팔에 경련이 일어나면 안 내려놓고 배기겠어?"

투덜대긴 했지만 나는 그 책을 읽기 시작했다. 『안나 카레니나』를 읽었을 때처럼 쉽게 몰입되지는 않았지만 나는 톨스토이의 이 또 다른 걸작에 푹 빠져들었다. 『전쟁과 평화』는 사랑의 삼각관계, 가족의 역학, 잘못된 만남으로 구성된 생기 넘치는 연속극이었으며, 세상에서 가장 아름답게 쓰인 서사시라는 명성을 누릴 만한 작품이었다. 하지만 여자 주인공인 나타샤의 행동에서 뭔가 특별히 배울 점이 있다손 쳐도, 아마 난 그걸 놓친 모양이었다. 걔는 그냥 예쁜 여자애던데. 아닌가? 더 매력적으로 보이려고 뭔가 의식적으로 하는 건 없지 싶었는데. 아닌가?

잭은 즉시 나의 오독을 교정해줬다. 그는 나타샤의 비밀—그게 뭔지 알고 싶으면, 앞으로 나올 『전쟁과 평화』에 관한 장을 읽어보라—에 벼락을 맞아 종교적으로 거듭나는 데 버금할 깨달음이 있음을 설명해줬다.

정녕 그렇단 말인가!

그 깨달음을 통해, 나는 내 로맨스의 운명을 더 확실히 통제할 수 있었다.

---

* Bleak House 영국 작가 찰스 디킨스의 장편소설.

잭의 지식을 가까운 친구에게 전수했더니 그녀가 투덜거렸다. "잭을 너만 독점하는 건 불공평해."

그 말이 맞다는 생각이 들기 시작했다. 깊이 있는 책 읽기가 연애 관계에서 우리를 더 똑똑하게 만들어 준다는 내용의 책을 그가 써 보면 어떨까 싶었다. 그러다가 그 책을 우리가 같이 쓰면 좋겠다는 생각이 떠올랐고……

그 결실이 여기 있다.

이 책에서 우리는 로맨스에서 벌어지는 온갖 종류의 골칫거리들을 숙고해 보려 한다. 이를테면 여자 부모의 사회적 지위가 너무 낮다는 이유로 건방 떠는 부잣집 도련님에게 모욕당한 젊은 여자의 경우가 있다. 여자는 그에게는 눈길 한 번 안 돌리지만, 마을에서 가장 예쁜 소녀에 대한 집착을 떨치지 못하는 남자에 대해서도 얘기해보자. 제 자식이 딴 여자한테 홀딱 빠진 게 샘이 나서 둘 사이를 갈라놓으려는 엄마를 둔 남자와 사랑에 빠진 소녀에 대해서도 생각해보자. 의미 있는 면대면 대화라고는 해 본 적이 없음에도, 서로에게 장문의 편지를 쓰면서 사랑의 불꽃을 키우려 애쓰는 원거리 연애 커플도 있다.

내가 이런 드라마틱한 상황에 익숙한 것이 실제로 내 친구들이 방금 내가 언급한 그런 곤경에 빠져본 적이 있어서라고 생각하시는지? 그럴싸한 생각이지만, 위의 예들은 『오만과 편견』『위대한 개츠비』『위대한 유산』『아들과 연인』『콜레라 시대의 사랑』, 즉 시간의 시련을 견뎌낸 소설들에서 뽑아 온 사례들이다. 확실히 로맨스에 관한 한, 몇 세기가 흘렀음에도 달라진 건 그리 많지 않다.

하지만 한편으로 많은 게 달라지기도 했다. 예를 들어 빅토리아 시대 사람들은 확언컨대 어느 인터넷 데이트사이트가 통계적으로 더 매력적인지(그에 따라 괜찮은 사람을 만날 공산이 높아진다) 토론하거나, 여자가 직장 동료와 관계를 맺으면 그게 자기 값어치를 날려버리는 일인지 아닌지 결정하거나, '잠은 잤지만 애인은 아닌 관계들friendships with benefits'을 어떻게 다뤄야 할지 따져보진 않았다. 그들은 우리가 사람을 만나기 위해 동원하는, 낯설고 적응도 안 되는데다 고통스럽기까지 한 별의별 방법을 쓸 필요도 없었다(스피드 데이트*? 우웩!). 그들은 사람을 만날 때 일을 오늘날보다 훨씬 덜 혼란스럽게 만드는 (비록 사람 옥죄는 것이긴 했어도) 엄격한 데이트 관습을 갖고 있었다. 그들은 우리가 완벽한 파트너를 만나려는 마음에 갖는 기대, 즉 성적으로 활력이 넘치고, 감정적으로는 충실하며, 모든 면에서 일치하는 최고의 친구까지 바라진 않았던 것이다.

영혼의 동반자를 찾고자 자신에게 가하는 온갖 압박과, 커플이 생겨날 수 있는 갖가지 가능성들 사이에서 우리 솔로들이 쩔쩔매는 건 놀라운 일이 아니다. 데이트가 애매하게 끝난 뒤 공이 이쪽 코트로 넘어온다면? 짝의 자격에서 본질적인 것이라고 생각했던 요소에 대해 타협해야만 한다면? 하는 짓이 좀 괴상하긴 한데 그럼에도 언제나 매력적이라고 느꼈던 타입의 사람들을 딱 끊어야 한다면? …… 이런 여러 문제들을 이해하려 애쓰며 우리가 안달복달 살아가고 있는 것 역시 놀랄 일이 아니다.

---

* speed dating 제한된 시간에 여러 사람을 만날 수 있도록 테이블을 이동하며 대화를 나누는 데이트.

조만간 진정한 사랑에 다다르길 희망하면서 우리는 온갖 곳, 그러니까 자기계발서, 아침 방송, 잡지, 라디오 토크쇼, 친구들, 친척들, 정신과의사들에게서 답을 구한다. 하지만 잭과 내가 깨달았듯 한때 우리 주변에는 사랑에 대한 진짜 전문가가 있었고, 그들의 통찰력은 세대에서 세대를 거쳐 진실의 종을 울린다. 위대한 소설가들이 그리도 위대한 이유는 그들이 시대를 초월한 교훈을 전하기 때문이다.

그럼에도 많은 사람들이 이 책들을 읽지 않는 큰 이유는 그럴 시간이 없어서이고, 그게 우리가 이 책을 쓴 이유다. 우린 우리가 좋아하는 고전들을 살펴보았고, 오늘날 로맨스의 딜레마를 해결하는 데 도움이 될 단서들을 찾았다.

하지만 우리가 욕심 많은 독자이고, 데이트계의 베테랑이며, 우리 개인사에 대해 수없이 글을 써 왔다 해서, 독자가 반드시 우리 말을 들어야 하는 걸까? 앞에서 언급했듯 나는 연중 내내 솔로다. 잭은 두 번이나 파혼한 적이 있다. 우리를 행복한 연애 인생의 모델이라고 하긴 좀 그렇다. 그럼 어쩐다?

나는 우리의 전문성에 대한 의문에 대답하는 걸 잠시 미뤄두고, 여러분께 한 여성 작가의 개인사에 대해 생각해 보시길 권한다. 그녀는 세상의 엄청나게 많은 여자들—그리고 몇백 명쯤의 젊은 남자들—이 연애관계에 대한 지혜와 위안을 얻고자 할 때 의지하는 작가다. 내가 얘기하고 있는 이 소설가는 여러 세대의 멋쟁이 솔로 언니들에게 영감을 주었다. 그녀는 러네이 젤위거가 〈브리짓 존스의 일기〉의 여주인공으로 캐스팅되어 남편을 찾는 데 몰두하다가 제대로 된 남자를 만나 오래도록 행복하게 살기 전에, 심지어 그 여배우가 세상에 태어나기도 전에, 본질적으로는 로맨틱 코미디인 책들을 썼다. 하지만 그 작가 본인은 결혼을 안 했다. 딱 한 번 프러포즈를 받았을 때 그녀는 자기 소설의 여주인공 중 하나가 할 법한 행동을 했는데, 남자가 돈이 많은지라 청혼을 받아들일까 고려했지만 결국 거절했던 것이다. 알아보니 그가 참을 수 없을 정도로 점잔을 빼는 사람이라서. 어린 조카딸이 결혼을 염두에 두고 있는 남자에 대해 조언을 구했을 때 그 작가는 이렇게 썼다. "네가 그를 정말 좋아하지 않는다면, 그 이상 언질도 주지 말고, 그를 받아들일까 하는 생각도 안 했으면 싶다. 애정 없이 결혼하느니 다른 것들이 더 낫거나 더 견딜 만하단다." 그녀의 소설 속 등장인물 중 하나는 자기 여동생이자 『오만과 편견』의 주인공인 리지에게 이와 거의 똑같은 충고를 한다. 물론 난 지금 제인 오스틴 얘길 하고 있는 거다.

톨스토이에 대해서도 생각해보자. 그가 쓴 두 편의 중요한 소설은 인생과 사랑에서 어떻게 마음의 평온을 발견하는가를 다룬 미사여구로 가득한 명상록이다. 정작 본인은 전해지는 바에 따르면 혐오스러운 남편이었지만. 오랫동안 고통을 겪었던 그의 아내는 일기에 이렇게 썼다. "그가 인류의 행복에 대해 설교하는 모든 것들은 내 인생을 점점 더 살기 힘들게 꼬아놓을 뿐이다. …… 그토록 많은 사랑으로 헌신하고 돌보았건만 그의 마음은 싸늘하기만 하다."

찰스 디킨스도 염두에 두자. 그의 1인칭 화자는 시종일관 자조적이고, 매력적이며, 따뜻한 마음을 지니고 있다. 사랑과 친절함이 지닌 구원의 힘에 대한 그의 놀라운 이야기들은 나의…… 음, 말하자면 '황폐한 시기'를 벗어나는 데 도움을 줬다. 그러나 그 남자는 열

명의 자녀를 두고 중년이 된 후에 부인을 버렸다. 18살짜리 여자애랑 사랑에 빠지는 바람에!

그렇다. 디킨스, 톨스토이, 오스틴은 내게 탁월한 심리학적 이해를 제공했다. 반면 자신들의 연애 생활에서는 내가 그랬듯 확실히 어려움을 겪었다. 하지만 그들이 우리보고 자기들처럼 행동하라고 권했던 건 아니지 않나. 그 대신 그들은 우리에게 훌륭하게 묘사된 무섭도록 실감 나는 등장인물들—선한 사람들과 악당들—을 관찰해 보라고 요청했다. 그들로부터 우리가 뭔가 배울 수 있도록. 그 인물들이 제공하는 이상적인 (혹은 바닥을 치는) 행동들을 통해 우리는 스스로 갈 길을 찾으며, 그들이 인간 행위에 불어넣는 지혜를 통해 우리는 주위 사람들의 동기를 이해하고 그들과 함께 갈 수 있다는 희망을 품는다. 마찬가지로, 잭과 나는 독자 여러분께 우리가 좋아하는 소설에 대한 생각뿐 아니라 우리의 실패담과 성공담들을 전해드리는 것이며, 그럼으로써 여러분은 우리가 품었던 수많은 창피함, 분노, 외로움을 경험하지 않고도 그 소설들로부터 교훈을 얻을 수 있다! 우린 여러분에게 우리가 했던 대로 하라고 말하는 게 아니다. 그 반대다. 오히려 이렇게 말하고 있는 것이다. 읽고 살아가고 생각하라. 그것이 당신을 사랑하도록 도울 것이다.

모라 켈리

헛소동

진짜 연애에 필요한 마음의 준비

&

『벨 자』

『위대한 유산』

『마음은 외로운 사냥꾼』

『오만과 편견』

『8월의 빛』

1
망할놈의 뚜껑
The Hell Jar

나 좋다는 남자가 싫은 까닭은 무엇일까
_실비아 플라스, 『벨 자』

모라의 이야기

∽

만약 이십대 초반에 누군가 나에게 어째서 아직도 처녀냐고 물었다면, 나는 진정한 사랑에 대한 미련을 못 버려서라고 대답했을 것이다. 그걸 찾는 게 불가능하리라는 걱정이 점점 커져가고 있긴 했지만. 왜? 나를 진짜로 좋아하는 것처럼 보이는 녀석들은 내가 반할 수 없는 한심한 인간들이었고, 반면 내가 사모해 마지않는 오빠들은 내게 눈길 한 번 주지 않았고, 혹은 내가 자기들이 원하는 여자가 아니라는 감을 잡기에 딱 좋을 정도 동안만 데이트를 했다.

내가 진짜로 뭔가 심각하게 잘못됐나? 저주라도 받았나? 내 영혼에 암흑의 워터마크가 찍혀 있어서 남자애들이 나랑 백주대낮에 어느 정도 시간을 보내고 나면 그게 눈에 보이는 걸까? 몇 년 동안

나는 내 영혼에 저주의 마크가 찍혀 있는 게 틀림없다고 확신했다. 하지만 나는 내 매력이 충분치 않다는 것에도 이 문제에 대한 최소한의 책임이 있다고 생각했다. 이유는 다음 두 가지였다. 첫째는 몸매, 둘째는 얼굴. 내 몸매는 사내애 같았다. 가슴도 납작하고 허리는 일직선으로 떨어지는 데다 어깨도 넓었다. 코는 불균형하게 컸고 아랫니는 볼품없이 비뚤어져 있었으며, 아버지가 즐겨 지적질했듯이 귀 때문에 얼굴이 꼭 "양쪽 문을 활짝 연 채 거리를 질주하는 자동차"처럼 보였다.

하지만 당신이 아기 코끼리 덤보를 닮은 내 귀에서 잠시나마 눈을 떼면 내 연애사를 좀 더 가까이 들여다볼 수 있을 테고, 내 기억이 꽤나 내 맘대로라는 사실도 알게 될 것이다. 초등학교 때 존에게 홀딱 반했던 일이 그런데, 존은 나한테는 아무 관심이 없었고 내 친구 크리스틴에게 온통 열을 올렸다. 하지만 내가 무릎이 탁 풀리고 손이 달달 떨릴 만큼 홀딱 반했던 남자애들 중 몇은 결국 내게로 돌아오고야 말았다. 진짜 문제는 그애들이 내게 빠질수록 덜 매력적으로 보였다는 사실이다…… 그리고 결국 난 그애들을 견딜 수 없어지게 된다. 엉망진창인 내 정신상태로 인해 피해를 입은 사상자 중에는 홀리 에인절스 아카데미 고등학교 3학년 때 데이트를 했던, 애시튼 쿠처를 닮은 도어스의 팬이 있었다. 다트머스 대학 4학년 때 알게 된 아련한 눈빛에 곱슬머리, 청바지가 잘 어울리는 화가도 있었다. 그리고 특히나, 특히나—지금도 그 생각을 하면 어찌나 마음이 쓰린지—아름다웠던 데이브 브래들리. 그는 내가 〈워싱턴 포스트〉의 웹사이트에서 처음으로 '진짜' 직업을 얻고 일을 시작했을 때 만났는데, 워싱턴 D.C.의 쿨트라 중고서점에서 일하던 야심

만만한 조각가였다. (그는 언제나 트위드 모자를 썼는데, 다른 남자들이 그걸 썼다면 가식적이고 멍청해 보였겠지만 그의 경우는 섹시하고 산전수전 다 겪은 남자처럼 보였다. 로버트 레드퍼드처럼 잘록한 허리로 수렴되는 남자다운 몸매를 지닌 그가 뽀빠이 같은 팔뚝을 테이블 위에 올려놓을 때마다 1,2분은 말할 기력을 잃었다. 아, 데이브 브래들리여!)

당시 내 문제가 대체 뭐였냐고 묻는다면, (억겁의 시간 동안 뇌가 졸아들듯 골치를 썩인 덕에) 이제는 제대로 답할 수 있을 것 같다. 하지만 그러기 전에 비슷한 문제를 안고 있던 한 젊은 여성에 대해 얘기해 보자. 에스터 그린우드. 실비아 플라스가 쓴, 음험하다싶을 재미나면서도 무척이나 자전적인 소설인 『벨 자』의 주인공이다. 여러분 중 몇 분이 말하는 소리가 들려온다. 오, 그거 진짜 칙칙한 책 아냐? 아니라고 자신 있게 말하련다. 아주 아닌 건 아니긴 해도. 비록 주인공 에스터가 심각한 우울증과 씨름하고 있지만, 그녀는 사람들이 『섹스 앤 더 시티』의 캐리 브래드쇼나 야설에 대해 들어본 적도 없던 시절에 도시에서 성생활을 영위하던 코믹한 천재이기도 하다.

대학 재학 시절에 에스터는 뉴욕에서 엘리트 여성들을 위한 잡지의 인턴으로 일하게 되는데, 그녀는 이내 물 밖에 나온 물고기가 돼버린 느낌을 받기 시작한다. 그녀를 괴롭히는 건 자신이 활기 넘치고 완벽하게 다듬어진 여자들의 세계에 어울리지 않는다는 느낌 때문만은 아니다. 그녀는 아내이자 어머니가 되어야 한다는 문화적 압력, 그녀의 직업적 야망에 지장을 주는 이 두 가지 의무로 인해 동요하고 있다.

결혼에 대해 그녀가 갖고 있는 혐오는 부분적으로는 그녀가 대학에서 수준 이하의 상황에 지속적으로 시달린 데서 유래한 걸로 보인다. 그녀는 다음과 같이 적고 있다. "토요일 밤마다 호기심을 갖고 긴장한 채 아래층에 내려가보면…… 귀가 튀어나오거나 치아가 이상하거나 버섯을 닮은 창백한 남자가 있었다." 효모균을 닮은 이런 남자들이 그녀를 깔보면서 일은 더 꼬인다. "그해 소개팅을 했던 사람들 중 딱 한 명만 나한테 잠깐이나마 다시 전화를 했다"라고 에스터는 불평한다.

비록 독버섯을 닮지 않은 반대 성(性)의 일원을 만나는 데 갈등을 느꼈고 그 점에서 자기가 무능하다는 것도 알았지만, 에스터는 결국 남성 종족과 재미를 보는 데 성공한다. 3학년 때 그녀는 매력적인 젊은 의대생과 데이트를 시작한다. 예일대 학생이었고, 이름은 버디 윌러드였다. 그녀는 그가 자기를 주목하기 전까지 5년 동안 그에게 홀딱 반해 있었고, 구애 활동의 초기 단계까지도 여전히 그를 숭배하고 있었다. 하지만 그가 그녀에게 관심을 기울일수록 그녀는 그를 점점 싫어하게 된다. (어디서 많이 듣던 소리 아닌가?) 그가 그녀에게 청혼하기로 결심할 무렵, 그녀는 그를 증오하기로 결심한다. 그녀 생각에 그는 "엄청난 위선자"인 것이다.

그가 거시기를 잘못 휘두르는 바람에 미워하게 된 건 아니다. 버디는 에스터로 하여금 그가 오로지 그녀로 인해서만 성적으로 흥분하는 동정이라고 믿게 만든다. 하지만 어느 날 밤, 버디가 옷을 벗자고 제안한 뒤 케이프 코드에서 식당 종업원 일을 할 때 어떤 웨이트리스와 한여름의 불장난을 저질렀다는 걸 고백하자 그녀는 미망(迷妄)에서 깨어났다

"그 말을 듣자 내 안에서 뭔가 얼어붙었다." 에스터는 그렇게 말한다. 비록 버디가 에스터를 속인 건 아니었지만 그녀는 그가 그렇게 오해할 짓을 한 데 분노했고, 자기를 바보로 만들었다는 사실에 아마도 짜증이 났을 것이다. 난 그 심정이 진짜 이해가 간다. 최근 기억만 돌이켜도 최소한 두 번은 그런 경험을 했다. 그러니까 어떤 남자가 내게 진짜로 푹 빠져 있다고 믿었는데 알고 보니, 제길, 실은 양다리를 걸치고 있었던 것이다. 우리는 다들 우리가 특별한 사람이길 바란다. 우리는 우리 자신이 성적으로 혹은 감성적으로, 이상적으로는 양쪽 다, 상대 남자에게 전에 없던 감정을 불러일으킬 수 있다고 믿고 싶어한다. 하지만 달갑지 않은 진실의 순간을 수없이 겪고 난 뒤 나는 다음과 같은 깨달음을 얻었다. 그의 입에서 직접 얘기가 나오기 전까지, 우리는 남자가 실제로 한눈을 팔지 않는다는 걸 절대 캐치할 수 없다. 사실 그가 솔직히 말하지 않는 한, 그가 다른 사람을 만나고 있다고, 심지어 동정도 아니라고 추측하는 편이 더 낫다.

자신에게 동기를 부여한 것이 다름 아닌 울분이라 믿으며 에스터는 버디와 거리를 두게 되고, 다른 사람을 통해 처녀성을 버리겠다고 결심한다. 그리고 곧 그렇게 한다. 피임링을 착용한 뒤, 그녀는 자기에게 섹스를 처음 접하게 해줄 완벽한 남성을 찾아 주변을 탐색한다. '완벽한'이란 단어를 쓴 건, 그녀가 '세상의 나머지 절반' 또는 켄 인형* 같은 남자를 찾는 게 아니라는 얘기다. 그녀는 자신이 존경할 수 있는 높은 지성을 지닌, 그리고 섹스에 대해서는 완전

* Ken doll 바비 인형의 남자친구. '평범한 미국 남자'라는 뜻.

초보인 자신과 균형을 맞춰 줄 수 있는 경험 많은 남자를 원한다. 그만큼이나 중요한 건, 그녀가 아무 뒤끝 없이 그걸 하고 싶어한다는 점이다. 혹은 그녀의 말에 따르면 그녀는 "나를 모르고, 알려고도 하지 않는 누군가"와 섹스를 하고 싶어한다. "일종의 비인격적인, 성직자처럼 공식적인" 관계인 것이다.

얼마 지나지 않아 그녀는 보스턴에 하루 머무르는 동안 어윈이라는 이름의 젊은 수학 교수를 만나게 된다. 커피를 마신 뒤, 26세의 어윈은 자기 집에 가서 맥주나 한잔 하자고 제안한다. 에스터는 승낙한다. 다행스럽게도 그는 사이코 킬러가 아니고, 그럭저럭 매너 있는 남자라는 사실이 밝혀진다. 그가 그녀에게 꽂은 칼은 살flesh로 만들어진 것뿐이었다. 그들은 죽을 때까지 다시 만나지 않는다.

그 섹스에 대한 소설의, 성직자마냥 공식적인 서술은 우연찮게도 내가…… 그러니까 스물여덟에 마침내 처녀성을 버리겠다고 결심했을 때 마음속에 그렸던 것과 거의 똑같다. 나는 그때까지 진정한 사랑에 대한 미련을 놓지 못하고 스스로 그렇게 되뇌었지만, 진정한 사랑 대신 얻은 건 800파운드짜리 고릴라*뿐이었다. 누구도 성에 차지 않았다. 기다리면 기다릴수록 기준은 높아져만 갔다. (게다가 스물다섯 초반 즈음부터는 내가 내 처녀막의 상태에 대해 언급할 때마다 사람들은 나를 점점 훌륭한 이상주의자라기보다는 괴팍하게 억압된 인간으로 여기는 듯했다). 나는 일이 더 이상 힘들어지기 전에 봉인을 깨뜨려야겠다고 결심했다.

* eight-hundred-pound gorilla '막강한 힘을 가진 인물이나 조직'을 뜻하는 말. 여기서는 마음속에 쓸데없이 완강한 기준만 생겨났다는 의미이다.

그래서 나는 내가 충분히 좋아할 만하고 충분히 존경할 만하며 같이 있으면 충분히 편안함을 느끼지만 사랑에 빠졌다는 어리석은 생각이 들 정도로 편안하지는 않은 사람을 찾아냈다. 뉴욕에서 12월에 열린 파티에서 만난, 하버드를 졸업한 작가 타입의 LA 출신 남자였다. 똑똑하고, 재미있고, 친절하며, 적당히 열정적인 데다 꽤나 변덕스러웠다. 우리는 그가 맨해튼에 머물던 주에 두어 번 데이트를 했고, 나는 내 처녀성 문제를 설명했다. 내가 이 문제에 대해 얘기했던 다른 남자들과 달리 그는 내 정조 관념이 완전히 정신 나간 건 아니라고 생각하는 듯했다. 그는 또한 자신이 나의 발몽*이 된다는 데 흥분했다. 이 남자라면 뒤끝 없이 순결을 잃을 수 있을 것 같았다.

하지만 나는 한동안 안절부절못했다. 그렇게 오래 기다려 왔는데, 내가 정말 이걸 포기하길 원하는 걸까? 내 처녀성을 가져간 사람으로 영구히 기록에 남게 될, 하지만 사랑하지는 않는 누군가를 내가 정말로 원하는 걸까? 그 질문들 전부에 '그렇다'는 대답을 얻는 데 몇 달이 걸렸다. 내 스물여덟 생일 전날에 나는 일을 치르기 위해 캘리포니아로 날아갔다. 거사를 치르는 동안 우리는 각자의 몫을 톡톡히 해냈다…… 우리는 하고 또 하고 또 하고 또 했으며…… 나는 2주 뒤에 떠났다. 그게 나와 발몽 씨 사이에 벌어졌던 거의 모든 일이다.

에스터 이야기로 돌아가자. 그녀가 자신의 처녀성 문제를 다루는 방식은, 큰 패턴에서 보자면 에스터가 버디에게 반응하는 태도

---

* Valmont 쇼데를로 드 라클로의 소설 『위험한 관계』에 등장하는 바람둥이.

를 통해 분명해지기 시작한 그녀의 습성—친밀함과 헌신에 대한 두려움—과 똑같다. 확실히 그가 그녀를 좀 잘못 이끌긴 했지만, 그렇다고 속인 건 아니었다. 짐작건대 그녀가 정말 속상했던 건, 버디가 그 웨이트리스와 관계를 가졌다는 사실이라기보다는 그 소식에 대한 그녀 자신의 강력한 감정적 반응이었다. 버디가 그녀를 혼란스럽게 했다는 것 때문에 그녀는 자신이 그렇게 속상해할 수 있다는 사실을 깨달았던 것이다. 그가 자신을 상처 입힐 수 있다는 생각이 그녀의 내적 방어를 촉발했고, 그녀는 감정적으로 더 심각한 혼란이 발생하기 전에 관계를 끊기로 결심했던 것이다.

진지한 관계로 인해 큰 고통을 겪을 잠재적 가능성은 결혼에 대해 에스터가 전반적으로 품고 있던 공포에 먹이를 주었다. 하지만 그녀는 자신이 남편을 원하지 않는 진짜 이유가 남편이 자기를 구속할 것이기 때문이라고 스스로에게 말한다. 그녀는 다음과 같이 말한다. "내가 진짜로 원하는 건 무한한 안전이다. …… 나는 모든 방향으로 튀어나가고 싶다. …… 독립기념일 폭죽에 붙은 색색의 화살표처럼."

많은 이들이 심각한 관계 때문에 침체되고, 원치 않거나 좋지 않은 방식으로 우리 자신을 경계 짓거나 제한하게 될까봐 걱정한다. 내 경우엔 어느 정도 관계가 발전할 가능성이 있는 남자를 만날 때마다 초조해하는 것 같다. 내 자유시간을 그 남자와 보내면서 읽거나 쓸 시간을 충분히 낼 수 없어 지적으로 퇴보할까봐, 더는 새로운 데이트의 모험을 누릴 수 없어서 지루해질까봐, 전반적으로 나태해지고 자기만족에 빠질까봐.

하지만 그건 실은 말 앞에 수레를 메는 꼴이다. 인생의 목표는 똑똑하거나 흥미로운 사람이 되는 게 아니라 만족스럽게 사는 것 아닌가? 내가 진짜 추구하는 건 행복 아닌가? 만약 연애관계에서 그걸 찾는다면 내 개인 시간을 좀 떼어내는 게 그리도 큰일인가? 나를 정말로 무기력하게 만드는 건 내가 감정적으로 다른 사람에게 의존하게 될지 모른다는 생각 그 자체가 아닐까. 다른 사람에게 의지하게 된다는 건 두려운 일이다. 사람들의 감정이란 자주 바뀌기 때문이다. 실비아 플라스와 그녀의 실제 남편이었던 시인 테드 휴즈 사이에 벌어진 일을 봐도 그렇지만, 감정이 사랑에서 그보다 부족한 뭔가로 바뀌면, 남겨진 사람들에게는 심리적으로 재난에 가까운 상황이 벌어질 수 있다. 휴즈는 둘 사이의 자녀들이 아기였을 때부터 외도를 시작했다. 그가 정부情婦에게 떠나자 플라스는 자살했다. 『벨 자』가 출간되고 몇 달 뒤 자기 머리를 오븐에 집어넣었던 것이다. (몇 년 후 휴즈의 정부도 기이할 정도로 비슷한 방법으로 목숨을 끊었다.)

만약 어떤 남자가 내 인생의 토대가 된다면, 그러다가 결국 날 버리는 일이 벌어지면 어떻게 될까? 만약 내가 일생일대의 사랑을 발견했는데 그가 죽어버린다면, 그러니까 우리 아빠의 인생 최고의 사랑이었던 엄마가 결혼한 지 고작 10년 만에 돌아가신 것과 똑같은 일이 벌어진다면 어떻게 될까? 엄마는 내가 8살 때 돌아가셨고, 그 일이 아빠와 나 둘을 정말 심각하게 무너뜨린 나머지 나는 오랫동안 다른 사람과 지나치게 가까워지는 걸 경계했다. 플라스의 아버지가 그녀의 8살 생일 후 겨우 2주 후에 세상을 떠났다는 걸 생각해보면—그녀의 소설적 분신인 에스터 역시 거의 똑같은 나이에 아버지가 사망했다—, 나는 플라스의 정신적 문제가 나와 비슷했을 거라고 확신한다. 어릴 때 부모와 사별하는 것에 비할 고통은 없다. 그런 일이 벌어지면 무의식적으로 (혹은 심지어 노골적으로) 다시는 타인과 가까워지지 않으리라 맹세하게 된다.

하지만 나는 내 주변에서 겪을 수 있는 가장 만족스럽고 의미 있는 인생 경험 중 하나인, 건강하고 오래 지속되며 낭만적인 연애관계를 맺고자 한다면 공포를 극복할 필요가 있다는 걸 깨달았다. 한 번도 사랑하지 않느니 사랑해보고 잃는 게 낫지 않은가, 라는 옛 격언에 진실이 있음을 깨달았다. 그리고 마침내, 마침내 내가 예전에 있던 곳에서 (정확히 180도는 아니라 해도) 155도가량 돌아선 지점에 도달하게 되었다. (이에 관한 얘기는 '겁쟁이들의 끝'이라고 제목을 붙인 마지막 장에서 마저 하겠다.)

그러니 당신이 에스터나 나 같은 사람이라면, 그러니까 당신이 반한 남자가 당신을 좋아하자마자 소름이 쫙 돋는 사람이라면, 제발 그게 말이나 되는지 자문해보길 바란다. 왜 당신을 멤버로 받아주겠다는 2인 클럽의 멤버가 되고 싶지 않은지 생각해보시란 얘기다. 당신을 좋아하는 사람이 그저 뻐드렁니에 포토벨로 버섯을 닮았기 때문이라는 변명 따위는 듣지 않겠다. 당신에게 친밀한 관계를 맺는 데 문제가 있다는 걸 깨끗이 인정하라. 당신의 못된 자아와 담판을 지으라. 그리고 좋은 남자를 찾는 데 진지하게 몰입하라.

모라, 내가 보기엔 당신이 마지막으로 지적한 부분이 참 괜찮은 것 같아. 버섯같이 생긴 남자(아마 근성도 좀 약하겠지)가 언제나 나쁜 건 아니라는 말. 내 느낌에 남자건 여자건 파트너를 고를 때 외모에 너무 집중 투자를 하는 것 같거든. 그게 단기 투자일 때는 괜찮지. 하지만 장기적인 파트너를 찾을 때는 인재 풀pool을 지나치게 좁게 잡지 않았으면 해. 나는 숨은 인재를 찾아내는 전략이 좋아. 당신과 있는 걸 감사해하고, 딱 봤을 때 외모가 그럴싸하지는 않지만, 이게 진짜 중요한 건데, 섹시한 뭔가가 있는 진짜 괜찮은 남자나 여자 말이야. 만약 당신이 그 사람의 손이나 눈이나 어깨, 아니면 다른 부분에서 특별한 느낌을 받을 수 있다면, 또한 그것들을 진지하고 에로틱한 에너지의 통로로 이용할 수 있다면, 그의 나머지 외모가 신통찮은 건 그리 큰 문제가 되지 않으리란 게 사실이야. 다만 그가 침대에서 자길 기쁘게 하지 못하는 상황에 이르게 된다면 그건 다른 문제긴 하지……

당신을 받아주는 클럽을 마다하는 문제에 대해서도 당신의 지적은 정확했어. 만약 그게 애인을 찾아다니는 방법이라면, 어떻게 행복해질 수 있겠어? 그런 식으로 살아왔다면 방법을 바꾸거나 상담 치료를 받아야 해. 얼른.

2
과하게 위대한 유산
Overly Great Expectations

이상형이 한 남자의 일생에 미친 해악
_찰스 디킨스, 『위대한 유산』

모라의 이야기

∽

오, 과한 기대*여! 유쾌하면서도 위험한 상념이여. 새 연애(혹은
더 은밀하게는 우리 자신의 오랜 강박증)로 잔뜩 부풀어 오른 공상
은 정말 즐거운 것이다. 우리는 그 환상을 되새기고 되새기며 머릿
속의 달콤한 이미지에 취한다. 당신에게 추파를 던지는—그럼에도
확실히 들이대지는 않는— 직장 동료와 몇 달쯤 일하고 나면, 당신
은 그 사람을 위해 저녁을 준비하고 테이블에 촛불을 켠다면 어떨
지, 그의 집 난롯가에서 주말을 함께 보낸다면 어떨지, 스키 여행을
떠나면 어떨지, 그의 가족과 휴일을 보낸다면 어떨지, 그리고 오래
오래 행복하게 산다면 어떨지 상상하게 될지도 모른다. 혹은 전 여

---

* Great Expectation 찰스 디킨스의 소설 『위대한 유산』은 '엄청난 유산(Expectation)'에 대한
'과한 기대(Expectation)'를 다루고 있는 작품이다.

친을 잊지 못했고 앞으로도 그럴 성싶지 않은 게 분명한 남자와 두세 번 데이트를 한 뒤, 거무스름한 목재 가구와 튤립과 책으로 꽉 찬 펜트하우스에 그를 데려가 거기서 사랑스런 아이들을 낳은 뒤 오래오래 행복하게 사는 꿈을 꿀지도 모른다. 그도 아니라면, 절대 용인될 수 없는 상대와 진짜로 끝내주게 즐거울 듯한 정사情事를 몇 번 벌이자마자, 버몬트의 조그만 마을로 함께 도망가서 유기농 농장에서 소와 닭과 돼지들을 키우면서 오래오래 행복하게 사는 공상에 빠질 수도 있다.

우리 대부분은 상상 속 드라마에서 주연을 맡은 남자가 혹여 이 메일이라도 보냈는가 싶어 컴퓨터 모니터의 '새로 고침' 버튼을 누를 때마다 똑같은 백일몽을 꾸고 또 꾼다.

그럴 때 우리는 가루설탕을 손가락으로 몰래몰래 찍어 먹는 행동을 멈추지 못하는 애들과 똑같다. 아니면 딱 한 방만 더 맞겠다고 되돌아가는 약물 중독자나.

내가 왜 이런 부정적인 비유나 늘어놓고 있는 걸까? 경험상 이렇게 찾아오는 열병 때문에 떠오르는 생각들은 대개 위험한 신기루이며, 거기 끌리는 건 결국 우리 자신을 바위 위에 무자비하게 내동댕이치는 꼴이라는 걸 내가 익히 알기 때문이다. 머릿속에서야 그런 공상이 더없이 생생하겠지만, 사실 그것들은 오래 가는 로맨스란 가까이 있게 마련이라는 현실 세계의 증거보다는, 사람을 홀리는 망상에 의해 고무된 것이다. 우리는 현실을 보기보다는 우리가 보고 싶은 걸 본다. 우리의 환상이라는 것이 불만족스러운 삶으로부터 눈을 돌리게 하는 즐거운 오락이기 때문이다.

이런 말을 들으면 당신은 이렇게 생각할 수도 있겠다. 오, 하지만 모라, 그게 뭐 어때서? 그런다고 누가 다치나? 누구든 가끔은 도망치고 싶은 거잖아? 분위기에 초치는 짓 좀 하지 말아줄래?

친애하는 독자여, 난 그러려는 게 아니다. 진짜 큰 문제는 그게 무슨 이유에서건, 손에 닿지 않는 남자에게 목을 매도록 우리 자신을 방치하는 바람에 우리가 소중한 시간을 몇 년 씩이나 낭비한다는 사실이다. 절대로 이뤄질 일이 없는 사람들에게 매달리면서. 우리가 품었던 있을 법하지 않은 환상이 가짜라는 사실이 드러날 때마다—이를테면 우리가 집착하는 그 남자가 마케팅 부서의 영계와 데이트를 한다는 사실을 발견한다거나 해서—우리는 그에게 매여 있는 정도에 비례해 고통을 겪는다. 그러니 과한 기대 같은 건 억누르는 게 최선이다. 안 그러면 도깨비불처럼 헛된 희망이 우리를 짓밟는다.

이제 여러분은 다음과 같이 생각할 것이다. 그쯤 하면 됐어. 하지만 끊임없이 생각나는 사람에 대한 생각을 멈추려면 대체 어떻게 해야 하냐고. 어디 대답 좀 해 봐!

기꺼이 대답하겠다. 빼어난 문학 작품의 주인공이자 무척이나 비현실적이고 낭만적인 생각을 품었던 한 인물을 통해서. 그의 이름은 필립 피립, 보통은 '핍'으로 알려져 있는데, 디킨스의 진심으로 매력적인 소설인 『위대한 유산』의 주인공이다. 익살맞은 유머감각을 지닌 어린 고아 핍은, 영국의 작은 마을에서 성깔 있는 누나와 친절하지만 글을 못 읽는 매부 밑에서 자랐다. 핍의 매부는 조라는 이름의 대장장이로, 어릴 때부터 핍에게 대장장이 일을 가르친다. 하지만 글을 깨치게 되자 핍은 육체노동이 격이 낮은 것이라고 생각하기 시작한다. 그는 친구에게 이렇게 말한다. "난 내 직업과 인생이 역겨워." 그는 다른 존재를, 자기를 작은 마을에서 빼내 커다란 성공으로 이끌어줄 사람을 동경한다.

숨어 있던 그의 열등감은 같은 고아 신세인, 아름답고 속물적인 에스텔라에 의해 깨어나게 된다. (1998년에 제작된 영화에서는 귀네스 팰트로가 에스텔라 역을 맡았고 상대역으로는 이선 호크가 나온다. 추천할 만한 영화는 아니다.) 그녀는 마을의 부유한 괴짜 노인인 미스 해비셤의 피보호자이자 피후견인이다. 미스 해비셤은 문학 사상 가장 유명한 캐릭터 중 하나로, 젊은 시절 한 남자가 그녀를 속여 재산을 갈취하고 차버린 뒤 정신이 약간 이상해졌다. (과한 기대가 좌절당하면 이렇게 된다!) 그때 이후 미스 해비셤은 낮이나 밤이나 웨딩드레스를 입고 지낸다. 부패해가는 웨딩케이크가 몇십 년 동안 저택의 테이블 위에 놓여 있다. 저택은 거미로 들끓는 "검은 곰팡이"로 변해 간다. 핍의 친구 중 하나가 지적하듯, 그녀는 에스텔라를 "세상 모든 남성에게 복수하기 위해" 키우는 중이다. 에스텔라가 핍을 "마치 꼬리 내린 개라도 되는 양 거만하게" 대하는 데도 불구하고(어쩌면 그녀가 거만하게 대하기 때문에 핍이 꼬리를 내리는 건지도 모른다), 그는 그녀에게 계속 진지하게 빠져든다. 스쳐가듯 마주치는 게 전부인데도 핍은 에스텔라에게 집착하며, 그녀가 자기 옆에 있다면 인생이 얼마나 완벽할지 상상한다. 그녀의 계속되는 새침한 태도는 그녀의 승낙을 받아내고야 말겠다는 핍의 욕망을 부채질하는 결과만 낳을 뿐이다. 그는 이렇게 말한다. "나는 그녀를 끔찍이 숭배한다. 나는 그녀 때문에라도 신사가 되고 싶다." 그는 만약 타고난 가난으로부터 어느 정도 탈출할 수 있다면 에스텔라도 자신을 진지하게 받아들일 것이라고 생각한다.

그건 꽤나 커다란 '만약'이다. 그가 처한 환경을 극복할 방법은 전혀 없을 듯 보이기 때문이다. 하지만 성년이 되자 그는 어떤 익명의 독지가가 그의 삶을 변화시키고 싶어한다는 사실을 알게 된다. 마치 손가락을 퉁기듯 갑자기, 핍은 돈, 특권, 온갖 이점, 사회적 지위의 세계로 인도된다. 그는 자신이 에스텔라를 얻기 위한 길을 잘 밟아가고 있다고 믿는다. 부분적으로는 자신의 비밀스러운 후원자가 미스 해비셤이라고 믿기 때문이다. 또한 그는 자기 앞에 떡 하니 나타난 부가 미스 해비셤이 내린 축복이라 여기는데, 그건 그녀가 자신을 에스텔라의 남편감으로 훈련시키고 있기 때문이라 생각해서다.

핍과 에스텔라 사이에서 벌어지는 일에 대해 더 얘기하기 전에, 핍의 이야기가 모종의 신데렐라 스토리라는 것, 그리고 그 전래동화와 『위대한 유산』이 (더불어 불행한 환경에서 벗어날 방법을 찾아내는 빈곤한 아이들에 대한 다른 모든 이야기들이) 세대에서 세대로 이어지는 수많은 독자들과 깊이 공명하는 데는 다 이유가 있다는 점을 말해두자. 우리 중 많은 이들은 자신이 잘못 태어났다고 느낀다. 매정한 부모, 자격 없는 부모, 자식 옆에 없는 부모, 무능한 부모 때문에 인생이 꼬였다고 느낀다. 가난 때문에 삶이 잘못됐다고 느낀다. 기회도 없다. 유전 형질도 실망스럽다. 요정 대모나 백마 탄 왕자 (또는 에스텔라 공주) 같은 이들이 자신을 괴로운 인생에서 끌어올려 화려한 삶으로 데려가길 한때나마 바라지 않았던 사람 있으면 나와 보라.

그리고 우리 중 일부, 그러니까 핍이나 나 같은 사람들은 다른 사람들보다 더 예민한 나머지 낭만적인 집착으로 내달리기도 한다. 우리는 자신이 충분히 고급스럽지 않아서, 학벌이 충분치 않아서, 매력이 충분치 않아서, 충분히 똑똑하지 않아서, 충분히 성공하지 못해서, 혹은 이들 전부로 인한 분노에 끊임없이 고통당하는 존재다. 우리는 귀인—핍에게는 에스텔라가 그렇듯—이 언젠가 우리의 특별한 점을 발견하여, 우리가 무능하고 불편하며 소외된 존재라는 느낌을 없애준 뒤 마침내 이 세상에 편히 발붙일 수 있게 해줄 거라고 자신을 설득하면서 고통을 달랜다. 그러나 우리가 이를테면 유부남이거나, 당신에게 무관심하다는 등의 이유로 인해 맺어질 수 없는 사람에게 집착하는 건 우연의 일치가 아니다. 우리는 대체 왜 이러는 걸까? 그건 마음속 깊은 곳에서 우리가 실제로는 행복이나 사랑을 얻을 자격이 없다고 생각한 나머지, 사랑이 이뤄지는 게 절대 불가능한 상황으로 자신을 밀어넣기 때문이다.

디킨스는 (나와 마찬가지로) 핍의 (그리고 나의) 마음에 깊이 뿌리박힌 불안이 금세 극복되지 않으리란 걸 안다. 그런 고로, 그의 소설은 유리구두를 흘리고 다니는 여자애의 이야기처럼 '오래도록 행복하게 살았습니다'라는 식의 결말로 끝나지 않는다. (이게 디킨스가 동화를 아예 안 썼다는 소린 아니다. 『황폐한 집』 같은 작품은 한 편의 굉장한 동화이기도 하다.) 급작스러운 행운이나 꽃피는 사랑이 어릴 때부터 고아로 자라났던 핍의 깊은 열등감을 완화시키지는 못했으리라. 마찬가지로 아무리 많은 돈도 냉정한 에스텔라를 마법처럼 부드럽게 만들지는 못했으리라.

하지만 천천히, 아주 천천히—오랜 세월에 걸쳐—핍은 기약 없는 연인inamorata 곁에 머물러 있는 게 얼마나 비참한 일인가를 인정하게 된다. 그런 식으로 그녀를 사랑하는 게 얼마나 좌절스러운 일인지 깨닫기 시작한 것이다. 그것은 어떤 의미에서 "이성에도, 약속에도, 평화에도, 희망에도, 행복에도 반하는" 사랑이다. 그는 자신의 무력함을 돈이나 결혼으로 덮기를 희망하기보다는 정직하게 그것과 마주하기 시작한다. 마침내 심각한 개인적인 외상들을 겪은 후, 핍은 안정된 자아 존중감을 획득하게 된다. 자신의 친절한 면을 계발하고, 친구들을 돕고, 핍이 한때 부끄러워했던 아버지 같은 존재, 그럼에도 그를 정말로 사랑했던 소중한 조와 재결합하면서.

핍이 자기 실수를 깨닫느라 인생의 가장 좋은 부분을 보내버렸다는 교훈적인 이야기에 대한 이 글을 읽었다 치고, 당신이라면 다른 사람을 이상화하는 걸 어떻게 피할 작정인가? 좋은 질문이다. 나는 이 망할놈의 글을 썼지만 그걸 실행하는 데 적잖이 어려움을 겪고 있으니까. 그냥 문제가 되는 사람에 대한 생각을 멈추라고 자신에게 명령하는 건 먹히지 않는다. 그 대신 내가 추천하는 건 당신이 집착하는 사람에 대해 더 많이, 하지만 다른 방식으로 생각해 보라는 것이다. 그를 설득했다고 상상해 보자. 같이 살고 있는 중이라고 해 보자. 정말 그럴 수 있을까? 그러면 편안해질까? 만약 그렇다면 그저 같이 사는 것만으로도 당신의 불안은 영원히 고려할 가치가 없어지게 되는 걸까? 그토록 탐내던 관계가 이루어지면, 당신의 영혼을 괴롭히던 그 모든 것들이 갑자기 치료될까? 이상적인 짝을 갖게 된다는 것은, '내가 충분히 괜찮은 인간인가?'라는 질문에 대해 다시는 궁금해하지 않게 된다는 의미일까?

만약 그가 무척이나 안정적인 사람이 되어서 당신과 깊이 사랑에 빠진다면, 당신이 불안을 극복하는 데 그가 다소 도움을 줄지도 모르겠다. (2010년에 출간된 『그들이 그렇게 연애하는 까닭—사랑에 대한 낭만적 오해를 뒤엎는 애착의 심리학』이라는 책은 그 과정이 어떻게 이루어지는지에 대해 흥미로운 통찰을 제공한다.) 그럼에도 내 경험에 따르면 낮은 자존감은 하룻밤 새 사라지지 않으며, (『벨 자』에 대해 쓴 장에서 언급했듯이) 만약 당신의 자존감이 낮다면, 사랑하는 사람과의 관계에 기꺼이 몰두하고자 하는 단계에 이를 때에야 비로소 그것을 회복하는 데 효과를 거둘 수 있다. 하지만 당신은 당신 자신을 심리적으로 강하게 만드는 데 누구의 허락이나 도움도 필요로 하지 않는다. 자신을 뿌듯하게 느낄 수 있는 일들을 하는 데 시간을 더 쓰면 된다. 새 외국어를 배운다. 언젠가 읽어봐야겠다고 생각하던 책을 읽는다. 어휘력을 향상시킨다. 봉사활동을 한다. 아니면 주변 사람들(과 당신 자신)을 존중하고 공감하도록 노력이라도 좀 해 본다.

에스텔라가 결국 어떻게 됐는지에 대해 말하자면…… 음, 너무 많은 얘기를 누설하고 싶진 않다. 하지만 오랜 세월이 흘러 그녀와 핍은 다시 마주치게 되는데, 그녀는 꽤 극적으로 바뀌어 있다. 젊음의 아름다움은 사라졌지만, 잠시 생각한 후 핍은 그녀의 "말로 표현할 수 없는 위엄과 매력"은 여전히 남아 있다는 결론을 내린다. 그녀는 핍에게 다음과 같이 말한다. "시련은 다른 어떤 것보다 더 강력한 교훈을 줬고, 그때 네 마음이 어땠을지 이해할 수 있도록 가르침을 줬어. 나는 휘어지고 부서졌지만 희망컨대 더 나은 모양으로 그렇게 됐길 바라. 전에 그랬듯 내게 동정심과 너그러움을 베풀어 줘. 그리고 우리가 친구라고 말해 주렴."

핍은 그녀에게 그러마고 약속한다. 그들은 결국 친구 이상이 되는 걸까? 더 말하지 않으련다. 디만 나는, 좋은 친구 사이보다 더 좋은 사랑이란 없지 않나 가끔 생각할 때가 있다.

　모라가 중요한 질문을 던졌네. 누군가를 이상화하는 걸 어떻게 피할 수 있을까? 우리가 우리 자신에 대한 느낌을 정리할 필요가 있고, 우리의 관심을 끄는 누구와도 함께할 자격이 있다는 확신을 가져야 한다는 말은 백번 옳아. 첨언하자면, 인간이라는 존재가 세상을 얼마나 장밋빛으로 보는지를 인식하고, 그것을 늘 고려해야 할 필요가 있어. (『오만과 편견』과 『마의 산』에서 이에 대한 교훈적인 이야기 두 편을 만나게 될 거야.)

　타인들 또한 처음부터 세상을 낙관적으로 볼 가능성이 있다는 점에 대해서도 우리가 알아야 한다는 걸 언급하고 싶어. 나는 관계 초반에 종종 실패를 맛보는데, 내가 언제나 너무 들뜨고 희망에 찬 나머지, 여성들을 진짜로 사랑하거나 사랑하게 되기도 전에 그들을 진심으로 사랑한다는 착각을 심어주기 때문이거든. 처음 몇 달 동안은 모든 걸 곧이곧대로 믿으면 안 돼. 그리고 다음을 기억해. 관계란, 좋은 부분이 얼마나 좋은가를 근거로 판단하면 안 돼. 긴 안목으로 볼 때 나쁜 부분들을 어떻게 극복하느냐가 관계를 오래 지속하게 하는 거야.

3
마음은 외로운 작은 남자
The Heart Is A Lonely Little Guy

이해받고 싶은 갈망을 어찌 해야 하나
_카슨 매컬러스, 『마음은 외로운 사냥꾼』

잭의 이야기

∞

　고독이 인간의 근본적인 상태인 듯 느껴지는 때가 누구에게나 찾아온다. 옛 격언이 말하듯, 우리는 충만한 연결이나 본질적인 나눔에 대한 희망 따위는 존재하지 않는다는 듯이 세상에 홀로 태어나고 홀로 죽는다. 나 또한 그런 사람이라는 사실이 두려운데, 세상을 이런 식으로밖에 경험하지 못하고, 또 그걸 멈추지 못하는 사람들이 있다. 심지어 우리가 사랑이라 부르는 과정을 겪으면서도 상대방과 분리되었다고 느끼며, 더 친밀한 무언가에 대한 욕구를 느끼는 사람들 얘기다.

　이십대 때 나는 「갈망의 세 그늘」이라는 제목의 단편소설을 쓴 적이 있다. 자전적 요소를 최소화한 글이었지만, 사실 그 글을 쓰던 시기까지 (그리고 아마 그 이후로도) 내 인생 전체는 아픔으로 둘러싸여 있었다. 거의 모든 면에서. 십대 시절부터 나는 남편이 되고 아빠가 되고 싶었다. 사랑하는 가족과 친밀하게 이어지고 싶었을 뿐이었다. 하지만 그런 전통적인 관례들은 지금까지 내게서 교묘히 빠져나갔다.

그래서 나는 애정에 굶주린 사람들, 진실을 찾아 헤매는 사람들, 불만에 찬 사람들에게 믿을 수 없을 정도로 큰 공감을 느낀다. 그들은 모두 초서가 14세기 영어로 내린 사랑의 정의 중 하나, 즉 "그리도 빨리 사라지고 마는 지독한 기쁨"을 찾는 사람들인 것이다. 우리 중 일부는, 마치 금이 간 디캔터처럼 충만하게 채워져 살아가지 못한다. 가장 풍요로운 기쁨 뒤에도 멀리 떨어진 슬픔 한 조각이 남아 있다. 내 자아의 일부는 이 슬픔이 기쁨을 더 달콤하게 만든다고 믿는다. 하루살이가 누리는 한 뼘짜리 덧없는 삶 때문에 삶에 대한 그것의 투쟁과 아름다움이 훨씬 더 강렬해지듯이. 하루살이는 고작 한 시간을 살아도 긍지 높게 사는 것이다.

물론 글쓰기는 사랑에 버림받고 비탄에 잠긴 이들을 위한 최고의 피난처이며(헨리 밀러가 말했듯 "단어들은 고독이다"), 문학사의 모든 엘리너 릭비* 들 중, 카슨 매컬러스는 브론테 자매와 더불어 가장 구슬프고 가장 가슴 저미는 존재로 꼽힌다. 『마음은 외로운 사냥꾼』은 매컬러스의 첫 소설이고—그녀는 이 작품을 21세에 썼다—비록 그녀는 젊어서(나이 스물에) 결혼했지만, 이 이야기를 읽으면 소설을 출간하기 전 그녀의 삶이 감옥 창살 너머를 응시하

* Eleanor Rigby 비틀스의 노래 속 인물. 여기서는 '외로운 사람들'을 의미한다.

는 것과 감정적으로 똑같았다는 것을 확실히 느끼게 된다.

조숙한 젊은 작가가 쓴 이 소설은 가혹한, 그럼에도 모두에게 일어날 수 있는 몰락에 관한 작품이다. 소설은 다섯 개의 이야기를 통해 메시지를 직조하는데, 각 이야기에는 갈망으로 가득한 등장인물들이 자리 잡고 있다. 귀머거리인 벙어리, 혁명을 꿈꾸는 마르크스주의자, 바 주인, 흑인 성직자, 그리고 어린 소녀(매컬러스로 보이는 인물)가 그들이다. 마르크스주의자와 성직자는 다른 사람들이 자신의 사상을 이해하기를, 또한 다른 이들이 그들의 믿음을 실천으로 옮기기를 갈망한다. 하지만 다른 세 사람은 그들이 찾고자 노력하는 관계를 이루길 희망하며 온 마음을 다해 손을 내민다.

소설의 시작에서 만나게 되는 것은 귀머거리이자 벙어리인 싱어가 등장하는, 거의 우화와도 같은 이야기다. 그는 다른 귀머거리와 친구가 되고 그를 사랑하게 되며 그에게 수화로 끊임없이 말을 한다. 그 귀머거리가 싱어의 말을 이해하기는커녕 신경조차 쓰지 않는 듯 보이는데도. 소설이 진행되면 사람들은 차례차례 싱어에게 찾아와 말을 건넨다. 그들은 싱어가 관대하게 침묵을 지키는 것이 그들을 완벽하게 이해한다는 의미라고 생각한다. 실은 대답을 하지 않는 것뿐인데도.

여기서 슬픈 점은—또한 소설로서 효과적인 점은—등장인물들모두가 결국 누군가가 자신을 이해할 거라고 실로 기꺼이 믿고 있다는 사실이다. 누구도, 심지어는 싱어조차도 자신이 이해한 바를 대화 상대에게 투영하고 있다는 점을, 그러나 현실에서는 모두 홀로 머물고 있다는 사실을 깨닫지 못한다.

이런 일방향이자 퇴로가 없는 의사전달을 진짜 대화라고 여기는 환상은 헛된 사랑에 빠져본 적이 있는 이들에게는 몹시도 친숙한 것이리라. 우리는 우리의 감정이 전달되고 있다는 낙관주의를 붙들고 살아가지만, 결국 그 사람의 말이나 행동을 통해 우리의 사랑을 돌려받을 길이 없고 우리가 했던 말과 행동은 무익한 것이었다는 사실을 깨닫게 된다.

그것은 쪽지를 병에 담아 계속 띄워 보내면서 그것이 목적지에 제대로 도달할지 궁금해하는 난파된 감정이다. 이런 감정은 『마음은 외로운 사냥꾼』의 모든 주인공들을 몹시도 괴롭힌다. 마르크시스트는 대중을 각성하려 하지만 그의 간곡한 권고는 사람들에게 들리지 않는다. 성직자는 흑인들의 단합과 존엄을 위해 투쟁하지만 그의 가족조차도 이해시키지 못한다. 어린 소녀인 믹은 음악에 대한 자신의 사랑(심지어 그녀는 모차르트를 좋아한다)을 다른 아이들에게 이야기하려 노력하고, 바이올린을 직접 만들어보기도 한다. 물론 그 악기에서는 소리가 나지 않는다. 그녀는 "사람이 붐비는 집에서도 얼마나 외로울 수 있는지" 같은 생각을 통해 자신의 삶을 압축해 보여준다.

매컬러스 본인을 대리하는 인물은 믹이지만, 소설에서 가장 가슴 아픈 등장인물은 귀머거리이자 벙어리인 싱어다. 그의 귀머거리 친구는 끝내 떠나고, 싱어의 주위엔 그가 하는 말을 이해할 만한 사람은 아무도 남지 않는다. 그러나 그것이 그의 갈망을, 말하고자 하는 욕망을 앗아가지는 않는다. 비록 그의 일부는 자신이 이해받지 못하고 있다는 걸 알았지만. 매컬러스는 이를 다음과 같이 묘사한다. "그에게는 손이 괴로움이었다. 자면서도 뒤틀렸고, 깨어보면 꿈속에서 수화를 하고 있는 때도 있었다.…… 혼자 있다가 친구 생각이 나면, 그는 자기도 모르게 손으로 말을 했다. 그러다가 혼잣말을 크게 하다 들킨 사람 같다는 걸 깨달으면…… 손을 뒤로 돌렸다. 하지만 손은 가만히 있으려 하지 않았다."

어쩌면 나는 공유할 수 없는 사랑에 대해 너무 감상적으로 굴고 있거나 오버하는 건지도 모르겠다. 하지만 내 마음과 정신 역시 할 말이 너무나 많을 때는 가만있지 못하고, 소리 내어 말하고 공유하고 연결하고 싶어 참지 못한다는 생각이 든다.

나는 이번 장에 '이해받고 싶은 갈망을 어찌 해야 하나'라는 부제를 붙였는데, 지금쯤이면 카슨 매컬러스에게든 나에게든 그 질문에 대한 답이 없다는 걸 독자인 당신이 눈치 챘으리라는 느낌이 든다. 하지만 그럼에도 나는 그녀가 답을 어느 정도 제시했다고 생각한다. 스물하나라는 그 어리고도 어린 나이에.

비밀은 바 주인이자 홀아비인 비프에게 있다. 그는 밤이 깊을 때까지 가게를 열어둔다. "그는 밤에 가게를 닫는 법이 없었다. 그가 장사를 하는 동안은 그랬다. 밤 시간이 진짜였다. 다른 때라면 볼 수 없을 사람들이 있었다. 몇몇은 일주일에 여러 번 규칙적으로 들렀다. 다른 사람들은 딱 한 번 찾아와서는 코카콜라 한 잔을 마시고 다시는 돌아오지 않았다."

그는 헤밍웨이의 유명한 단편소설 『깨끗하고 불이 환한 곳』에 나오는 늙은 웨이터와 비슷한 영혼을 지닌 사람이다. 그 웨이터는 이렇게 말한다. "저는…… 침대로 가고 싶지 않은 사람들과 함께 늦게까지 카페에 있길 좋아하는 사람 중 하나입니다. 밤에 불빛이 필요한 사람들이 있지요…… 문을 닫기 꺼려지는 건 카페가 필요한 사람이 있기 때문입니다."

이런 갈망을 공유하는 다른 사람들이 있다. 그들은 우리처럼 방황하고 추구한다.

그러니 질문에 대한 대답은 비프와도 같이 되자는 것이다. 바를 열어놓자. 창문에 초를 켜두자, 누가 들를지 결코 알지 못하는 채로. 우리가 그들을 필요로 하는 만큼이나 그들 역시 우리를 필요로 할지 누가 알겠나.

4
신부와 편견
Bride And Prejudice

결혼이라는 이름의 샴페인 안경
_ 제인 오스틴, 『오만과 편견』

책의 이야기

୭ଡ଼

　나는 공식적으로 기꺼이 말하련다. 『오만과 편견』이 비록 영문학에서 가장 빼어난 소설 중 하나이긴 하지만, 때로 여성 독자들에게 가장 위험한 소설 중 하나가 될 수 있다고. 설정을 보자. 다섯 자매 중 가장 똑똑하고 까다로운 리지가 근사하긴 하지만 비정상적일 정도로 거만하고 사려 깊지 못한 남자인 다시를 만난다. 그는 리지의 가족뿐 아니라 자신이 속한 사회 집단에 대해서도 경멸만 드러낼 뿐이다. 리지는 그에게 만만치 않게 응수하고―그 반응은 꽤 적절해 보인다―, 나중에 그가 그녀에게 반해 프러포즈를 했을 때 거절한다. 하지만 그 뒤 책의 나머지 장에서 리지는 자신이 그에게 품었던 의혹이 잘못된 것이었음을 서서히 깨닫는다. 실은 그가 꽤나 환상적인 남자라는 걸 알게 되는 것이다. 그러고 나서, 맞다, 그녀 역시 그를 사랑하게 되고 그가 한 번 더 프러포즈를 하길 애타게 기다린다.

뭐가 어째?

좋다. 오스틴의 팬들이라면 다시가 오해를 산 것이며 리지도 끝에 가서는 그가 멋진 남자라는 쪽으로 생각을 바꾼다고 말하고 싶어하리란 걸 안다. 걱정 마시라. 이해했으니까. 이 소설의 제목은 두 주인공이 각기 저지른 실패를 가리킨다. 다시는 오만한데, 이건 그가 나중에 극복하지 싶다. 리지는 편견, 그러니까 다시가 소설 어딘가에서 그녀를 비난했듯이 사람들을 "고의로 오해하는" 성향을 갖고 있다.

그러니 좋다. 그게 다 사실이라고 치자. 하지만 설사 오스틴이 우리를 매혹적이지만 위험한 길로 인도하려는 게 아니며, 소설의 줄거리란 원래 액면 그대로 받아들이는 것이라 쳐도, 나는 여전히 이 소설이 전달하는 교묘한 메시지가 걱정스럽다. 진지하게 한번 생각해 보자. 리지가 다시의 성격에 대해 더 깊은 통찰에 이를 때까지(나는 심지어 이것도 의심스럽긴 한데), 다시의 외모와 나쁜 남자 특유의 수줍음을 제외하고, 리지는 정확히 뭣 때문에 그에 대한 첫인상을 바꾼 것도 모자라 홀딱 넘어가기까지 하는가? 우리가 미처 듣지 못한 브래드 피트 스타일의 복근 같은 것이라도 있었나? 미심쩍다.

아니, 그보다는 오히려 그가 그녀에게 "그런 남자의 사랑이라는 영예"를 부여하고 있는 쪽이 맞는 것 같다. 여기서 리지가 사용한 "그런 남자"라는 표현은 젠체하면서 헐뜯기 좋아하는 얼간이라는 뜻이다. 사실 자기가 찍은 한 사람을 제외한 다른 모두에게 개자식처럼 구는 건, 개자식들이 여자들로 하여금 자기가 '특별한 존재'라는 느낌을 갖게 하려고 노상 써먹는 전략이다. 내가 여기서 걱정 많은 큰오빠 짓을 하고 있는 건 아닌지 모르지만, 만약 리지가 내 가족이었다면 처음 몇 번 만났을 때 요상한 짓을 하는 남자는 아마도 진짜 요상한 인간일 거라고, 그놈은 나중에 너만 특별히 대하기로 결정해서 그러는 거라고, 그러니 반하면 안 된다고 말할 것이다. 호의를 베풀어 얻는 이득이 더 이상 없으면 그놈은 다시 본래 장착돼 있던 요상한 행동으로 돌아갈 공산이 크다.

그게 『오만과 편견』이 여성 독자들에게 잠재적으로 해로울 수 있다는 이유다. 그 소설은 감당할 수 없는 거만한 개자식들을 내치지 말라는, 더불어 만약 당신이 남자들의 호의를 받는 바로 그런 여자라면 당신 또한 그들에게 무죄 추정의 원칙을 적용해야 한다는 은근한 메시지를 담고 있는 것이다. 현실에서는 일이 어떻게 돌아가는지 아시나? 『오스카 와오의 짧고 놀라운 삶』(23장)이나 『모비 딕』(22장)에 관한 장을 읽어 보시기 바란다. 당신은 어쩌면 속거나, 학대당하거나, 인정받지 못할 수도 있다. 만약 어떤 남자가 당신에게 나쁜 인상을 주기 시작한다면, 당신은 아마도 그가 자신이 정말로 변했다는 엄청난 수의 직접 증거를 제시할 때까지는 그 인상을 그대로 간직해야 할 것이다. 그런데 그거 아시는지? 그런 변화는 일어나지 않는다.

그게 전부가 아니다. 가령 『오만과 편견』에 관해 알려져 있는 통상적인 지식이 정확하다 해도, 다시 말해 제목에 있는 '편견'이 리지가 다시에게 반하기 전부터 이미 가졌던 것이라 해도, 만일 그녀가 그와의 결혼을 생각하는 바람에 예전에 갖고 있던 그에 대한 감이 흐려진거라면, 나는 그녀가 청혼을 받아들인 후에도 여전히 편견에 사로잡혀 있거나 혹은 앞으로 훨씬 더 편견 덩어리가 되리라 본다. 그와 관련해 특히 놀라운 건, 이 책에서 가장 중요한 여성 등장인물인 리지가 소설 초반에는 결혼에 대한 욕망에 가장 소극적이라는 점이다. 그녀의 친구인 샬럿이 결혼 생각에 온통 사로잡힌 나머지 엄청나게 따분한 콜린스 씨의 청혼을 받아들이는 반면, 리지는 자신의 위트와 독자성을 분명 무척이나 가치 있게 생각해서 그것에게 전권을 넘겨준다. 심지어 그 위트와 독자성이 그녀의 혼삿길을 위협하고 있는데도.

바로 그렇기 때문에 만약 당신이 다시가 완전히 변했다는 걸 믿기 힘들어하는 사람이라면(곧 이 점을 살펴볼 예정이다), 리지가 어쩌다가 그를 사랑한다고 실제로 믿게 되는지에 대해서도 정말 이해가 안 가리라. 최소한 부분적으로나마 이를 설명하기 위해 '샴페인 안경champagne goggles'이라는 개념을 소개해 볼까 한다. 펍에서 하이네켄을 너무 많이 마시는 바람에 먼 친척을 흐릿한 맥주 안경* 너머로 보게 되는 경우가 있다. 샴페인 안경은 결혼하고 싶다는 자연스러운 인간 욕망에 수반되는 것으로서, 잠재적인 파트너와 그들의 다양한 결점들을 낭만화하고 이상화하거나 혹은 그 결점들에 따른 책임을 면제해 주는 역할을 한다. 샴페인 안경은 지나치게 까다롭게 구는 것의 딱 반대 효과를 불러일으킨다. 그것은 사람들이 책임을 져야 할 때도 넘어가게 하고, 당신이 누군가와 인생의 나머

---

* beer goggles 음주로 인해 상대방이 실제보다 매력적으로 보이는 상태.

지를 보내려 할 때 반드시 물어야 할 질문을 묻지 못하게 한다.

우리 중 일부는 무작정 결혼이 하고 싶어진 나머지, 우리가 혼자서도 안정적으로 잘 살아가고 있다는 사실에 주의를 기울이지 않는다. 우리가 결혼 때문에 로맨스에 대한 개념뿐 아니라 우리가 지니고 있던 핵심적인 인생관들 또한 희생시켰다는 사실을, 그런 상황에 처할 위험을 제 발로 찾아갈 필요가 없다는 사실을 모른다. 모라도 나도 아직 미혼이지만, 나는 내 친구들 대부분이 결혼하는 걸 봐 왔다. 그 중에 내가 따라하고 싶은 결혼이 얼마나 되는지 자문할 때가 있다. 그리 많지 않다. 다들 지나치게 자주, 좀 급하게 뛰어드는 것 같다. 아마도 결혼에 크게 기대하는 게 없어서라기보다는 혼자라는 두려움에서 벗어나고 싶어서일 것이다.

『오만과 편견』의 세계에 있는 온갖 샴페인 안경 중 리지의 것이 가장 덜 왜곡됐다는 점은 인정하겠다. (샬럿의 경우는 안경의 상태가 매우 좋지 않고, 리지의 부모나 여동생 리디아 역시 마찬가지다.) 하지만 리지의 경우도 일종의 교훈담으로 써먹을 수 있다. 그러니 증거를 꼼꼼히 살펴보고 난 다음, 그녀가 다시에게 반할 만한 제대로 된 근거가 있다는 당신의 생각이 맞는지, 그게 아니면 최소한 그녀가 낭만적인 주문에 걸리는 바람에 그에게 무죄추정의 원칙을 좀 지나치게 넉넉히 적용한 건 아닌지 알아보기로 하자.

다시가 소설 초반에 무척이나 막가는 불쾌한 인간으로 등장한다는 사실에는 의문의 여지가 없다. 그는 리지와 그녀의 자매들이 참석하는 무도회에 손님으로 초대받았는데, 그의 친구인 빙리가 춤을 춰야 하지 않겠느냐고 말하자 이렇게 대답한다. "안 추겠네. 자네 누이들에게는 벌써 파트너가 있고, 다른 여자들하고 춤춘다는 건 나한테는 벌이나 마찬가지야." 그러자 빙리는 리지와 춤추는 건 어떻겠느냐고 권하는데, 다시는 "잠시 엘리자베스를 바라보다 눈이 마주치자 눈길을 거두고 냉정하게 말했다. '그럭저럭 봐줄 만은 하군. 그렇지만 내 구미가 동할 만큼 예쁘지는 않아. 그리고 난 지금 다른 남자들이 거들떠보지 않는 여자들을 우쭐하게 해 줄 기분이 아니네. 자넨 돌아가서 파트너의 미소나 즐기라고. 괜히 나하고 시간 낭비하지 말고 말이야.'" 셜록 홈스가 아니라도 능히 짐작이 가지 않는가!

내가 성급히 비약한다고 생각하기 전에, 위의 인용문에서 '내'라는 단어를 강조한 건 내가 아니라 제인 오스틴이라는 사실을 밝혀 둔다. 그러니 이 사내가 그날 저녁 무도회에 참석한 여러 사람들이 결론 내린 대로 "세상에서 가장 거만하고 불쾌한 인물" 이상이 아니라고 생각하지 않을 방도가 있겠나?

맞다. 그게 제목에 '오만'이 붙은 이유다. 그리고 거기서 우리는 오스틴이 우리로 하여금 다시가 진짜 나쁜 사람이라는 결론을 내리도록 유도하다가 나중에 가서 판을 뒤집어버리는(끝부분에서 작가는 설명을 정말 길게 늘어놓는다) 덫을 놓은 거라고 생각해볼 수도 있다. 하지만 그녀가 덫을 지나치게 잘 놓은 것이었다면 어쩌나? 어떤 남자가 실제 이기적으로 보인다면 리지처럼 똑똑한 여자가 그에게 반하는 게 가당키나 할까?

소설이 진행되는 동안 두 가지 일이 벌어진다. 1) 다시가 리지가 생각했던 것보다 훨씬 괜찮은 인간임이 명백해진다. 2) 리지가 그를 오해했던 데 (사실 그랬다면) 죄책감을 느낀다. 소설에서 두 가지의 큰 전환점 중 첫 번째는 다시가 그의 여동생인 조지아나와 위컴이란 남자 사이의 약혼을 망친 게 아니었다는 사실이 밝혀질 때 찾아온다. (실은 다시는 그녀를 그 남자에게서 구해냈던 것이다. 위컴은 훗날 악당임이 드러난다.) 그녀는 위컴이 내내 거짓말을 해왔고 다시가 공명정대했다는 사실을 깨닫고는 갑자기 탄식한다. "내 행동이 그렇게 한심했다니! …… 변별력에 대해서만은 자부하고 있던 내가! 사랑에 빠져 있었다 해도 이보다 더 기막히게 눈이 멀 수는 없었을 거야." 걱정 마요, 자기. 내가 보기에 자기는 사랑으로 인해 똑같이 눈이 머는 걸로 그 상황을 상쇄할 준비가 돼 있거든.

아직 그녀는 완전히 넘어간 상태는 아니다. 하지만 다시의 하녀장이 그의 성격을 보증하고 그가 리지와 그녀의 친척 앞에서 덜 우쭐대자, 그녀는 자만심이 그의 유일한 결점이며, 그 자만심이란 것도 그리 나쁜 건 아니라는 결론을 내린다.

여기 결정적인 대목을 보자.

그의 장점들을 확인하면서 생겨난 존경심을, 처음에는 마지못해 인정했지만 …… 다른 사람들이 그를 아주 좋게 평하고 그의 성격이 아주 상냥하다는 말을 들으면서 이제는 얼마간 기꺼이 받아들이게 되었다. …… 그러나 존경과 존중보다도 더욱더 그녀 마음속에 간과할 수 없는 호감의 동기가 하나 있었으니, 그것은 감사였다. 한때 자기를 사랑했다는 데 대한 것뿐 아니라 그를 거절할 때 토라져서 톡톡 쏘아대던 무례함이라든가 그러면서 퍼부은 모든 부당한 비난들을 용서해줄 정도로 자신을 여전히 사랑하고 있다는 데 대한 감사였다. …… 자존심이 대단한 사람이 이렇게 변했다는 사실에 놀라울 뿐 아니라 감사한 마음까지 생겼다. …… 그녀는 그를 존경했고, 높이 평가했으며, 그에게 감사했고, 그가 진정으로 행복하기를 바랐다. 그녀가 알고 싶은 것은 단지, 그 행복이 자기에게 달려 있기를 스스로가 얼마나 원하는가, 그가 다시 청혼을 하게 할 만한 힘이 아직도 자기에게 있는 것으로 보이는 만큼 그 힘을 행사하는 것이 얼마나 둘의 행복을 위한 일이 될 것인가 하는 점이었다.*

요약하자면 자신을 퇴짜 놓고 오해한 일을 용서한 것으로 보아 그는 진짜로 그녀를 배려하고 있음이 틀림없고 (따라서 그건 열렬한 사랑의 작대기이고), 따라서 오스틴(과 리지)은 그녀가 정말로 감사해야 하며 그를 행복하게 하기 위해 노력해야 한다는 결론을 내리게 되는 것이다.

우웩. 그게 누군가와 결혼해야 하는 이유는 아니란 말이다! 물론 리지가 다시의 프러포즈를 거절한 이유 중 몇몇은 잘못된 것이긴 했다. 하지만 다른 것들은 이치에 맞는 것이었다(빙리를 리지의 언니에게서 막무가내로 떼어 놓은 점이나 감성지능의 결여 등). 그 이유들이 이젠 사라졌다는 증거가 있나? 분명 그는 자기 친구들에게는 건방지게 굴지 않는다(그리고 끝에 가서는 리지의 가족들에게도 그러려고 노력한다). 하지만 그 외 사람들에게는 어떨까?

이야기는 거기서 끝나지 않는다. 왜냐하면 일단 리지가 다시와

* 제인 오스틴, 『오만과 편견』, 전승희 옮김, 민음사, 2003, pp.366-367.

결혼하길 바라게 됐으므로 그녀는 결혼을 추진할 수 있고 장밋빛 유리를 통해 그를 마음껏 이상화할 수 있기 때문이다. 위컴이 리지의 여동생 중 하나(막내인 리디아)와 눈이 맞아 달아나자 다시가 돕기 위해 개입하고, 우리 여주인공의 마음엔 감동이 솟구친다. "그가 남자 중에서도 가장 관대한 사람임을 그녀는 의심치 않았다. …… 그는 성품에서나 재능에서나 자신에게 가장 어울리는 남자였다. 그의 지력과 성품은 자신의 것과는 다르지만 자신의 온갖 바람을 충족시켰을 것이다." 아, 정말 이런 말 하긴 싫지만, 숙녀들이여, 부자일 때 돈 몇 푼 기부하는 건 그리 대단한 일도 아니랍니다. (더불어, 사실 '남자 중에 가장 관대한 사람' 부문의 진정한 수상자는 모두에게 친절한 남자인 빙리여야 할 것입니다.)

다시가 나쁜 남자란 소린 아니다. 리지는 분명 더 망가질 수도 있었다. 나는 그저 그녀가 정말 그래야 할 타이밍보다 앞질러서 그에게 홀딱 빠진 거라고 생각할 뿐이다.

내가 보기에 이 소설의 결정적인 순간은 꽤 늦게 찾아온다. 그건 리지가 삶의 오류를 지적해주기 전까지 자신이 인생 전체를 잘난 척하는 바보로 살았다는 사실을 다시가 스스로 인정할 때다. 오케이, 그 부분에서 나는 심지어 그가 예전에 저질렀던 못돼먹은 짓들을 용서할 수도 있다. 하지만 리지는 그 말이 나오기도 전에 벌써 그의 프러포즈를 받아들였단 말이다! 내 생각에 그 순간은 그가 자신에게 충분히 괜찮은 남자일수도 있다는 생각을 리지가 하기 시작한 부분에 나왔어야 했다. 뭐, 좋다. 나를 불평쟁이라 해도 되고 낭만적이지 못한 인간이라 해도 괜찮다. 하지만 내 생각엔 많은 독자들이 자신의 낭만적인 관념(과 영화적으로 아주 잘 각색된 다시의 이미지)에 동요되어 그런 남자가 실제 인생에서 얼마나 위험한지, 혹은 리지가 황홀경에 빠져 있는 게 얼마나 안 어울리는 일인지 얼른 깨닫지 못하는 것 같다.

물론 리지와 다시는 마지막에 가서 결혼에 골인하고, 그 뒤로도 분명 오래도록 행복하게 살겠지만, 그건 소설이라서 그런 것이다. 반면 현실에서 사람들은 조금 더 신중하며, 일을 더 조심스레 진행하길 원한다. 바에서 낀 맥주 안경 때문에 아침에 일어나 얼굴을 봤을 때 전혀 흥분되지 않을 낯선 사람을 데리고 집으로 향하는 것과 마찬가지로, 우리가 관계 돌아가는 것에 지나치게 목을 맬 때, 특히나 제인 오스틴 소설의 등장인물들만큼이나 심하게 결혼을 원할 때는 샴페인 안경을 걸치게 될 확률이 무척 높아진다. 그걸 벗을 때는 이미 늦다. 그러니, 마음을 편하게 갖자. 증거가 나오기도 전에 당신이 원래 가졌던 편견을 너무 쉽게 버리지는 말자.

키스를 얼마나 많이 하건 간에, 때로 개구리는 그저 개구리로 남기도 하니까.

❧ 모라의 한마디 ❧

잭이 좋은 걸 지적했네. 비록 제인 오스틴이 살던 시절보다 압박이 줄긴 했지만, 많은 여자들이 결혼을 해야 삶이 완성된다고 느껴. 인생을 홀로 살 수도 있다는 두려움이 얼마나 압도적인지 알아? 특히나 대학 친구들이 하나둘씩 결혼하고 나면, 자신이 페이스북, 미국, 지구, 우주, 무한 속에 마지막으로 홀로 남은 싱글 같지. 하지만 아니거든. 어떤 결혼이건 기회비용을 치르게 된다는 사실을 잊지 마. 솔로로 남아 있던 시절에 나는 내 인생에서 최고의 친구 몇몇을 만났어. 만일 내가 누군가의 아내였으면 결코 그 사람들과 가까워질 수 없었겠지. 더군다나 아찔한 이혼율—초혼의 50퍼센트가 이혼으로 끝난다구—을 보면, "맹세합니다"라며 결혼에 뛰어들어놓고선 얼마 안 가 "내가 뭘 한 거지?"라고 중얼거리게 될 가능성이 높다는 사실을 떠올릴 수밖에 없어. 결혼은 축복이 보장된 길이 아냐. 특히 여성이라면. 조사에 따르면 불행한 결혼은 여성의 우울증과 스트레스를 증가시키는 데 그치지 않아. 잘못된 결합 때문에 당뇨병과 심장 질환에 걸릴 확률도 커. 쇠공 달린 족쇄에다가 고혈압까지? 누가 그딴 게 필요하겠어?

그렇긴 해도 난 리지와 다시가 행복하게 살 거라는 쪽에 걸래. 『이성과 감성』(15장에서 다루게 돼)을 읽었을 때는 약간 께름칙한 마음으로 제인 오스틴의 팬이 됐어. 『오만과 편견』을 읽고 나선 다시의 열렬한 옹호자가 됐지. 사실 그 친구가 대부분의 여자들 근처에서 미련퉁이 짓을 하긴 해. 하지만 내게 선택의 기회가 주어진다면 나는 위컴 같은 카리스마의 제왕보다는 서툰 남자(그래도 자기 고용인과 친한 친구에겐 따뜻한) 쪽을 기꺼이 고를 거야. 매력남을 파티에서 만나는 건 재밌을지 몰라도, 데이트를 하는 건 고통스러울 수 있어. 그치들은 얼마 지나지도 않아 새로운 사람들에게 뻐꾸기를 엄청 날리는데, 그러면 절대 그 사람한테서 눈을 떼선 안 될 것 같은 기분이 들기 시작해. 말로 끝나지 않는 지분거림이 얼마나 많을지가 궁금해지고 말이야. 하지만 다시와 짝이 되면 편히 쉴 수 있어. 영국 시골의 절반(혹은 미국 농경지의 상당수)에만 계속 틀어박혀 있는 대신, 그는 당신에게만 자신의 매력을 보여주게 될 거야.

5

8월의 깜박이

Lightbulb in August

그는 당신에게 반하지 않았다
_ 윌리엄 포크너, 『8월의 빛』

모라의 이야기

〜

『8월의 빛』은 1932년에 출간됐는데—데이트 족들을 위한 베스트셀러 자기계발서 『그는 당신에게 반하지 않았다』가 출간되기 70년 전 일이다—포크너의 이 최면적인 고전을 읽을 때면 그 소설의 주요인물 중 하나에게 이렇게 말해주고 싶은 충동이 불끈거린다. "헤이, 꼬맹이 아가씨, 아직도 모르겠어? 그는 너한테 반하지 않았다고!"

문제의 아가씨는 앨라배마에서 온 리나 그로브라고 하는 임신한 시골 소녀로, 자기를 임신시킨 루커스 버치라는 무책임한 젊은 떠돌이를 찾겠다는, 거의 백치나 다름없는 믿음을 품고 4주 동안 여행을 했다. 그는 꼬리를 싹 자르고 토낀 게 분명하다. 사정을 알아보면 그와 리나 사이에 벌어진 일은 섹스뿐이다. 그나마도 열두어 번 정도 했을 뿐이다. 그녀와 일을 벌일 때마다 루커스는 어둑해진 뒤에 리나의 침실 창문으로 슬쩍 기어들어오곤 했다. (그런 식으로 그는 리나 오빠의 감시를 피해야 했다. 오빠는 리나의 나이 12살 때 부모가 사망한 뒤 그녀의 보호자가 되었다.) 일명 얼치기 루커스는, 정확히 말하자면 그녀를 맘껏 즐기고 있었던 건 아니었다. 그런데 그녀는 그에게 임신했다고 말했고, 그는 겁을 집어먹었다. 하지만 그는 책임을 면하기 위해 작전을 짤 정도의 협잡꾼이기도 했다. 그는 자기가 돈을 더 벌 방법을 찾아봐야 할 것 같다고, 그래야 자신이 그녀와 뱃속의 아이를 돌볼 수 있을 거라고 말하며 다음과 같이 묻는다. 새 일자리를 찾기 위해 마을을 떠나야 할 것 같은데 어떻게 생각해? 거기서 일을 찾아 정착한 다음 연락하면 어떨까?

리나는 그의 헛소리를 믿고는 그거 괜찮은 계획이라며 동의한다. 그리하여 말주변 좋은 루커스가 그녀와 아이를 효과적으로 버리며 마을 밖으로 내뺄 때 축복까지 내려준다.

당신은 분명 이렇게 말할 거다. 리나, 리나, 이 기집애, 정말 눈치 못 챘던 거야? 나도 그렇게 말했으니까. 하지만 그녀가 완전무결한 멍청이라고 생각하면서도 난 그녀가 가여웠다. 따지고 보면 어떤 남자가 우리를 달콤하게 사랑해 주고, 옥시토신과 기타 결합 호르몬을 몸 안에 풀어놓게 만들 때, 누구든 명백한 진실보다는 리나가 믿고 싶었던 것들을 더 믿게 되지 않겠나 말이다.

루커스에게서 아무 연락도 안 온 채 몇 달이 지난다. 리나의 임신 사실이 탄로 난다. 실로 섬세한 남자인 그녀의 오빠는 그녀를 창녀라 부르면서 어떤 놈이 그랬는지도 정확히 짚어낸다. 하지만 리나는 계속 루커스를 옹호하고, 그가 오로지 선의에서 그런 거라고 고집스레 주장한다. 포크너는 그녀의 "이런 태도는 루커스 버치 같은 작자들이 믿고 의지하는 끈기와 확고부동한 충절에서 우러나오는 흔들리지 않는 고집 같은 것"이라고 쓴다. 그녀는 일곱 달이 넘도록 가여우리만큼 절박하게 루커스를 믿으며 지내다가, 그가 미시시피 제퍼슨의 한 제재소에서 일하고 있다는 소문을 듣고 나서 그 방향으로 마차를 얻어 타며 여행을 시작한다. 자기가 소식을 못 들은 건 그저 그가 바쁜 나머지 시간 가는 걸 잊었기 때문이라고 확신하면서! 그녀는 자기가 그를 쫓아온 걸 그가 알게 되면 기뻐 어쩔 줄 모를 거라는 데 단 한 순간도 의문을 품지 않는다.

리나와 마주치는 사람들은 모두 루커스가 개자식이고 그녀가 천치 같은 여자라는 사실을 금세 알아차린다. 하지만 그들은 또한 그녀를 동정하며, 거의 마지못해, 그리고 기독교적 책임감에서 그녀가 여행을 계속할 수 있도록 돕는다. 선한 사마리아인 하나가 그녀에게 루커스라는 인간이 어쩌면, 그저 어쩌면, 반드시 좋은 인간은 아닐 수도 있다고 암시를 주려 하자 리나는 "이유를 알 수 없는 초연한" 태도로 그를 옹호하며 다음과 같이 말한다. "제때 저를 부르려던 계획이 어긋나고 말았어요. 생각대로 안 된 거죠. 낯선 사람들이 있는 곳으로 그렇게 떠났으니, 젊은 사람이 자리를 잡으려면 시간이 필요하겠죠. 그는…… 훨씬 많은 시간이 걸릴 것을 전혀 몰랐던 거죠. 더구나 루커스처럼 활기에 넘쳐 사람들과 어울리기 좋아하고 남들에게 호감을 사는 젊은 사람은요."

루커스는 리나를 어느 정도는 문자 그대로 구부려서 일그러뜨렸다. 그리고 그녀는 그를 대신해 변명하고자 자기 자신을 일그러뜨렸다. 수많은 현대 여성들이 하는 짓과 똑같다. 그녀는 오컴의 면도날 이론*을 명백히 위반하면서 남자의 못된 짓에 대한 가장 명백한 (그리고 가장 덜 호감 가는) 설명, 즉 그가 그녀를 다시는 보지 않게 된다면 무척이나 행복해할 것이고 자기가 저지른 짓에 대한 책임을 회피하고자 안간힘을 쓸 거라는 설명을 무시한다. 대신 그녀는 자기가 믿고 싶은 것을 믿는다. 리나는 그를 찾고자 지리적으로 정말 먼 길을 걷는데—정확히는 앨라배마에서 미시시피까지— 그건 루커스가 자신이 추측하는 방식으로 자신에게 관심을 기울이지 않는다는 점을 고려하는 것조차 그녀에겐 무척 힘든 일이기 때문이다.

　길고 풍요로운 역사를 되짚어 보면, 여성들은 자신의 삶에 카리스마 넘치는 난봉꾼이 출현했다는 사실을 늘 부정해 왔다. 하지만 그런 전통이 존재한다 해서 우리가 현실을 부정하려는 본능에 항복해야 하는 건 아니다. 불만족스럽거나 비참한 대접을 받은 경우라면, 그 푸대접 자체보다는 우리 자신의 감정에 더 많은 관심을 기울여야 한다. 그런 일이 벌어질 때, 남자들이 우릴 좌절시킨 이유를 이리저리 꼬아 가며 억지로 만들어내려 하지 말아야 하는 것이다. 어떤 놈이 당신을 바람맞혔다면, 그의 행동이 어째서 겉으로 보이는 것처럼 경솔하고, 실망스럽고, 부적절하며 노골적으로 무례한 게 아닌지에 대한 변명을 만들어내느라 그에게 호의를 베풀지 마라. 호의는 당신 자신에게 베풀어야 한다. 그에게 예의 바르고 조용히 물어라. 왜 전화한다고 해놓고선 전화하지 않았는지, 답메일을 보내는 데 어째서 거의 일주일이나 걸렸는지, 저번 휴일 파티 때 당

---

* Occam's razor 같은 현상을 설명하는 여러 가지 가설이 있다면 가장 간단한 쪽을 선택하는 것이 옳다는 원리.

신이 옆에 서 있는데도 왜 다른 여자애 번호를 땄는지(그 일 기억니시나, 앤드루 스턴 씨?). 마찬가지로 남자들을 그저 성gender이 다르다는 이유만으로 진짜로 답이 없다고 여기면 안 된다는 사실을 기억하자. 그렇게 믿고 싶은 마음도 있겠지만 말이다. 만약 문제의 표본이 어리다면 재량의 여지가 좀 있긴 하지만, 일단 사내란 이십대 중후반에 이르게 되면 자기 행동이 어중간하거나 미적지근해도 그걸 잘 느끼지 못하는 경향이 있다. 내 친구 중에 삼십대의 꽤 잘 나가는 변호사는 그 문제에 대해 이렇게 말한다. "남자란 말이지, 여자들이 기대할 법한 길고 사려 깊은 이메일을 쓰기에는 눈코 뜰 새 없이 바쁠 수 있지만, 괜찮은 데이트를 하고 나서 어떻게 해서든 애프터를 따내려 할 땐 절대 바쁘지 않아. 새벽 4시에 차를 타고 사무실에서 집으로 가는 동안에라도 문자메시지를 보내서 약속을 잡는단 말이지."

그렇다면, 만약 당신이 첫 만남 후 24시간 안에 아무 연락을 받지 못했을 땐 모든 게 끝났다는 뜻일까? 반드시 그런 건 아니지만 희망을 좀 낮추긴 해야 한다. 남자가 한 번이나 두 번 정도 신뢰할 수 없는 행동을 했을 경우 해명할 기회를 주는 건 좋다. 하지만 세 번째 그랬다간 삼진아웃이라고 말해야 한다. 기준을 세워야 한다. 비싸게 굴지 마라. 그 대신 진짜 비싼 인간이 돼라. 8월이든, 1월이든, 4월이든 언제가 됐든 간에 일단 깜박이는 전구를 잘 조인 다음, 차갑고 냉정한 사실을 받아들여라. 당신이 인간으로서 공정하고 합리적인 대우를 받을 자격이 있다는 사실을. 그가 그걸 모른다면 당신이 거기에 눈감을 이유 역시 없다.

뜻대로 하세요

흔하디흔한 실수들

ଓ

『제인 에어』

『마의 산』

『불타는 도시의 밤』

『콜레라 시대의 사랑』

6
제인의 에러
Jane Erred

열정에 원칙을 적용하는 게 왜 바보짓일까
_샬럿 브론테, 『제인 에어』

모라의 이야기

～

만약 제인 에어가 실제 인물이고 오늘날까지도 살아 있다면 나는 그녀를 정말 좋아했을 거다. 그녀의 친구가 되려고 노력하는 내 모습이 눈에 선하다. 그녀는 강렬한 윤리 감각을 지닌 사람이다. 똑똑하고, 역경에 굴하지 않고, 의연하다. 훌륭한 이야기꾼이기도 하다. 하지만…… 장담건대 나이 든 제인 에어와 많은 시간을 보내는 건 짜증스러울 것 같다. 왜냐하면 그녀는 아이고 두야, 소리가 절로 나올 만큼 융통성 없을 사람이기 때문이다. 그녀는 일을 제대로 해야 한다는 생각 때문에 종종 잘못된 일을 저지른다. 혹은 최소한 그녀의 이름을 따서 붙인 이 소설의 가장 드라마틱한 부분에서 엄청난 사고를 친다. 일이 상식대로 흘러가게 놔두지 않고 규율에 완고하게 매달린 나머지, 제인은 자기 결혼식 날 치명적인 판단착오를 저지른다. 기독교의 율법을 문자 그대로 지키기 위해 끔찍하게 자기파괴적인 일을 벌인 것이다. 그녀는 자신의 약혼자였던 남자—인생에 다시없을 사랑—에 관한 당혹스러운 소식이 밝혀진 뒤, 그와의 모든 인연을 끊기로 결심한다. 그녀가 약혼을 파기한 결과, 그 둘 모두 감정적으로 가혹하게 무너지며, 정신 나간 짓을 하다 거의 죽을 뻔한다. 결국 둘 중 한 사람은 불구가 된다.

제인에 대해 더 이야기하기 전에—즉 제인의 약혼자가 제 이름에 엄청난 먹칠을 했음에도 제인이 어째서 그 남자와 달아났어야 했는지 논하기 전에—(제인이 그랬어야 했듯) 행복을 위하여 인습을 떨쳐낸 내 친구 얘기를 해야겠다.

그애는 대학 시절 가장 친한 친구 중 하나였던 조다. 조는 칠흑 같은 머리칼에 갈라진 턱을 지닌 미인이었는데, 낡은 코듀로이 옷에 남성용 스웨터를 걸치고 다녔으며 손가락에 커다란 터키석 반지를 낀 도시 여자였다. 그애는 2학년 때 바닷빛 유리 같은 눈동자를 지닌 카리스마 넘치는 쿼터백을 만났다. 인디 록을 사랑하고 마리화나 흡입을 즐기는 중서부 출신의 괜찮은 친구로, 이름은 릭이었다. 처음 본 순간, 사랑에 거의 근접한 감정이 불붙었다. 서로를 점점 알아갈수록 불꽃은 더 훨훨 타올랐다. 몇 주가 지나자 그들은 뗄 수 없는 사이가 되었다. 서로에게 푹 빠진 게 확실했고, 행복에 넘쳐 아찔한 상태였다.

여섯 달 정도 릭과 사귀고 나서, 조는 나와 몇몇 친한 친구들에게 엄청난 비밀을 털어놓았다. 그녀와 릭이 야반도주할 계획을 세우고 있다는 것이었다. 아니, 임신은 아니었다. 그들은 그저 나머지 인생을 함께하기만을 원했고 그걸 세상에 알리고 싶었다. 하지만 부모님이 기뻐하지 않을 거라며 머뭇거렸다. 알고 보니 조의 친구들 역시 다들 이구동성으로 이렇게 말했다고 한다. "하지만 너희들은 아직 젊잖아. 앞길도 창창하고. 급하게 결정하기 전에 경험을 좀 더 해 봐."

내 의견은 달랐다. 조는 내가 상상할 수 있는 그 어떤 모습보다 행복해 보였다. 예전에는 그녀가 사교생활과 학교생활에서 자기 자신을 얼마나 힘들게 몰아붙이며 사는지를 생각하면 걱정이었다. 그녀는 매번 밤을 꼴딱 새우면서 파티를 조직하는 동시에 과제물도 썼다. 그러면서 줄담배를 달고 다녔다. 하지만 릭이 그녀를 지켜주면서 조는―어쩌면 릭 역시도―자기 자신을 더 잘 보살피기 시작했고, 어느 순간부터는 그저 그녀가 얼마나 행복한지 지켜보는 것 말고는 달리 할 일이 없었다. 나는 설사 그들이 결혼하고 몇 년 뒤 이혼을 한다 하더라도, 일단 한번 해 보는 게 그녀에겐 더 좋을 거라는 생각이 들었다.

다들 워낙 엄청나게 반대했던 터라, 조에게 확신이 없었다 해도 그리 놀랄 일은 아니었을 것이다. 하지만 다행히도 릭과 조 사이의 믿음은 더 깊어졌다. 멍청이들에게 굴하지 않은 결과, 그들은 럭비 필드 위에서 결혼식을 올렸다. 스물 몇 명의 여학생들과 골든 레트리버 세 마리가 그들을 둘러싸고 축하했다. 무척 오랜 시간이 흐른 지금, 그들은 여전히 결혼생활을 영위하고 있으며, 내가 본 중에 가장 예쁜 아이들 넷(넷이라니!)과 함께 산다. 릭은 일터에서 무척 잘나간다. 조는 법학 학위가 있고 자선사업에도 열심이다. 자신의 마음을 따라 전통에 맞선 결과, 그들은 여전히 내가 아는 가장 닭살

돈는 커플로 살고 있다.

조와 릭에게 주의를 주려 했던 수많은 회의론자들과 마찬가지로, 제인 에어는 자신의 결혼에 대해 완고할 정도로 보수적인 태도를 갖고 있다. 그것이 상황을 특히나 악화시키는 요소인데, 왜냐하면 그녀는 다른 상황에서라면 상태에 기꺼이 의문을 제기하고 면전에서 벌어지는 위선을 꿰뚫어 볼 수 있는, 무척이나 독립적인 사고력을 지닌 여성이기 때문이다. 아기 때 고아가 된 어린 제인은 잔인한 외숙모 밑에서 자랐는데, 외숙모는 기회가 있을 때마다 그녀를 학대했고, 가차 없이 깎아내렸으며, 제 아들이 가여운 사촌동생을 물리적으로 핍박할 때 외면했다. 마침내 그녀는 외숙모에 맞서 진실을 말한다. "어른이 돼서도 다시는 보러 오지 않을 거예요. 누군가 내게 외숙모가 어땠느냐고 묻는다면 …… 생각만 해도 메스꺼워진다고 말할 거예요. 그리고 외숙모가 나를 비참할 정도로 잔인하게 대했다고 말할 거예요. …… 외숙모는 내가 아무런 감정도 없는 아이인 양 생각했어요. 사랑이나 호의 같은 감정은 단 한 점도 없이 살 수 있는 아이처럼요. 하지만 난 그렇게 살 수 없어요. …… 외숙모는 연민의 감정이라곤 하나도 없는 사람이죠."

그녀의 무례함에 마음이 상한 제인의 외숙모는 그녀를 가난한 여자애들이 다니는 기숙학교에 보내버린다. 로우드 자선학교 역시 얼마 동안은 버티기가 쉽지 않은 곳이었다. 학교 교장인 불쾌한 성직자는 여학생들로 하여금 혹독한 궁핍을 겪게 하고(심지어 한 학생이 날 때부터 지니고 있던 멋진 곱슬머리조차도 용납하지 않는다!), 그 결과 학생들의 영양실조로 인해 학교에는 티푸스가 창궐하게 된다. 그 때문에 감사가 벌어지고 사디즘에 젖은 교장은 교체

된다. 그 뒤로부터 제인은 로우드에서 전에는 알지 못했던 만족을 누린다. 그녀는 거기서 6년은 학생으로, 2년은 교사로 총 8년 동안 머무른다. 하지만 떠날 때가 됐다는 걸 느낀 그녀는 로체스터라는 부유하고 외로운 남자의 저택에서 가정교사로 일하게 된다. 처음에 로체스터는 까다로운 독신남으로 보이지만, 제인은 이내 그가 친절한 성품을 가진 사람이라는 걸 느낀다. 비록 그가 사교계에서 촐랑거리는 경박한 여자와 곧 결혼할 듯 보이긴 했어도, 그와 제인 사이에는 서로가 다른 사람에게선 본 적 없던 위안과 우정이 자라난다. 오래지 않아 그녀는 수심에 잠긴 자기의 고용주에 대한 깊은 감정을 키워나간다. 로체스터 또한 그녀에게 편집광적이라 할 만큼 헌신하는 모습을 보인다. 현실에서나 문학 작품 속에서나 그 둘의 사랑보다 더 순수한 건 없다. 그녀는 "나는 그에게서 동질감까지 느껴져. 얼굴 표정이 뭘 말하는지, 몸짓이 뭘 말하는지 알아. …… 내 모든 선량하고, 진실하고, 활기찬 감정들이 본능적인 욕구처럼 그의 주변으로 모여들고 있어"라고 생각한다. 그는 자신이 제인을 "영원히 다정하고 진실하게 대해 주겠노라고" 말하고, 그녀가 "맑은 눈과 유려한 언변을 갖고 있고 …… 불같은 열정으로 이루어진 영혼을 갖고 있으며 …… 굽혀지되 부러지지 않는 성품에 나긋나긋하면서 착실하고, 순종적이면서 지조가 있는 여자"라고 말한다.

그가 여자로서 별 매력이 없는 제인에게—그녀의 외양이 소박하다는 사실은 소설에서 계속 언급된다—프러포즈를 해서 놀라게 했을 때, 그녀는 머리부터 발끝까지 기쁨으로 떤다. 제인은 청혼을 받아들인다. 하지만 결혼식이 진행되는 동안, 정확히는 목사가 이 두 사람이 신성한 부부 관계로 결합돼서는 안 되는 이유를 아는 사람은, 지금 말하거나 영원히 침묵을 지키라는 말을 꺼내는 바로 그 순간, 한 낯선 사람이 앞으로 나와 로체스터가 이미 결혼한 상태이며 아직 이혼하지 않았다는 사실을 고발한다……!

두둥!

이런 반전이!

그런 게 아니라고 말해요, 로체스터!

하지만 불쌍한 로체스터에겐 정말로 아내가 있었다. 그 즈음엔 완전히 미쳐서 야생동물처럼 날뛰던 정신병자인 버사라는 이름의 여자가. 로체스터가 제인으로 하여금 그녀를 만나게 했을 때 제인은 다음과 같이 생각한다. "얼핏 보았을 땐 그 형상이 야수인지 인간인지 구분할 수 없었다." (작가인 샬럿 브론테는 당시 버사에 대한 가혹한 묘사 때문에 비난을 받았다. 버사의 "광기"가 지나치게 극단적이라서 다소 믿기 어렵다는 건 나도 인정한다.) 제인과 로체스터가 간병인에게 버사를 맡기고 나온 후, 그는 어쩌다가 자신이 그런 정신 장애가 있는 사람과 결혼을 하게 됐는지 설명한다. 그가 젊었을 때 그녀는 무척이나 아름답고 많은 재산을 물려받은, 완벽하게 정상으로 보이는 여인이었다. 하지만 버사의 부유한 친척들은 버사가 그녀의 어머니를 파괴한 것과 똑같은 병(어떤 학자들은 브론테가 묘사하고 있는 병이 정신분열증이라고 본다.)에 굴복하리라는 걸 알고 있었다. 그래서 그녀의 친척들과 로체스터의 비열한 가족은 그를 속여 그녀와 결혼하게 만들었다. 그는 그녀를 사랑한 적이 없었는데도. 버사의 정신적 문제는 아찔한 속도로 심각해졌고, 거의 사람 구실을 못할 정도가 되었다. 로체스터는 그 시점에 이혼하려고 노력했지만, 그게 법적으로 불가능하다는 사실만 알게 됐다. 그의 부인은 곧 걸림돌이 되었다. 그는 수년간 그녀를 자신의 영지 저택에 있는 비밀의 방에 가둬놓고 24시간 동안 감시해 왔다. 안 그래도 비참한 로체스터의 처지에 더해, 맛이 간 그의 아내는 사악함에 홀린 듯 보인다. 한번은 버사의 간호사가 취해 잠든 사이 그 미친 여자는 로체스터의 침대에 불을 질러 그를 거의 죽일 뻔하기도 했다.

버사를 마음속에서 지울 수 있길 바라며 그는 오랜 세월 세상 곳곳을 여행했고 정부들의 품에서 위안을 찾고자 노력했지만 아무 소용 없었다. 그가 만났던 여자들은 그에게는 관심이 없거나 그의 돈만을 원했다. 그는 자신의 말에 따르면 "좌절감으로 부식된 …… 적막하고 비통한 심정을 안고" 인간에 대한, 특히 여성에 대한 어떤 믿음도 내려놓고 영국에 돌아왔다. 그는 "나는 이제 지적이고, 충직하고, 사랑스러운 여자에 대한 생각은 그저 꿈에 불과하다고 깨닫기 시작했소"라고 말한다. 그것은 그저 꿈이었던 것이다. 제인을 만나기 전까지는.

그렇게 자신의 인생 역정을 들려준 뒤, 로체스터는 다음과 같이 덧붙인다. "나는 청소년 시절과 청장년 시절 중 절반은 말로 표현할 수 없을 정도로 비참한 불행에 빠져 지냈고, 나머지 절반은 쓸쓸한 고독 속에서 지냈소. 그러고 나서야 내가 진정으로 사랑할 수 있는 사람을 난생처음 발견한 거요. …… 나보다 더 나은 반쪽, 내 착한 수호천사를." 그는 제인에게 프랑스 남부의 "지중해 연안에 있는 하얀색 칠을 한 별장"으로 같이 가자고 꼬드기는데, 거기에서라면 결혼한 사람들처럼 살 수 있다. 그는 자기가 제인을 부인이라고 부를 테고, 마음속으로도 그리 생각할 것이라는 점을 강조하며 법률 따윈 엿이나 먹으라고 한다.

하지만 그러기에 제인은 너무나 완고하다. 로체스터의 처지에 공감했음에도, 그녀는 그의 제안을 고집스레 거절한다. 그녀의 종교가 그런 일을 금하기 때문이다. 제인은 독실한 청교도인지라, 로체스터가 법적으로 결혼한 상황에서 그의 부인이 더 이상 인간의 언어로 의사소통을 할 수 없을 정도라는 것, 그러니까 완전히 정신줄을 놓은 상태라는 사실을 그냥 넘길 수 없다. 제인이 로체스터에게 자신은 더 이상 그와 동거는 물론이거니와 같이 시간을 보낼 수도 없다고 말하자, 그는 "그렇다면 내가 비참하게 살다 저주 받은 상태로 죽음을 맞이하라는 선고를 내리겠다 이거요?"라고 묻는다. 제인은 새침하게 대답한다. "죄 없는 삶을 사시라고 조언 드리는 겁니다."

씨도 안 먹히는 소리야, 제인.

그날 밤 로체스터를 거부한 게 옳은 결정이었는지 아닌지 숙고하면서 그녀는 다음과 같이 생각한다.

나는 제정신일 때, [사랑 때문에] 너무 흥분해서 미치지 않았을 때 내가 받아들였던 원칙을 고수할 거야. 지금처럼 말이야. 율법과 원칙은 본래 유혹이 존재하지 않는 시간을 위해 존재하는 게 아니라고. 그것들은 지금 같은 시간, 몸과 마음이 모두 반란을 일으키는 때를 위한 거야. …… 내 개인적인 편의를 위해 율법과 원칙을 위반할 수 있다면 대체 그것들의 가치가 뭐냐고?*

　잠시 뒤 그녀는 자기가 올바로 행동한 거라고 재차 되뇐다. "그렇다. 이제야 나는 원칙과 법을 지키면서, 격정의 순간 내게 던져졌던 정신 나간 유혹을 경멸하고 박살냈던 내가 옳았다고 느낀다."

　나한테 묻는다면 이는 비겁한 변명이라 하겠다. 그녀는 자신이 따르고 있는 종교적 계율을 그녀 같은 상황에 처한 사람에게 적용하는 게 응당한지 아닌지 의문을 품기보다는 지나치게 빨리 계율에 자신을 맞춘다. 랠프 월도 에머슨이었다면 그렇게 바보처럼 일관성을 지키는 건 '속 좁은 인간들의 망상 같은 짓거리'**라고 그녀에게 말했을 것이다. 제인의 생각과는 반대로, 우리는 도덕적으로 애매한 상황을 흑과 백으로 똑 부러지게 나누는 시나리오로 바꾸기 위해 원칙이라는 것을 세우는 게 아니다. 원칙이란 우리가 일상에서 행동의 틀을 잡고 결정을 하는 데 정보를 얻고 빠른 선택을 내릴 수 있도록 돕고 안내하는 대략의 인지적 지름길이다. 대개의 경우 우리는 유부남과 결혼하는 게 괜찮은지에 대해 그리 오래 생각하지 않는다. 그게 말이 안 된다는 걸 알고, 법률도 그걸 증명하고 있기 때문이다. 하지만 간혹 드문 상황에서는 법적으로 이혼할 수가 없는 처지의 사람과 프랑스 남부로 달아나는 게 더 옳을 때도 있다.

　불륜을 옹호하자는 게 아니다. 설마. 하지만 때로 우리는 절대 데

---

* 샬럿 브론테, 『제인 에어2』, 류경희 옮김, 펭귄클래식코리아, 2010, pp.172-173
** 에머슨의 에세이 『자립』에 나오는 말로, 원문은 다음과 같다. "어리석은 일관성은 속 좁은 인간들의 망상 같은 짓거리로, 변변찮은 정치가와 철학자와 성직자들이 숭배하는 것이다. 위대한 영혼은 일관성 따위와는 아무 관계가 없다."

이트해서는 안 되는 종류의 사람들에 관한 선입관을 갖는다. 직장 상사일 수도 있고 다른 주나 나라에 사는 사람일 수도 있고, 특정한 나이대의 사람일 수도 있다. 공화당원이나 민주당원일수도 있고, 우리가 채식주의자일 경우엔 정육점 직원일 수도 있다. 대개의 경우 이렇게 범주를 만들어 두는 건 절대 사이좋게 지낼 수 없을 사람들과의 시간낭비를 피하는 데 무척 도움이 된다. 다만 그 '절대 안 되는' 범주의 사람들에게 푹 빠졌는데, 상상 가능했던 것보다 훨씬 더 행복할 경우를 제외한다면 말이다.

아마도 제인에게는 자기가 진심으로 원하는 걸 얻을 자격이 없다는 뿌리 깊은 믿음이 있을지 모른다. 그것은 그녀가 어린 시절 학대당하고 무시당한 데서 상당 부분 기인한 것이고, 그녀가 자신이 별 매력이 없다는 걸 자각하고 있다는 점도 일부 작용한다. 나는 그녀가 사랑을 쟁취하고자 싸우지 않은 이유에는 자신이 사랑을 얻지 못할 거라고 어느 정도 믿고 있었다는 점도 일부 포함되었을 거라 생각한다.

이런 제안으로 글을 마무리할까 한다. 만약 당신이 진정한 사랑을 만날 만큼 운이 좋다면 무녀아처럼 관습에 매달리다가 일을 망치지 마라. 조건들과 선입견 목록 따위 던져버려라. 어쩌면 당신은 이혼남이나 애 딸린 남자, 또는 입에 게거품을 물고 덤비는 전 여친이 있는 남자와 나머지 인생을 보낼 거라고는 생각조차 못했을 수도 있다. 하지만 그가 기대한 것보다 훨씬 더 당신을 황홀하게 한다면, 그냥 같이 살아라.

그리고 만약 누가 당신에게 지중해 연안에 있는 하얀색 칠을 한 별장에 같이 살자고 꼬드긴다면? 요새라면 그러기 위해 굳이 사랑

에 빠질 필요까지도 없다고 본다. 하지만 나를 그곳에 한번 초대 해
줘야 한다. 꼭.

7
비극의 산
The Tragic Mountain

만나자마자 사랑에 빠지는 사람들
_토마스 만, 『마의 산』

잭의 이야기

∽

차창에 비친 낯선 얼굴이나 거리를 스쳐가는 타인, 강의실 앞자리에 앉은 누군가를 흘끗 보면서, 또는 카페 구석에서 혼자 책을 읽는 다른 사람의 삶을 잠깐 동안 상상하면서 머릿속으로 그 사람들을 재보고, 그들 때문에 가슴 두근거리고, 말을 걸어봤으면 싶고, 애원하다가 실연당하는 경험을 해보지 않은 사람이 있을까. 하지만 우리는 충동에 따라 행동하는 대신, 그것들을 머릿속에서 갖고 놀 뿐이다. 재산이 압류당할 지경인데도 밭 한가운데 삽 한 자루도 안 들고 서서 하늘만 쳐다보는 농부처럼, 그냥 앉아서 입 안에 감이 떨어지길 바라며 우리는 아무것도 하지 않는다.

존재하지 않는 것을 현실 속에 받아들이는 건 인간만이 지닌 특별한 재능으로, 우리는 우리 앞에 직면한 삶을 받아들이고 인식하는 대신 우리가 원하는 대로 현실을 바꿔버린다. 하지만 이런 상상이란 실로 파편적이고 불완전하지 않은가? 카페의 외로운 독서가와의 연애란 그저 포용 가능한 정도이거나 모든 게 까발려지지 않은 정도의 수준에서 형성되는 것이다. 아침에 일어났을 때의 퉁명스러움, 바닥에 팽개쳐진 양말 같은 것들은 우리가 우리 자신을 속이며 총천연색으로 그려낸 이상적인 장면 안에 포함돼 있지 않다.

작가 마르셀 프루스트가 기차에서 본 농장 소녀들에게 품었던 환상은 유명하다(맞다. 그건 프루스트도 남자란 소리다). 하지만 그는 그 소녀들이 아름다웠던 건, 상당 부분 그들을 멀리서 봤다는 데서 기인한다는 점 또한 주목한다. 그는 무의식적으로 디테일에 포토샵 처리를 했던 것이다. 지나치게 많은 진실이 개입하여 좌절하는 일이 없어야 우리의 욕망은 마음이 갈망하는 것을, 마음이 "맞아. 그게 맞을 거야"라고 말하는 것을 훨씬 더 쉽게 투사할 수 있다. 시간이 흘러 환상이 벗겨지면, 우리의 마음은 경험에 남은 기록을 필요한 만큼 위조하거나 잘못 해석함으로써, 소중한 별사탕 요정들이 머릿속에서 계속 춤출 수 있도록 최적의 환경을 만들어낸다. 아마도 뇌의 외지고 한적한 한 구석에서는 자기기만을 경고하는 알람이 울리겠지만, 우리가 언제쯤 그것에 귀를 기울일까? 더 정확히 말하자면 우리는 그런 걸 듣고 싶어하지 않는다. 달콤한 꿈에서 깨는 건 고통스러운 일이다. 키츠가 말했듯 음악은 사라졌다.[*]

그 어떤 연인이 꿈꾸고, 꿈꾸며, 계속 꿈꾸고 싶어하지 않겠는가.

[*] 존 키츠의 시 「나이팅게일에 부치는 노래」.

나 자신도 종종 너무 오랫동안 장밋빛 안경을 걸친 채, 내 연인을 그들 자신의 본래 모습 대신 내게 필요한 모습으로 바라보곤 한다(그리고 그들도 나를 그렇게 본다). 내 눈 속에는 밀월the moon of honey이 몇 년이고 계속 하늘에 떠 있는데, 거기서 나온 꽃가루 같은 빛은 나를 얼룩지게 하고 일그러뜨리고 중독시킨다. 나 같은 종류의 사람을 흔히 로맨티스트라, 혹은 바보라 부른다. 물론 우리는 양쪽 다이다. 우리는 초월에 이르고 싶다는 영혼의 소중한 희망을 한사코 내려놓으려 하지 않는다. 만약 운이 좋다면, 우린 결국 성숙해져서 현실로부터 황홀한 경험을 추출하는 법을 발견하게 될 것이다. 그러지 못하면 실망 속에서 허우적거릴 운명에 놓여, 영원토록 인생을 우리의 상상이 바라는 것들을 모아놓은 조각들로 보게 되고, 절대 실현할 수 없는 바람 속에서 길을 잃게 되리라.

문학사에는 백일몽을 꾸는 낭만주의자에 대한 교훈적인 이야기들이 곳곳에 흩어져 있다. 어떤 작품들은 그 이상을 끈질기게 추구하면서 호소력과 공감을 불러일으킨다. 『안나 카레니나』 같은 작품이 그렇다. 인생을 있는 그대로 받아들이지 않으려는 행동을 거의 야비할 정도로 정확하게 그려내는 『보바리 부인』 같은 작품도 있다. 그리고 내가 가장 좋아하는 소설 중 하나인 토마스 만의 『마魔의 산』에서는 사랑의 열병, 투사, 갈망, 낭만주의에 대해 문학이 제공해야 할 가장 정교하고 교묘한 탐구를 읽게 된다.

이 사랑의 열병을 앓는 인물은 『마의 산』의 주인공 한스 카스트로프이며, 그 열병의 대상은 클라브디아 쇼샤Clavdia Chauchat라는 여성이다(이 이름은 내가 제일 좋아하는 소설 속 이름이다. 비록 그녀의 성이 '발정 난 고양이chat chaud'라는 뜻의 프랑스어와 상당히 비슷하긴 하지만). 쇼샤 부인—그렇다. 그녀는 한스를 만나기 전 이미 결혼한 상태다—은 알프스(마의 '산'이라는 제목은 여기서 왔다)에 있는 폐결핵 요양원의 환자로, 한스는 그 요양원에 사촌을 만나러 방문한다. 그리고 자신 또한 뚜렷한 병세가 나타나는 바람에 곧 입원하게 된다(이는 내가 『마의 산』에서 가장 좋아하는 부분이다. 작가는 소설에서 인간 조건의 놀랍도록 다양한 범위에 대한 만화경 같은 은유로서 폐결핵을 능숙하게 그려내고 있다).

쇼샤 부인 역시 병으로 고통 받고 있다. 하지만 한스가 그녀를 주목하게 된 건 무엇보다 그녀의 엄청난 '무신경함'이다. 그녀는 매번 저녁식사에 늦게 도착해서 등 뒤의 유리문을 쾅 하고 난폭하게 닫는다(처음에 한스는 이를 성격이 거칠다는 표시로 생각하지만, 나중에 가면 그 쾅 하는 소리가 그의 욕망을 파블로프적으로 자극하게 된다). 이 무신경한 클라브디아 쇼샤는 행동도 나른하고 기질도 께느른하며 무관심한 성격에 몸매도 무미건조하다. 하지만 한스는 그녀에게 빠져든다. 그녀는 넓은 광대뼈(나중에 '상춘국 사람 같다'고 묘사된다)와 안쪽에 주름이 잡히는 '키르기스인 같은' 눈(이는 그녀가 극동 코카서스 인종처럼 보인다는 의미다)이 두드러지는 여자다. 한스는 그녀에게 흥미를 느낀다. 그는 식당에서 계속 그녀와 눈을 맞추려고 하지만(환자들은 모두 늘 앉는 자리에 앉는다) 그녀는 꽤나 무신경한 탓에 그에게 주의를 기울이지 않는다. 그런데 그게 정말일까?

이는 한 젊은이가 사랑에 빠지기에 완벽한 조건이다. 마침내 한스는 그녀가 식당에서 자기에게 다가와 손바닥을 내놓으며 거기에 키스하라고 요구하는 꿈을 꾼다. "그런 생각을 하자 무모하리만치 달콤한 감정이 머리에서 발끝까지 다시금 그를 압도했다." 그로 인해 젊은 한스 카스트로프는 이내 자기가 사랑에 빠진 거라 믿는다. "그는 오로지 쇼샤 부인만을 생각할 필요가 있었고, 실제로 그녀만 생각했으며, 아아, 자신의 심장 박동에 걸맞은 감정이 내부에 존재함을 느꼈다."

한스가 그녀에게 반하는 과정을 나름대로 서술하면서 내가 수많은 식사 장면을 건너 뛴 건 사실이다. 그 사이에 베란다 유리문이 십수 번은 쾅쾅댔을 것이다. 하지만 중요한 점은 그가 자신의 마음과 이런 교감상태에 이르는 동안, 그녀가 그의 존재를 인정한 적이 단 한 번도 없었다는 사실이다! 만은 이에 대해 다음과 같이 쓴다. "어떤 남자가 한스 카스트로프와 같은 상황에 있을 때, 또는 그와 같은 상황에 막 처하기 시작했을 때, 그는 무엇보다 자신이 그녀를 꿈꾸고 있다는 걸 알고 있는 여성을 얻기를 갈망한다." 그러나 식당에서 그녀와 눈을 마주치고자 한스가 아무리 술책을 부려도 클라브디아 쇼샤는 절대 그가 있는 쪽을 보지 않는다. 놀랍지도 않은 얘기다. 그게 부분적으로나마 그가 그녀를 '사랑'하는 이유가 될 수 있는 걸까? 그렇게 상상하고, 투사하고, 환상을 갖고, 흥분해서 지내다가 마침내 그들의 눈이 말없이 마주쳤을 때, 한스는 그녀가 자신을 그저 아는 사람처럼 형식적으로 보는 게 아니라 친구와 같은 친숙함을 품고 말을 걸듯 바라본다는 결론을 내린다. 하지만 한스뿐 아니라 우리 역시 깨닫지 못하는 건, 우리 인간이 얼마나 자기 편한 대로 일을 해석하는가 하는 사실이다. 그녀는 결혼했고, 아픈 데다, 러시아인이고, 얼추 서른은 넘었다. 폐결핵에 걸린 우리의 젊은 영웅에게 원하는 것 따위 있을 리가 있을까?

물론 열정과 질투는 트럼프의 위아래 그림처럼 하나로 이어져 있지만, 한스는 그런 사실에 대해 전혀 면역이 돼 있지 않다. 나중에 밝혀지지만 요양원의 고문관 또한 쇼샤 부인의 마력에 홀린다. 한스는 고문관이 처음에는 그녀의 초상화를 그리다가 나중에는 그녀의 진짜 내부를 보고자 X-레이(소설이 쓰인 1924년 당시 X-레이는 새로운 발명품이었다)를 찍으려 한다는 사실을 알게 되고, 그가 그녀에게 온갖 방법으로 접근하여 친밀한 관계를 맺었다는 데 엄청난 충격을 받는다.

나중에 한스는 그 초상화를 보게 되는데, 그림은 '졸작'이지만 그럼에도 초상화 속 인물은 그녀다. 고문관은 그림에 대해 다음과 같이 말한다. "그래요. 그녀를 좀 닮긴 했지요. 디테일을 제대로 포착하려 했더니 균형이 무너집니다. 스핑크스의 수수께끼 같은 얼굴이에요." 스핑크스의 수수께끼라. 아마 그럴지도 모른다. 어쨌든 그건 장밋빛 안경의 수수께끼이기도 하다. 그것은 대상을 보면서도 보지 않는 법, 또는 대상을 있는 그대로 받아들이면서 자신이 원하는 대로 바꾸지 않는 법에 관한 것이다. 화가 역시 그녀에게 매료되어 있다. 그는 그림 속에서 보고 싶은 것이 있고, 캔버스 위에 포착하여 그리고 싶은 것이 있다. 하지만 그가 찾는 것은 클라브디아 쇼샤의 진짜 모습과는 다를 공산이 크다.

한스에게도 질징이 다가온다. 발푸르기스의 밤(반은 사육제이고 반은 할로윈, 독일식 광란의 축제)이라는 절호의 시간에 그가 꿈꾸던 여인과 운명적인 만남을 갖게 된 것이다. 샴페인에 취한 데다 가장 의상도 입고 있던 터라, 그녀는 그가 편하게 말을 놓도록 허락한다. 그들은 서로 추파를 던지고, 그러다가 그녀는 한스에게 내일 자신을 더 잘 돌봐줄 다른 요양원으로 떠날 거라고 말한다.

그가 말할 차례가 되자 한스는 마침내—무릎까지 꿇고—자기가 이 요양원에 있는 이유는 순전히 그녀에 대한 자신의 사랑이 병을 일으켰기 때문이고, 자신은 그녀를 처음 본 순간부터 사랑했으며 심지어는 그녀를 만나기 전부터 사랑했다고, 자신을 마의 산으로 데리고 온 것은 그가 예전부터 언제나 갖고 있었고 앞으로도 갖게 될 그녀에 대한 사랑 때문이라고 말한다.

이 친구, 좀 망상끼가 있다고 내가 얘기했던가?

성숙한 여인인 그녀는 그를 '사육제의 왕자님'이라 불러준 다음 그의 머리에 종이 모자를 얹고, 그가 (독일식으로) 여자를 기쁘게 하는 법을 아는 사람이라고 말해준다. 그리고 몸에 열이 날 테니 침대로 돌아가는 게 좋겠다고 충고한다. 다음날 한스는 기념품을 받는다. 그가 그렇게도 원하던, 그녀의 내부를 보여주는 X-레이 사진을. 하지만 클라브디아는 떠난 뒤다.

결국 그녀가 돌아왔을 때는 애인과 함께다. '왕과 같은 남자'의 그림자에 가려진 미미한 한스는 자신의 사랑이 가망 없다는 걸 알게 되고, 산을 내려가 군인이 된다. 그의 연애는 연기처럼 스러지며 끝난다. 애초에 그는 그게 연기라는 사실을 결코 몰랐지만.

이 소설은 나 자신부터 주의를 기울여야 할 적절한 경고를 담고 있다. 우리 중 어떤 이들에게 사랑의 씨앗과 토양은 순전히 마음속에만 존재한다. 우리는 그걸 키우고, 그리하여 번성하지만, 거기서 피는 꽃은 뭐든 간에 잘못된 것이다. 시간이 지나면 자연스레 알게 된다. 옛 상인들이 금속 함량을 알아보기 위해 동전을 깨물어본 것과 마찬가지로 우리 낭만주의자들 또한 때로는 우리 감정을 의심해 보고 그것이 순전히 우리가 그랬으면 하고 바라는 건 아닌지 확인해 볼 필요가 있다.

장밋빛 안경을 걸치면 보기 좋을 수는 있지만, 현실은 종종 우리가 바라는 것과는 다르다. 연애관계는 어떤 상황이든 간에 성공할 수 있다. 하지만 그러려면 환상이 아니라 현실에 뿌리를 둬야 한다. 만약 감정을 현실에 근거해 두지 않고 그 감정이 진실한 것인지도 확신하지 않는다면, 어느 날 잠에서 깼을 때 우리는 자신이 사랑한다고 믿었던 사람이 갑자기 누군지 알 수 없게 돼버릴 위험을 안고 살아가는 거나 다름없다.

8
환락의 밤, 숙취의 아침
Bright Nights, Big Shitty Hangover

술을 마시며 남자를 낚아선 안 되는 이유
_제이 매키너니,『불타는 도시의 밤』*

모라의 이야기

∾

수많은 사람들이 짝이 될 가능성이 있는 사람을 만나길 소망하며 바와 클럽에서 많은 시간을 보낸다. 그 이유는 전혀 미스터리가 아니다. 많은 이들이 그런 장소에 모여들고, 그 중 상당수가 혼자다. 그곳에 준비된 술은 사교 생활에 기름칠을 하는 데 꽤 도움이 된다. 따라서 그게 누군가를 만나는 데 나쁜 방법이 아닌 건 분명해 보인다. 하지만 관계를 시작하는 데는 괜찮은 방법일까? 그건 의심스럽다. 특히나 알코올이 들어간 상태에서는 바에서 당신 곁에

---

* 『Bright Lights, Big City』 이 소설은 아직 국내에 출간되지 않았으나, 이 작품을 각색한 영화가 〈재회의 거리〉라는 제목으로 소개되었다.

앉은 매력적인 사람이 던지는 추파가 충분히 안심해도 되는 것인지, 아니면 지나치게 안심한 나머지 다음날 후회할 짓을 저지르게 되는 건 아닌지를 측정하기가 무척 어렵기 때문이다. (그러니까, 내가 잘 알고 하는 소린 아닌데, 이를테면 같은 밴드 동료이자 색소폰을 담당하는 친구인 마이크가 아니라 전에 한 번도 본 기억이 없는 누군가와 집으로 가버리는 경우가 있겠다. 당신은 그게 마이크라고 생각했을지 모르지만.) 더 나아가 당신은 그날 밤 살짝 스친 사람과 전혀 다른 희망을 품고 있을 수도 있다. 당신은 연인을 찾고 있을지 몰라도, 그 사람은 그저 원 나이트 스탠드를 찾는 걸지도 모른다는 얘기다.

하지만 내 말을 곧이곧대로 믿지는 마시라. 그 대신 제이 매키너니의 빼어난 자전적 데뷔작인 『불타는 도시의 밤』에 등장하는 이름 없는 화자의 말에 귀 기울여 보자. 이 책은 2인칭 시점으로 쓰였는데, 그래서인지 마치 한 편의 긴 연설문 같다. 소설은 화자—그를 반짝이 씨Mr. Bright Lights라 부르기로 하자—가 친구인 태드 앨러개시와 함께 한밤중의 맨해튼을 탐험하는 장면으로 시작된다. 앨러개시는 사립학교 출신의 부유한 은행가 타입으로, 사교계의 중심인물이기도 하다. 그들의 저녁은 쌔끈한 어퍼 이스트사이드에서 샴페인을 마시며 시작되었지만, 독자들이 그들을 만날 때쯤 그들은 '하트브레이크'라는 간판을 단 신통찮은 나이트클럽에서 4시간이나 허비한 상태다. 반짝이 씨는 어쩌된 상황인지 기억을 못한다. 시계가 "새벽 2시에서 6시로 알아채지 못하게 회전한 뒤였다." 우리가 젊음을 낭비할 때 흔히 일어나는 일이다. "멍청이들이 찾아내기 전엔" 그 클럽이 "얼마나 괜찮은 곳이었는지" 칭얼거리는 여자애들을 떼어내려 최선을 다하는 한편, 반짝이 씨는 그 광경을 흥미롭게 바라보며 다음과 같이 생각한다. "이런 새벽 시간에 이따위 장소에 있음직하지 않은 종류의 여자를 만나야겠다고 네가 생각하는 데는 몇 가지 이유가 있어. 그런 여자를 만나면 너는 그녀에게 네가 정말 원하는 건 정원이 딸린 시골집이라 말하게 될 거야."

달리 말하면 남자들—과 여자들—은 종종 나이트클럽에서 만난 이성을 진지하게 여길 수 없는 범주로 분류한다. 특히나 특정 시간 이후에 만난 사람이라면. 케이트 크리스텐슨이라는 작가가 자신의 소설 『취중진담In The Drink』에 쓴 것처럼, "술집에서 농지거리를 하며 작업"하고 나면 대개 "취중 섹스를 한 뒤 지하철 승강장에서 재빨리 전화번호를 교환하게 된다. 그리고 더 많은 지분거림과 취중 섹스의 밤들로 이어진다." 행복하고 잘돼가는 관계로 이어지는 일은 많지 않다.

대충이나마 견적을 내야 한다면, 누군가를 만나 진지한 관계로 발전하고픈 희망을 품고 술집을 방문하는 횟수와 실제 그런 일이 일어나는 경우의 비율은 대략 520대 0 정도일 거라고 본다. 이십 대 시절에 내가 최소한 520번 정도는 술집에 갔으니까. (520주면 10년이고, 그 시절에 적어도 일주일에 한 번 술집에 갔다고 말하는 건 과히 뻥이 아니라고 본다.) 거기서 정말 많은 남자들을 만나기는 했다. 댄스 플로어에서 그들과 키스도 제법 했고, 구석에서 마리화나도 몇 번 피웠으며, 어떤 사람들과는 그 이상 진도가 나가기도 했다. 하지만 그렇게 해서 내 다음 남자친구를 만난 적이 있을까? 설마!

술에 떡이 된다는 건, 매우 불편한 상황으로 직행하는 지름길이긴 하다. 가이라는 이름의 남자와 만났던 경우가 그랬다. 그를 만난 건 어느 날 밤 로어 이스트사이드의 술집이었는데, 나는 친구 여럿과 나서려던 참이었다. 우리 중 몇몇은 우리집으로 돌아가 계속 술을 마시기로 결정했다. 나는 가이를 초대하는 실수를 저질렀다. 결국 그는 내 집에서 밤을 보냈(고 친구 둘은 소파베드에 뻗었)다. 우리는 키스 이상은 나가지 않았다. (딸꾹질도 좀 했던 것 같긴 하다.) 최소한 내가 필름이 끊기기 전까진. 다음날 아침이 되자 기분이 매우 좋지 않았다. 나는 숙취 상태였지만 가이는 달아올라 있었는데, 그 모습이 어딘지 모르게 크리스핀 글러버* 같았다. 생긴 것뿐 아니라 속닥이는 말투나 어색한 모양새도 크리스핀 글러버처럼 기묘했다. 나는 몸이 좀 아픈 것 같으니 가달라고 그에게 부탁했다. 그의 등 뒤에서 문을 닫으며 다시는 그를 보지 않길 바랐다. 하지만 그날 밤 그는 전화해서 자동응답기에 메시지를 남겼다. 나는 무시했다. 그는 다음날 밤에도 전화해서 메시지를 남겼다. 그리고 그다음 날도…… 답하지 않은 음성메시지가 나흘 동안 쌓이자, 누군가 내 아파트 앞 인도에서 큰 소리로 내 이름을 불렀다. 나는 화장실 창문을 빼꼼 열고 내다봤다. 그랬다. 가이였다. 나는 겁에 질린 채 살금살금 옷장으로 들어가 그가 단념할 때까지 약 10분 동안 숨어 있었다.

몇 분 뒤 그가 전화를 걸었을 때 나는 전화를 받았다. 당신이 나를 겁주고 있으니 제발 날 내버려두라고 그에게 부탁했다.

"하지만 당신이 날 정말 좋아하는 것처럼 굴었잖아!" 그가 불평

* Crispin Glover 〈이상한 나라의 앨리스〉 〈미녀 삼총사〉 등에 출연한 약간 기괴한 얼굴의 미국 배우.

했다.

"난 취해 있었어!" 나는 항변했다. "내가 뭘 하고 있는지 몰랐다고!"

우리 사이가 더는 진전될 수 없다고 그를 납득시키는 데 한 시간이 걸렸다. 하지만 내가 짜증냈던 것만큼이나 그의 심정도 이해가 갔다. 나 또한 타락한 사람과 늦은 밤에 진한 키스를 나눈 뒤 벌어질 일에 대한 와일드한 판타지를 상상하다가 대낮의 환한 빛 속에서 희망이 내동댕이쳐진 경험이 적어도 한 번 이상은 있었으니.

술집을 이리저리 돌아다니는 게 흥미로운 사람을 만나는 데 도움이 되는 건 맞다. 너무 흥미로운 게 문제라서 그렇지. 그러다 보면 바보를 하나 혹은 둘 정도 만날 수도 있다. 내가 앞에서 언급했던 마이크가 아닌 남자, 그러니까 색소폰을 부는 내 친구도 아니고 예전에 만난 적도 없었던 그런 남자가 그랬듯이. 뉴욕의 한 재즈 클럽에서 긴 밤을 보낸 뒤의 일이었다. 어찌나 취했는지 내가 생판 모르는 사람—그 마이크가 아닌 남자—과 아파트에 같이 있다는 것도 깨닫지 못할 정도였고, 그가 내 위에 올라타 자세를 취하고 콘돔 포장을 뜯고 나서야 상황을 파악했다. 나는 "대체 뭐 하는 거예요?"라고 말했다. 다행히 그는 내가 자기와 절대 자지 않을 거라고 말하자 재빨리 자리를 떴다. 당시의 내 상태를 고려해 보면, 혹시 그가 시체와 하는 걸 좋아하는 인간은 아니었나 궁금해진다.

그런 성적 도착을 옹호하려는 건 아니지만, 그 남자라고 해서 그날 저녁 자기 아파트를 나서면서 진정한 사랑을 찾아야지, 했던 건 아니었을 게다. 그러니 이렇게 말하는 편이 공평할 것 같다. 매주 술에 떡이 된 채 보냈던 불행히도 긴 시간 동안 나는 확실히 연애

관계를 맺을 준비가 안 돼 있었다고 말이다. 비록 그걸 원하기는 했어도.

반짝이 씨도 준비가 안 돼 있긴 마찬가지다. 그가 멍하니 입을 벌린 채 맨해튼의 지하세계에 거주하고 있는 사람들을 바라보며 찾고 있는 것은—또한 앨러개시의 조수로서 방탕한 파티에 뛰어들었던 동안 그가 찾았던 것은—마음을 지우는 도구다(단순히 깔루아에 보드카와 토닉을 섞는다고 그렇게 되진 않는다). 모델 출신의 그의 부인 어맨다는 몇 달 전 그를 떠났고, 그 뒤 그는 맨해튼에서 수없이 많은 밤을 핀볼 공처럼 헤맸다. 그는 여성의 형태를 한 '세속적 구원'을 발견하길 바라지만, 자신이 '패스트푸드의 성적 등가물'을 찾을 확률이 더 높다는 사실을 안다.

직장에서 해고된 뒤 반짝이 씨의 상태는 바닥을 찍게 되고, 결국 어머니의 죽음으로 인한 고통이 자신을 갈기갈기 찢어놓고 있다는 사실을 독자에게(그리고 그가 사용하고 있는 2인칭 서술 덕분에 자기 자신에게도) 인정한다. 그는 결혼에 심각한 회의를 품고 있었으나, 그의 어머니가 암과 투병하는 동안 어맨다와 결혼했다. 어맨다가 자신에게 곧 들이닥칠 상실감에서 벗어나게 해 줄 거라는 희망을 품고서. 하지만 장례식 직후 그녀는 그에게 모든 책임을 전가함으로써 상황을 더 악화시켰을 뿐이었다.

반짝이 씨는 이 경험으로 인해 크게 각성한다. 자신이 변할 때가 됐다는 걸 깨달은 것이다. 그는 이렇게 중얼거린다. "너는 천천히 나아가야 해. 모든 걸 처음부터 다시 배워야 해." 그는 자신이 되고 싶은 사내가 될 준비를 갖춘다. "일요일 아침에 일찍 일어나 〈타임스〉와 크루아상을 사러 밖으로 나가는…… 그런 사람. 문화면에서 정보를 얻은 다음 전시회 일정을 체크하는 사람…… 금요일 밤 출간 기념파티에서 만취하여 흐트러지지 않고 거기서 만난 여성에게 '전화를 거는 그런 종류의 남자"가 되기 위한 준비를.

그런 남자는 바에서 어린 여자애들을 만나지 않는다. 그런 남자는 '하트브레이크' 같은 간판이 붙은 곳에 가면, 그런 곳에서 찾을 수 있는 것 이상을 발견하지 못한다는 사실도 잘 안다.

9
온라인데이트 시대의 사랑
Love In The Time Of Online Dating

이메일을 너무 많이 보내는 게 왜 위험한가
_가브리엘 가르시아 마르케스,『콜레라 시대의 사랑』

모라의 이야기

∽

몇 년 전, 뉴욕으로 이사 오고 얼마 안 돼서 나는 실제로는 알지 못하는 남자에 대한 낭만적인 열광에 빠져들었다. 그렇게 된 건 그와 주고받은 수많은 이메일 덕분이었다. 아, 그는 정말 글을 제대로 쓸 줄 알았다! 하지만 그의 문체가 날 흥분하게 했던 것만큼, 그의 입술에서 흘러나올 말이 나로 하여금 방언을 쏟아내게 하고, 비전을 보게 하고, 열반을 경험케 할지는 모를 일이었다. 메일을 주고받던 두 달 동안 우리 둘은 한 번도 만난 적이 없었던 것이다. 그와 나는 내가 저널리즘 장학금을 받고 유럽에 있는 동안 온라인데이트 서비스를 통해 연락을 주고받기 시작했다. 그는 천재 같았다. 그의 손끝에서는 격분한 상태의 연극배우가 내뱉는 침만큼이나 샤프한 구절들이 아무렇지도 않게 흘러 나왔다. 그가 자신이 책을 쓰고 있다고 말했을 때, 나는 그 책이 우리 시대의 위대한 미국 문학이 되리라고 확신했다. 나는 '문장력'에서—이렇게 말하니 꼭 문예창작과 졸업생 같긴 하다만—그렇게 깊은 인상을 주는 남자를 만난 적이 없었다. 그리고 그 사람 사진. 농담 아니고 금발머리 슈퍼맨 같았다. 젊은 시절의 크리스토퍼 리브가 백금발을 갖고 태어났다면 그렇게 생겼을 것이다. 구글링을 해서 뉴욕의 어느 파티에 참석한 그의 최근 사진을 찾아냈다. 데이트사이트에 오른 사진과 실제 모습은 똑같았다. 기분이 어찌나 상콤하던지!

외국에서 내가 시간을 보내는 동안, 강렬한 가상적 친밀함이 우리 사이에 생겨났다. 비록 미국의 위대한 수퍼히어로 씨에게 사랑에 빠졌다고 고백할 정도까진 아니었지만, 어쩌면 그럴지도 모른다는 생각은 들었다. 특히 프라하에서 보기로 했던 친구와 만나지 못했을 때 그가 이메일을 통해 그 조그만 위기를 벗어나도록 도와준 날에는. 그는 나보다 20살 연상이었고 세상 물정에 밝았다. 여행, 고독, 문학 같은 온갖 것들의 측면에서 날카로운 통찰력을 보였다. 그는 심리적으로 내 두뇌 속에 깊숙이 파고들었다. 괴로운 순간이 찾아올 때마다 그를 생각하면 기운이 났다.

여름학기가 끝나자 나는 집으로 날아갔다. JFK 공항에서 겨우 택시를 잡아타고 슈퍼히어로와 내가 만나기로 한 멋진 술집에 도착했다. 술집으로 걸어 들어가 구석의 작은 테이블에 앉아 있는 그를 봤을 때는 심장이 쾅쾅 뛰었다. 하지만 그에게 다가갈수록 내 신경을 사로잡은 것은 …… 경고였다. 아마 약간의 혐오감도 함께했던 것 같다. 뱃속이 싸늘하게 식기 시작했다. 그는 내가 기대했던 것과 거의 똑같은 외모였다. 다만 사람을 20년쯤 더 늙어 보이게 하는 컴퓨터 프로그램에 들어갔다 나온 것 같았다는 점만 빼고. 그의 눈 밑에는 연못에 돌을 던졌을 때 생기는 파문처럼 번지는 반원형 주름이 진행되는 중이었다. 반 고흐가 그렸음직한 피부에는 벌건 선들이 그물 모양으로 파여 있었다. 머리색은 금발이라기보다는 누리끼리한 은빛이었다. 너무 늙어 보였다!

예전에는 나이차가 좀 있는 게 멋지다고 생각했었는데, 갑자기 이런 생각이 번쩍 들었다. 이 아저씨 소아성애자야!

예전에 연상의 남자와 몇 번 만난 적이 있었다. 나쁜 남자 스타일의 사십대 레스토랑 주인이었다. 도시의 맛집 몇 곳을 공동소유하고 있는 사람이었다. 하지만 머리가 세지도 않았고, 몸매도 좋았으며, 놀기도 잘 놀았다. 간단히 말해 겉으로 봐선 그리 늙어 보이질 않았다. (실은 그게 아니었는데, 그가 임대한 롤스로이스 뒷좌석에서 워낙 신나게 놀았던 탓에 못 알아챈 걸 수도 있다) 하지만 그날 밤 그 술집에서, 자리에 앉아 8주 동안 시시덕거렸던 사람을 바라보았을 때, 나는 그저 내가 연상의 남자를 그렇게까지 좋아하진 않는다는 사실을 깨달은 이십대 초반의 여자애일 뿐이었다.

감옥 같은 분위기에서 레드 와인을 마시며 나는 가능한 한 예의바르게 굴려고 애썼다. 하지만 내 기분은 대서양이 우리를 갈라놓았을 때 그에게 써 보냈던 애틋한 감정들과 심한 충돌을 일으켰고, 그러다 보니 몸이 살짝 아파왔다. 그가 어디 조용한 곳에 가서 서로 껴안고 있자는 둥의 소리를 했을 때 난 아마 움찔했을 것이다. 나는 피곤해서 가 봐야 할 것 같다고 변명하며 작별인사를 했다…… 그 뒤로 우리는 두 번 다시 만나지 않았다.

이와 비슷한 일이 가장 퇴폐적이면서도 재미있는 러브스토리 중 하나인 『콜레라 시대의 사랑』에서도 벌어진다. 이 소설에서 젊은 전신국 직원인 플로렌티노 아리사는 오만하면서도 섹시한 여인 페르미나 다사에게 홀딱 반한다. 플로렌티노에게 그것은 첫눈에 반한 벼락 같은 사랑이다. 페르미나의 아버지에게 전보를 배달한 뒤 플로렌티노는 그녀가 앉아 있는 창문 옆을 지나간다. 그녀는 눈을 들어 방문객을 보는데, "그 우연한 시선은 오십 년이 지난 후에도 끝나지 않고 세상을 뒤흔든 사랑의 시작이었다."

하지만 불행히도 플로렌티노에겐 그녀를 얻을 기회가 딱히 많지 않다. 페르미나의 어머니는 죽었고 그녀의 엄격한 아버지는 소년들이 그녀에게 접근하지 못하게 한다. 특히 홀어머니와 사는 사생아인 플로렌티노 같은 하층 계급 놈팽이라면 더. 그럼에도 플로렌티노는 언제가 됐건 그녀를 흘끗이라도 볼 수 있으면 좋겠다는 희망을 품고 마을 주변에서 페르미나(그녀는 보통 고모와 함께 움직인다)를 졸졸 따라다닌다. 그렇게 끈질기게 눈앞에 모습을 드러낸 결과 그녀도 그에게 똑같이 몰두하게 되면서 "그가 보고 싶어 규칙적으로 피가 끓어오르는" 상태까지 이른다. 마침내 그들은 열렬한 비밀 편지를 교환하기 시작한다. 2년 동안 서로 눈 한 번 제대로 마주친 적이 없는데도 편지를 주고받으며 꾸준히 접촉을 유지한다. 페르미나가 다니는 학교의 사악한 교장 수녀가 그들의 편지 중 하나를 중간에서 빼앗기 전까지는. 수녀는 욱하는 성질이 있는 페르미나의 아버지에게 편지 사건을 얘기하고, 그는 플로렌티노에게 딸을 그만 만나라고 부탁하면서 안 그러면 그를 죽이겠다는 뜻을 내비친다.

"쏘십시오." 플로렌티노가 대답한다. "사랑 때문에 죽는 것보다 더한 영광은 없습니다."

그로 인해 페르미나의 아버지는 자신이 사랑 때문에 심각하게 맛이 간 꼬맹이를 앞에 두고 있음을 깨닫는다. 그는 플로렌티노에게 "개-자-식!"이라고 말한다.

다사 씨는 살인자가 되기보다는 자기 딸을 산맥으로 1년 동안 여행 보내 버리는 쪽을 택한다. 하지만 그조차도 플로렌티노와 페르미나의 사랑을 막지는 못한다. 그들은 지역 전신 기사들의 도움을 받아 비밀리에 통신을 교환한다.

마침내 아무것도 모르는 다사 씨는 자신과 페르미나가 충분히 안전해졌다는 판단을 내리고는 집으로 돌아온다. 그녀는 "그곳을 떠났을 때보다 키가 더 크고 세련되어졌으며, 더 명랑한 표정이었다. 그녀의 아름다움은 성숙한 여인의 자제력으로 정화되어 있었다." 그들이 돌아온 지 얼마 안 돼서 페르미나는 시장에서 플로렌티노를 본다. 그는 늘 그랬듯 자기가 가진 단벌 정장을 입고 있다. 죽은 아버지가 입고 다녔던 검은 정장으로, 그의 어머니가 아들의 몸에 맞게 수선해 준 옷이다. 그는 거의 평생 그 옷을 입고 다닌 듯 보인다. "비쩍 마른 체격에 …… 머리에는 향내 나는 포마드를 잔뜩 발랐으며, 근시 때문에 안경을 썼는데, 그것은 어디에도 기댈 곳 없는 그의 애처로운 모습을 더욱 부각시켰다." 페르미나에 대한 열렬한 사랑 때문에 그는 병자처럼 창백해지는데, 증세가 심한 나머지 그의 어머니는 아들이 콜레라에 걸린 건 아닌가 잠시 걱정할 정도였다. 그게 몇 년 만에 페르미나가 본 그의 모습이었다. 그리고…… "그녀는 사랑의 감동이 아닌 환멸의 심연을 느꼈다. 순간적으로 자신이 중대한 실수를 저질렀다는 것을 깨달으면서, 왜 그토록 오랜 시간 동안 그렇게 열정적으로 이런 망상을 키워왔는지 모르겠다고 놀란 마음으로 자문했다."

거기까지 읽었을 때 나는 안 돼, 페르미나! 당신에게 미쳐 있는 가엾고 사랑스러운 플로렌티노에게 어떻게 그럴 수 있어! 하고 소리를 꽥 지르고 싶었다. 내가 그에게 빠져버렸던 것이다. 참으로 시적인 마음을 지닌, 한 여자에 빠져 정신을 못 차리는 강아지 같은 멋진 남자에게 말이다! 반면 페르미나의 심정 역시 물론 안다. 이상화했던 사랑의 대상을 현실에서 억지로 대면하게 되면 마음이 싸늘히 식어갈 수 있는 것이다. 낭만적인 관계에서는 말과 생각을 통한 연결만큼이나 육체적인 연결도 중요하다. 또한 멀리 떨어져 있는 사람과 연락을 주고받으며 우리가 쌓아올리는 희망은 종종 우리가 마침내 얼굴을 맞댔을 때 느끼는 육체적 끌림의 총량과 충돌한다. 페르미나 다사가 맛이 갔던 건, 플로렌티노의 외모 그 자체 때문이 아니라 상상 속의 그와 현실 속의 그 사이의 커다란 불일치 때문이었을 것이다.

이런 것들을 모두 고려해 볼 때, 연애 초기 단계에서는 스스로를 위해서라도 이메일, 문자, 전화통화 등을 최소한으로 유지하시길 바란다. 전자기기는 주로 계획을 짜고 연락을 할 때 의지한다. 대부분의 시간과 에너지는 얼굴을 맞대고 의사소통을 하는 데 투자한다. 인터넷데이트를 할 때 내가 쓰는 방법은 짧은 이메일 열 통 정도를 교환한 다음(각자 다섯 통씩 쓰는 셈이다), 상대 남자에게 전화로 이야기하자고 요청하는 것이다. 대개 몇 분 정도 수다를 떨고 나면 내가 이 남자를 만나고 싶은지 아닌지 판단이 선다. 하지만 대화가 잘된다고 해도—특히나 잘될 때는 더—내 목표는 30분 안에 통화를 끝내는 것이다. 통화 시간이 길어질수록 과하게 흥분할 위험도 커진다. 그와 마찬가지로, 나는 첫 데이트 뒤에 이메일이나 문자를 과하게 주고받지 않으려고 노력한다. 설사 데이트가 별나게 잘됐다 하더라도 그렇다. 시간 잡아먹는 짓이 될 수 있기 때문이다. 당신이 안정적으로 데이트를 하기 전까지 전자기기로 이야기할 만한 가치가 있는 유일한 내용은 다음 만날 일정에 관한 것뿐이다.

무엇을 하건 간에, 페르미나와 내가 그랬던 것처럼 감정으로 유지되는 환상에 기대는 패턴에는 빠지지 마라. 사람들이 당신이 역병에라도 걸린 줄 알 정도로 마음이 병든 상태라면 그게 가장 좋은 처방이긴 하다. 하지만 의미 있는 로맨스를 시작하는 데는 그리 좋은 방법이 아니다.

실수 연발

피해야 할 유형

ભ

『위대한 개츠비』
『무한한 농담』
『무기여 잘 있거라』
『아이네이스』

10
별로 안 위대한 개츠비
Not-So-Great Gatsby

남자가 끈질긴 건 기쁜 일일까, 징그러운 일일까
_F. S. 피츠제럴드, 『위대한 개츠비』

모라의 이야기

∽

언뜻 보기에 (소설 속 등장인물인) 제이 개츠비 같은 사람의 사랑을 받는다는 건 무척 멋진 일 같다. 연애 초보자들에게 그는 덩치 좋은 섹시한 남자로 보일 텐데, 동명 영화에서는 내 사랑 로버트 레드퍼드가 개츠비 역을 맡기도 했다. 그는 젊은 시절 매혹되었던 상류층 여자친구의 가족이 자신을 탐탁잖아하자, 그녀를 되찾겠다는 희망을 품고 긴 시간을 들여 저명한 사업가로 변신한다. (개츠비가 겨우 한 달 남짓 그녀와 데이트를 했고, 더 나아가 전쟁에서 돌아올 때까지 기다리겠다는 약속을 그녀가 저버렸다는 사실에도 불구하고.) 개츠비는 그녀가 시카고 사교계 명사의 아내가 되었다는 사실을 알게 되지만 좌절하지 않는다. 주류 밀매 등이 포함된 그늘진 방법을 사용하긴 했지만 어쨌든 그는 계속 부를 쌓아 올리고, 혹여 그녀의 이름이 잠깐이라도 나왔나 보려고 시카고의 가십 신문들을 샅샅이 훑는다. (이 이야기는 BF, 즉 페이스북 이전Before Facebook 시대에 벌어진 일이다.) 그는 그녀가 롱아일랜드 해협의 부자 동네에서 남편과 살고 있다는 사실을 알게 되자 오로지 그녀 가까이에 있겠다는 마음에 만 맞은편에 거대한 저택을 구입한다. 개츠비는 한 달에 두 번 풀 편성의 오케스트라와 "청동 레일이 달린 바"까지 설치한 굉장한 파티를 열기 위해 자기 집을 개방한다. 한 무더기의 출장 요리사들이 "알록달록 색깔 맞춰 늘어놓은 샐러드, 돼지고기 페이스트리, 어두운 황금색으로 빛나는 칠면조 요리"를 차린다. 맨해튼의 거의 모든 멋쟁이들이 개츠비의 파티에 참석하지만…… 그가 정말로 끌어들이고 싶은 손님은 그녀다.

꽤 낭만적인 얘기다. 정말 진지하게 생각해 보기 전까지는. 그렇게 단호하고 끈질긴 남자가 현실세계에 있다면 징그러워 보이지 않을까? 좀 찌질할 것 같진 않나? 옛 애인을 우연히 맞닥뜨리자 오래전에 느꼈던 열정이 여전히 남아 있다는 걸 깨닫고 모든 걸 재빨리 되돌리려는 건 그러려니 할 수 있다. 하지만 당신에게 지나치게 빠져든 나머지 당신에 대한 끈질긴 추적으로 인생 항로를 돌린다면, 그건 좀 다른 문제다. 당신이건 다른 누구건, 그런 남자가 자기 머릿속에서 이상화한 관념이 뭐건 간에 거기에 무슨 수로 부응하며 살겠는가? 자신이 잠깐 알았던 여자애가, 아직 진짜 성인도 되지 않았는데, 자신이 진정한 행복으로 갈 단 하나의 길이 될 수 있다고 믿는 건 엄청 불합리하지 않은가? 비록 그가 노골적인 스토커는 아니라 할지라도, 그게 상황이 잘 풀릴 거라는 의미가 될 수는 없는 것이다.

개츠비가 되다 만 듯한 내 친구 제이슨의 실례를 한 번 생각해
보자. 정말 지적이고 무척 그럴싸하게 생겼지만 침울한 성격의 삼
십대 초반인 그는 지난 몇 년 동안 디Dee라는 이름의, 문예창작과
과정을 거칠 때 데이트했던 어린 소녀에게 보답 받지 못할 연정을
불태워 왔다. 제이슨은 자기가 베스트셀러 소설가라는 명성을 얻는
데 성공하면 그녀를 다시 유혹할 수 있을 거라고 믿는 듯 보인다.
그에게는 수없이 많은 로맨스의 기회가 있었지만, 나는 그가 다른
어린 여자애들을 그저 그 여인, 그의 강박관념인 그녀에게서 잠시
한눈을 파는 데나 필요한 존재 정도로 여기는 것 같다는 느낌을 받
았다. 제이슨은 자신의 사랑은 오로지 그녀뿐이라고 확신하기 때문
에 다른 사람들을 진지하게 받아들일 수 없으며, 디가 몇 년째 남자
친구와 동거하고 있다는 사실에도 전혀 신경 쓰지 않는다.

그는 왜 그렇게 그녀에게 목을 매는 걸까? 내 진단은 이렇다. 그
는 자신의 잃어버린 젊음을 붙들기 위해 애쓰고 있다. 그는 자신이
처음 디를 만났던 시절, 온갖 백일장에서 입상하고 자기 앞에 창창
한 미래가 펼쳐져 있다는 (나름 근거 있는) 생각을 하며 일류 문예
창작과 과정에 입학했던 시절이 돌이킬 수 없이 가 버렸다는 고통
스러운 진실을 받아들일 필요가 없도록 현실을 부정하며 살아가고
있는 것이다. 디를 포기하지 않음으로써, 그는 원하던 대로 풀리지
않았던 다른 일들로 인한 고통을 달래고 있다(제이슨은 아직 책을
내지 못했다). 디와 재결합하는 데―그는 그걸 여전히 실현 가능한
일로 여긴다―계속 초점을 맞추면서 그는 현실을 미루고 있다. 아
마도 개츠비 역시 데이지를 되찾아오는 것이 그가 전쟁에 참전함

으로써, 그리고 범죄 사업을 하는 남자가 됨으로써 잃어버린 순수함을 어느 정도 복구하는 데 도움이 되리라고 생각하는 건지도 모른다.

물론 제이슨과 개츠비 사이에는 결정적인 차이가 하나 있다. 개츠비는 하느님, 빌 게이츠, 워런 버핏을 합친 것보다 더 돈이 많다. 하지만 나는 제이슨이 개츠비가 그랬듯 비극의 주인공을 자처하고 다니는 점이 걱정스럽다. 둘 다 자신의 데이지라는, 확실히 불가능한 목표를 원하고 있다. 개츠비의 가장 친한 친구인 닉 캐러웨이는 그에 대해 이렇게 말한다. "개츠비는 과거에 대해 떠들어댔고, 나는 그가 어떤 것, 자기 자신에 대한 어떤 생각, 즉 데이지를 사랑하도록 만든 바로 그것을 되찾고 싶어한다는 걸 깨달았다. 그때 이후로 그의 인생은 혼란스럽고 무질서했다." 제이슨과 마찬가지로 개츠비 역시 잃어버린 사랑을 되찾으면 오랫동안 그를 비껴간 의미와 행복을 자기 삶에 불러 올 수 있을 거라고 확신한다. 제이슨에게 디가 갖는 의미와 마찬가지로, 데이지는 개츠비에게 보통 사람 이상—이자 이하—의 존재다. 그녀는 개츠비의 성배다. 그녀는 그를 인도하는 빛, 개츠비가 평소 자기 집에서 바라보길 좋아하는 해협 너머 그녀 집 잔교의 초록색 등 같은 존재인 것이다. 그는 정체를 알 수 없는 사람이다. 그는 이름도 바꿨고 인생 스토리도 부분적으로 날조했다. 누구도 그가 정확히 무슨 일로 먹고사는지 알지 못한다. 그의 정체성을 구성하는 것은 다른 어떤 것도 아닌 그녀에 대한 추구다.

개츠비의 문제 중 일부는 데이지와 톰 뷰캐넌이 "경솔한 사람들이었다. …… 모든 사물과 살아 있는 것들을 산산이 부숴버리고 그런 다음에는 돈으로, 혹은 더 무지막지한 경솔함으로, 혹은 그들을 한데 묶어 주고 있는 그 무언가로 보상했다. 그런 후에는 다른 사람들로 하여금 자기들이 어질러놓은 것들을 말끔히 치우게 했다"는 데 있었다. 하지만 데이지에 대한 개츠비의 광기 어린 집착은 엄청나게 자기파괴적이었고—그는 그녀를 얻기 위해 자기의 옛 정체성을 완전히 갈아엎고 새로운 것으로 채워 넣었다—결국에 가서는 어떤 식으로건 실패할 수밖에 없었다. 닉이 설명하듯 "눈앞의 데이지가 그가 꿈꾸어왔던 데이지에 턱없이 못 미치는 순간이 분명히 있었을 것이다. 그녀의 잘못만은 아닐 것이다. 오래도록 품어왔던 너무나도 어마어마한, 환상의 생생함 때문이다. 그것은 그녀를 넘어서고, 모든 것을 넘어섰다. 그는 자신을 스스로 만들어낸 독창적인 열정 속으로 밀어넣은 후, 하루하루 그것을 부풀려갔고, 가는 길에 마주친 온갖 깃털로 장식해왔던 것이다. 아무리 큰 불도, 그 어떤 생생함도, 한 남자가 자신의 고독한 영혼에 쌓아올린 것에 견줄 수 없다."

맞다. 그는 살아 숨 쉬는 사람보다 자신의 머릿속에서 만들어낸 아름다운 창조물에게 마음을 빼앗기는 피그말리온 같은 인물이다. 그리고 그런 남자들이 추구하는 것이 본질적인 개츠비 스타일일 것이다. 하지만 그건 그다지 위대하지 않다.

　모라, 내가 진짜 묻고 싶은 건 이 소설이 그렇게 위대한 소설인가 하는 거야(내 생각에 이 소설은 훌륭하긴 하지만 특별하다 싶을 만큼 인상적이진 않아). 맞아, 논지에서는 좀 벗어난 얘기긴 한데, 나는 감시 기술이 계속 발달한 덕에 집착남들이 예전보다 훨씬 더 위험해졌다고 생각해. 그런 인간들이 네가 수영장에서 만난 남자와 함께 있는 현장을 잡고 싶어서 박제 동물 같은 데다 도청장치나 카메라를 집어넣지 않는다는 보장이 어딨어?

　그렇긴 하지만 부당한 평가를 받고 있는 준-집착남 타입도 있어. 이를테면 그저 너한테 온몸으로 헌신하고 있을 뿐인데 분위기 파악은 좀 못하는 남자친구 같은 경우지. 남자가 여자를 그렇게나 좋아할 때는 어딘가 거세된 것처럼 보인다는 건 내가 잘 알지. 하지만 그게 널 충분히 좋아하지 않는 사람보단 낫지 않을까? 그리고 누군가를 진짜, 진짜 사랑한다는 건 사실 어느 정도 진 빠지는 일이 아닐까? 나는 이 점에서는 네 의견에 동의하지 않는 편이고(사실 고백하는데 나도 예전에 그런 남자였거든), 우리가 이걸 다시 생각해 볼 필요가 있지 않나 싶어. 내가 보기엔 그렇게 좋은 남자친구를 분위기 파악 못하는 사람이라 부르는 건 '날 받아주는 클럽에는 안 들어가' 콤플렉스가 살짝 변형된 게 아닌가 싶어서. 그 점에 있어서는 네가 마음을 바꾸는 게 좋을 것 같아.

11
무한한 제스처
Infinite Gesticulation

남자들은 왜 그리 말이 많은가?
_데이비드 포스터 월리스, 『무한한 농담』*

잭의 이야기

∽

이런 말을 수없이 들었다. "지난번에 했던 소개팅만 생각하면 어이가 없어. 질문 하나 없이 제 얘기만 끝없이 하더라니까. 끼어들 수가 없었다고. 관객이라도 되지 않는 이상 난 거기 없는 거나 마찬가지였어."

그 소개팅에서 입을 닥치려고 하지 않았던 쪽의 성별을 짐작해볼까? 말 한 마디 꺼낼 기회도 없었던 쪽은 과연 어디였을까? 하하. 당신도 나와 마찬가지로 이미 답을 안다.

하지만 어째서 남자들은 그렇게 나불거리고 여자들은 그걸 참아

* 『Infinite Jest』. 미국 작가 데이비드 포스터 월리스가 1996년에 발표한 장편소설.

내는 걸까? 미국인 남녀를 놓고 볼 때 그건 분명히 문화적 조건, 그리고 대개 성별상의 자아가 늘 다른 방식으로 표출된다는 사실과 관련돼 있을 것이다. 이를 깊이 이해하기 위해, 나는 최근 기억나는 작품 중 가장 장황한, 혹은 수다스럽고 미사여구 천지인 데다가 병적일 정도로 나불거린다고 표현할 수밖에 없는, 혹은 그저 엄청나게 말이 많다고 할 수밖에 없는 한 편의 소설에 의지해 볼 필요가 있다고 생각한다. 그 작품은 바로 데이비드 포스터 월리스가 쓴, 천 페이지가 넘는 데다 말이 끝없이 이어지고, 동의어를 마구 쌓아올리며 독자를 기진맥진하게 하는, 그리고 진심으로 남성적인 (하지만 무척 놀랍기도 한) 소설 『무한한 농담』이다.

『무한한 농담』을 읽는다는 건, 가구 하나 없는 하얀 방에 한 대학교수와—대략 2주에서 3주 정도—갇혀 있는 것과 비슷하다고 할 수 있다. 그 교수는 당신이 만난 사람 중 가장 똑똑한 (그리고 가장 재밌는) 사람이다. 다만 그가 에잇볼* 혹은 콜럼비아 산 최상급 코카인 2온스 정도를 코로 들이마시는 바람에 위험한 정신병적 상태에 빠져 있고 코의 비중격鼻中隔에 찌를 듯한 통증을 느끼고 있는 게 명백하다는 점만 제외하면. 소설에서는 완벽한 횡설수설의 축제가 끊임없이 이어지는데, 테니스 대회, 약물중독, 그리고 자살에 대한 숙고 등의 주제를 (지배적으로) 다루고 있다(작가는 실제로 2008년에 자살했다).

하지만 이 작품에서 무엇보다 중요하게 다루는 건 아마도 고독일 것이다. 처음에는 인간을 존재의 본질로 이끌어 그것을 거부하

---

* eight ball 코카인 혹은 암페타민 1/8온스를 가리키는 속어.

지 못하게 만들고, 그러고 나서는 진짜로 중독된 후에야 떨치기 위해 애쓰는 마약과도 같은, 개인적으로나 영적으로나 비참한 상태. 소설은 장황한 수다를 통해 그 고독을 메운다. 각각의 단어들이 고독을 집요하게 쫓아가고 괴롭히기 위해 입밖으로 뛰쳐나와 발설될 때, 그것은 마치 끊임없이 떠듦으로써 마귀들을 그것이 왔던 곳으로 돌려보내려는 사람의 모습과도 같다.

소설이 시작되면 주인공인 17살짜리 테니스 천재가 등장한다. 그는 사진과도 같은 완벽한 기억력을 갖고 있으며 옥스퍼드 영어사전 전체를 외우고 있다(유후!). 그러고 나서 작가는 이후 천 페이지를 쓰는 동안 그 천재가 기억하는 옥스퍼드 영어사전 속 단어들을 가능한 한 많이 사용하고자 노력한다(스테드맨 의학사전에서도 몇백 단어 정도 나온다). 골치가 좀 아파질 거라는 점이 분명해진다.

그리고 실제로 우리가 맞닥뜨리게 되는 건, 사람들이 소설책을 읽을 때 으레 벌어지려니 인식하고 있는 것보다 훨씬 더하다. 작가는 그가 첫 데이트에서 했을 법한 것과 거의 똑같은 짓을 소설 속에서 한다. 이유도 똑같다. 그는 인정받고 싶은 절박한 욕구 때문에 외롭고, 불안하고, 신경질적이고, 안절부절못하며, 별나게 굴면서도 자기 자신의 특정한 부분에 대해서는 자부심을 느끼며, 그걸 당신에게 보여주지 못해 절망한 상태다(왜냐하면 이건 그의 데이트니까).

그래서 그는 떠든다. 떠들고, 또 떠든다.

신기하게도 여성 작가들에게는 같은 일이 일어나지 않는다. 영문학 사상 가장 긴 소설 10위 안에 여성이 쓴 것으로는 유일하게 아인 랜드의 『아틀라스』가 있긴 하지만, 그녀가 보이는 냉혹함으로 미루어 볼 때 과연 그녀를 여자로 쳐야 하는지는 좀 의문스럽기 때문이다.

멈추지 않는 혓바닥은—소설 속에서건 데이트에서건—전형적으로 남자의 문제다. 그래서 『무한한 농담』에서 데이비드 포스터 월리스가 여성 등장인물에게조차 사물을 하나도 빼놓지 않고 묘사하게 (그리하여 지쳐 나가떨어지게) 만드는 걸 지켜보면 꽤 재미있다.

소설의 한 부분에서, 팜 파탈(소설 속에서는 문자 그대로의 의미, 즉 '악녀'가 아니라 '치명적인 여자'로 쓰인다)인 조엘은 약물중독에서 회복중인 빈집털이범(이자 말이 많지 않은 몇 안 되는 등장인물 중 하나인) 돈 게이틀리에게 어째서 사람들이 이른바 '엄청나게 추한데다 세상에 있을 것 같지 않은 불구들의 연합'에 가입해야 하는지 설명한다. 그녀는 선 채로 다섯 단락을 읊어댄다.

당신이 하는 짓은 숨어야 할 절실한 필요가 있다는 걸 숨기는 거야. 이런 짓을 함으로써, 자기가 다른 사람에게 어떻게 보일지 신경 쓰지 않을 힘을 가지고 있는 것처럼 다른 사람에게 보일 필요에서 벗어나는 거지. 당신은 자기의 추한 얼굴을 포도주 시음회에 몰린 군중들의 시각적 육절기에 기꺼이 밀어 넣고 있어. 당신은 아플 정도로 환하게 웃고, 사람들에게 기꺼이 손을 뻗고, 별나게 사교적인 데다 외향적이야. 자기가 엄청나게 추한 데다 세상에 있을 것 같지 않은 불구라는 걸 사람들이 안다는 사실에 얼굴을 찌푸리거나, 누군가를 빤히 쳐다보거나, 그걸 누설하지 않으려고 노력하는 사람들이 갖고 있는 안면상의 문제를 절대로 알아차릴 수 없는 것처럼 보이기 위해 분투하고 있어. 당신은 당신 자신이 불구를 받아들였다고 가장하고 있어. 자기가 불구라는 사실을 받아들였다는 가면을 쓴 채 그걸 숨기고 감췄다는 욕망을 취하지.

그녀는 그쯤 이르러도 말을 끊지 않는다!

게이틀리의 대답은 독자가 소설의 시작 부분부터 작가에게 애원했던 그대로이다. "말 좀 줄여."

하지만 작가는 그러지 않는다. 데이비드 포스터 윌리스는 단어를 (용례상 보통 그래야 할 만큼) 적게 사용하려 하지 않는다. 그 대신 자신의 어휘력으로, 수학과 의학에 대한 지식으로, 민활한 언어 구사력으로, 정력으로 당신을 감동시키기 위해 절망적인 노력을 기울이려 할 것이다.

만약 당신이 데이트에서 이런 남자를 만났을 때—혹은 당신이 용기를 내어 그런 남자와 실제로 연애관계에 돌입할 때—이해해야 하는 대목은, 세상엔 자신이 뭘 하는지 알고 그에 대해 깊은 죄책감을 느끼며 그 때문에 당황스럽다는 제스처를 끊임없이 취하는 사람들과, 그런 것 따윈 쥐뿔도 모르는 인간이 있다는 사실이다. 후자의 그룹을 소시오패스 독백남이라 일컫기로 하자. 이런 부류는 무슨 수를 써서라도 피해야 한다. 그들의 병적인 자존심에는 조금의 틈도 없다. 그들이 모는 닷지 자동차에서 가능한 한 빨리 탈출하라. 그들에게 당신이란 존재는 절대로 그들 자신의 목소리만큼도 중요하지 않다.

하지만 나는 데이비드 포스터 윌리스가 그쪽 동네 사람이라고 생각하지는 않는다. 위에 인용한 게이틀리의 대답은 작가도 자신이 글을 너무 길게 쓴다는 사실을 알고 있음을 알려주는 윙크인 것이다. 작가는 나중에 조엘이 출연한 영화들을 묘사하면서 또다시 윙크를 보낸다. 소설의 화자는 그 영화들이 다음과 같다고 서술한다. "관객에게 어떤 감동도 전달되지 않았다. …… 조엘은 영화가 자기 자신과 대화를 하는 무척이나 머리 좋은 인간 같다고 생각했다."

물론 자기 자신과 대화하는 것은 데이비드 포스터 월리스가(그리고 많은 지적인 남자들이) 종종 하는 짓이긴 하다. 하지만 그건 좋은 남자들이 가장 두려워하는 일이기도 하다. 고독이야말로 그들이 깨부수고 싶은 것이지만, 그들은 아무도 그들에게 (그들 수준으로) 말을 걸어오지 않는 데 너무 길들어 있어서 세상의 나머지 사람들과 어떻게 대화를 이어가야 하는지 결코 알지 못한다.

이는 진퇴양난의 상황이다. 우리는 그들을 가엾게 여기는 동시에 그들에게 책임을 부과해야 한다. 그들은 사람들과 섞이고, 자신을 조절하고, 질문을 한 다음 그 대답을 진짜로 듣는 법을 배워야 하지만, 대부분 그러질 못한다.

그러니 만약 촛불이 놓인 테이블 맞은편에 입을 닥칠 생각이 없는 사람이 앉아 있다면, 중간에 말을 끊어라. 그 사람에게 당신에 대해 뭔가 알고 싶은 생각이 있는지 없는지 직접적으로 물어라. 만일 그가 말을 물린 다음 사과한다면—어쩌면 그는 너무 긴장한 나머지 자기 자신을 통제하지 못했다고 고백할지도 모른다—, 그 남자가 괜찮은 사람이라는 사실을 알게 될 것이다. 만약 그가 적대적으로 나온다면, 그는 자기 에고의 기나긴 독백을 들어줄 관객 말고는 아무것도 원치 않는단 얘기다. 꼭 시도해보라!

12
매력이여 잘 있어라
Farewell To Charms

마초에게도 부드러움이 생길 수 있을까?
_어니스트 헤밍웨이,『무기여 잘 있어라』

잭의 이야기

～∞

2009년에 있었던 일이다. 당시 모라는 자기가 소방관을 잠깐 만나고 있다고 말했다. 그건 꽤 말이 되는 소리인 게, 소방관은 남자다운 직업인 데다 9·11 이후로 뉴욕에선 가장 핫한 필수품이었다.

그녀가 그 사실을 알렸을 때 나는 마침 헤밍웨이의『무기여 잘 있어라』를 다시 끝까지 읽고 있었고, 그래서 내 마음속에도 거친 사내 몇 명쯤 품고 있던 참이었다. 당신이 이해해줘야 한다. 아주 오랫동안 이것은 내게 가장 쓰라린 주제였다. 자라는 동안, 나는 학교에서 가장 빼빼 마르고 약한 꼬마였다. 팔굽혀펴기조차 제대로 할 수 없었던 탓에 나는 내가 절대 결혼할 수 없을 거라고 굳게 믿었다. 신부를 안고 문지방을 넘을 수가 없을 것이기 때문이었다. 나중에 가서야 결혼하기 위해 반드시 여자를 들어 올릴 필요는 없다는 걸 깨닫긴 했지만, 나는 삼십대가 넘어서야 사무원 스타일의 연필 같은 내 몸통에 근육을 닮은 뭔가를 덧붙여야겠다고 결심했다. 진짜다. 그때의 상처는 아직도 남아 있다……

빼빼 마른 미운오리새끼 시절을 극복하긴 했지만, 나는 아직도 남자다움을 과시하는 게 실제로 얼마나 중요한지에 대해 여전히 배우는 중이다. 내 몸과 '남성성'(과 관련돼 있다고 할 수 있는 무언가)이 연애 방정식에 합산돼 있는 건지, 아니면 여자들이 그저 내가 수집한 책들 때문에 날 좋아하는 건지 구별하기 어려울 때가 가끔 있는 것이다(물론 이건 농담이다). 하지만 모라의 경우, 난 그녀가 책 좋아하는 남자를 좋아한다는 사실을 안다. 그래서 나는 그녀에게 소방관과 즐기기로 한 이유가 정확히 뭐였는지, 그리고 실제로 보통 여자들이 마초 남자들을 그렇게 좋아하는 이유가 뭔지 물어보기로 했다. 턱선, 믿음직스러움, 공구 벨트 같은 것들도 납득은 가지만, 확실히 그 이상의 뭔가가 있는 것이다. 그녀는 내게 이렇게 말했다.

마초 남자들은 나 자신을 아주 여성적이라고 느끼게 해 줘. 날 빨래바구니 들어올리듯 간단히 들어올리는 짓 같은 걸 하지 않고도 말이야. 육체적으로 보호받고 있다는 느낌도 매력적이야. 그리고 마초 남자들은 대개 감정적으로 크게 복잡하지가 않아. 사실 그게 최고인 것 같아.

무척 동감하는데, 하지만 모라, 진지하게 말하자면 마지막 부분은 좀 그렇지 않아? 그 대목은 좀 갸우뚱한데. 남자든 여자든 간에 감정적으로 크게 복잡하지 않은 사람들이 실제로 존재한다면, 그게 마냥 좋은 일일까? 남자가 감정적으로 크게 복잡하지 않다는 얘기는 보통 감정이 메말라 있다거나 감정을 이해 못한다는 소리 아닌가?

이런 질문에 대해서는 헤밍웨이 본인이 어떤 면에선 가장 완벽한 사례다. 그의 장편소설과 단편소설을 주의 깊게 읽는다면 그가 무척이나 감성적인 마음을 가진 사람이었다는 사실을 알 수 있다. 비록 작가나 그의 등장인물 모두 그 사실을 숨기는 데 많은 시간을 들이고 있긴 하지만.

사실 역사상 헤밍웨이만큼 마초가 되고자 노력했던 작가는 없을 것이다. 61살에 자기 이마를 엽총으로 쏘기 전까지 그는 아프리카에서 맹수를 사냥하고, 스페인에서 투우를 하고, 이탈리아 군에 구급차 운전병으로 지원하고, 술을 마시고 담배를 피우고 건들건들 돌아다니며 살았다. 그의 소설 속 인물들은 감정적인 상황과 맞닥뜨리면 뒤로 물러서고, 입을 꾹 다물고, 내면의 속살을 드러내지 않기 위해 가능한 한 모든 방법을 동원한다.

헤밍웨이는 그의 책과 단편소설들 속에 변명이라곤 하지 않는 상남자들을 심어둔다(F. 스콧 피츠제럴드가 유일한 예외인데, 그는 『파리는 날마다 축제A Moveable Feast』에서 헤밍웨이에게 자기 페니스가 큰지 작은지 물었다!). 헤밍웨이의 글쓰기 스타일 자체가 군더더기를 피하고 즉시 본론으로 들어가는, 일종의 남성적인 산문을 쓰려는 노력이었다는 점도 오랫동안 주목받아 왔다. 남성다움이란 분명 파파*에게 중요한 문제다. 지난번 책에서 나는 단편집 『남자들만의 세상Men Without Women』을 쓸 당시의 헤밍웨이를 언급하면서 여자들을 욕망하지 않아도 되는 것, 섹스 후나 술이 다 떨어진 뒤에 굳이 입을 열지 않아도 되는 것이야말로 그가 좋아했던 남성다움의 자세가 아니었을까 넌지시 언급한 바가 있다.

유명한 단편소설 『킬리만자로의 눈』에서 헤밍웨이는 괴저로 죽어가는 한 남자를 묘사한다. 부유한 애인이 곁을 지키고 있고, 그들은 제때 오지 않을 구조 비행기를 기다린다. (헤밍웨이 본인도 아프리카에서 장에 탈이 나 무척 아팠던 적이 있다. 하지만 비행기는 제때 왔다.) 남자는 인생을 돌이켜 자기가 여자들을 사귀고 그들의 돈을 쓰며 살아왔으면서도 언제나 그들과 다퉜다는 사실을 깨닫는다. "너무 사랑했고, 너무 요구했고, 그러다 닳아버린 인생"이라고. 그는 결국 사랑이 "퇴비 더미"이며, 자기 자신을 "그 위에 올라가 울어대는 수탉"이라 일컫는다. 어억! 하지만 그 죽어가는 남자가 연인을 얼마나 막 대했느냐와는 상관없이, 여러분은 남자가 품은 좌절감, 즉 그가 정말 하고 싶었던 것(완벽한 이야기를 쓰는 것)을 이루기 전에 죽으리라는 좌절감이 그가 여성에 대해 느낀 것들을 압도하고 있다는 사실을 알 수 있다. 헤밍웨이 소설의 남자들이 에고이스트라는 사실을 부정할 사람은 없다. 진짜 질문은 그들이 타인을 과연 사랑할 수 있느냐는 것이다.

이 질문에 대한 가장 좋은 증거가 될 책이 있다. 나는 여러분이 『무기여 잘 있어라』를 읽어 봐야 한다고 생각한다. 이 소설에서 헤

---

* Papa 헤밍웨이의 별명.

밍웨이는 낭만적인 감정과 싸우는 한 남자의 초상을 그의 작품들 중에서도 가장 부드럽고 미묘하게 그려낸다. 또한 이 작품은 남자와 여자 사이의 상호작용에 대해 가장 유용한 정보를 제공한다.

플롯의 중심에 있는 인물은 프레더릭 헨리다. 그는 이탈리아 전선에서 구급차 부대원으로 뛰는 미국인으로, 스코틀랜드 출신의 종군 간호사 캐서린 바클리와 관계를 갖게 된다. 캐서린과 연애를 하는 동안 프레더릭은 거의 대부분 방어적으로 군다. "선생님은 누굴 사랑해본 적이 있으세요?" 그녀가 묻는다. "아직 없습니다." 그가 대답한다. 나중에 그녀가 말한다. "당신은 좋은 분이에요." 그가 대답한다. "아니, 그렇지 않습니다." 마침내 그녀는 그를 압박하며 말한다. "전에도 날 사랑한다고 하셨나요?" 그의 대답은 정말 재수 없다. "'그래요. 당신을 사랑해요.' 나는 거짓말을 했다. 나는 그녀에게 사랑한다고 말한 적이 없었다. …… 나는 캐서린 바클리를 사랑하지 않았으며, 또 앞으로도 사랑하지 않으리라는 사실을 잘 알았다. 이것은 마치 카드 대신 말로 하는 브리지 게임 같은 것이었다."

그가 저렇게 말한 건 확실하다. 하지만 내 생각에 저 말은 프레더릭이 느끼고 싶어하는 바를 표현한 것이다. 그는 자기가 캐서린을 사랑하는 사실을 부정할 수 있길 바란다. 하지만 그(와 우리)의 마음 깊은 곳에서는 자신이 그걸 진짜로 원하고 있는지 미심쩍다. 전혀 헤밍웨이답지 않은 다음 구절을 보라(프레더릭이 화자다).

나는 그녀의 머리카락을 풀어주는 것이 좋았다. 머리카락을 풀어주는 동안 그녀는 침대에 앉아 조금도 움직이지 않았다. 갑자기 허리를 굽혀 내게 키스할 때를 제외하고는. 내가 핀을 뽑아 시트 위에 놓으면 그녀의 머리카락이 풀어졌고, 나는 꼼짝 않고 앉아 있는 그녀를 바라보았다. 그다음 마지막 핀 두 개를 마저 뽑으면 그녀의 머리카락이 모두 흘러내렸다. 그녀가 고개를 숙여 우리 둘 다 머리카락 속에 파묻히면 마치 텐트 안이나 폭포 뒤편에 들어선 것 같은 느낌이 들었다.*

이 부분을 읽으면 프레더릭은 그저 자신이 품은 감정이 두려울 뿐이고, 그래서 거기에 저항하기 위해 할 수 있는 일은 뭐든 다 하고 있다는 사실을 어렵지 않게 눈치챌 수 있다.

내가 보기에 그가 캐서린과 맺고 있는 관계는 코맥 매카시의 『서트리Suttree』(내가 늘 손에 꼽는 소설 중 한 권이다)에 등장하는 연애와 비슷하다. 이는 엄청나게 남성적인 작가들이 여성, 그리고 여성과의 관계를 진지하게 고려한 몇 안 되는 작품 중 하나인데, 이런 작가들은 진실한 감정이 등장인물들의 마음을 몰래 지나가도록 놔두긴 하지만, 그것이 지나가고 나면 이내 문을 닫아건다.

다시 일반적인 마초 남자들에 대한 주제로 넘어가 보자. 서글픈 사실은, 그 남자들이 자신의 원래 모습보다 더 거칠게 행동하도록 길들여졌거나, 최소한 억센 행동과 감수성이 양립 불가능하다는 생각을 하도록 배웠다는 점이다. 역사상 가장 감수성이 풍부한 작가들 중 많은 이들이 놀랄 만큼 겁쟁이였다는 건 유명한 사실이다(그중에서도 프루스트와 헨리 제임스가 으뜸일 것이다). 하지만 감성과 사내다움이 상호 배타적이라고 생각하는 건 오류다. (예를 들

* 어니스트 헤밍웨이, 『무기여 잘 있어라』, 김욱동 옮김, 민음사, p.182

면, 나는 믿을 수 없을 만큼 슬픈 소설인 『모래와 안개의 집House of Sand and Fog』*의 작가인 안드레 두버스Andre Dubus 3세가 그 소설을 쓰기 전에 목수로 일했고, 실제로도 〈플레이걸〉지의 접지 화보에 등장하는 목수처럼 생겼다는 걸 알고 화들짝 놀란 적이 있다.)

헤밍웨이가 때때로—내 생각엔 가장 뛰어난 순간에—분명히 밝히는 것은, 가장 거친 사내조차도 깊은 생각에 빠질 수 있고, 감정을 갖길 원하지 않는 사내도 감정을 가질 수 있으며, 그것이 그들로부터 남성성을 빼앗지는 않는다는 사실이다.

사실, 불쌍하고 빼빼 마른 소년으로서의 나는, 마초맨들이 계속 내면의 자신과 접촉하지 않는 상태로 남아주고, 여성들 역시 책벌레에 작가 타입인 남자들에게서만 감정적 깊이를 구하는 현 상황(설사 그들이 진짜 얻는 건 대개 나르시시즘뿐이라 해도)이 계속됐으면 싶다.

하지만 한편으로 두 아들을 기르는 입장에서, 나는 그애들이 아무리 약하고 지적인 천성을 타고났다 해도, 육체가 담당하는 역할—운동 능력, 힘, 신뢰, 적극성—등을 놓치면 안 된다는 사실은 확실히 하고 싶다. 이는 (신중함과 짝을 맞춘다면) 남자가 되는 데 매우 유용한 요소들이다.

내가 십대였을 때 우리 어머니는 이 점을 제대로 짚었다. "남자는 등뼈가 없으면 조금도 섹시하지 않아."

물론 남성다움이라는 것은 데이트 능력이라는 컵케이크 위에 뿌리는 설탕장식 같은 것이다. 데이트에서 가장 중요한 건 여전히 따

---

* 2005년에 벤 킹즐리와 제니퍼 코널리 주연의 영화로 개봉된 적이 있다.

뜻한 마음, 소통하려는 욕망과 능력, 신중함과 공감 능력, 다른 사람과 함께하려는 진실한 욕구다. 이런 자질들은 마초들에게서는 드문 것이고—까놓고 말하자면 남자 전체에서 드물다—, 아마도 마초들은 대개 그들이 그런 자질들을 소유하거나 보여줘서는 안 된다고 생각할 것이다. 하지만 그들도 그럴 수 있다. 그러니 당신이 내유외강의 미덕을 갖춘 남자를 발견하게 되면, 꽉 잡아라.

13
'아이네이스'의 진짜 고통
A Real Pain in The Aeneas

때로 문제는 당신이 아니라 그 사람에게 있다
_베르길리우스,『아이네이스』

모라의 이야기

∽

그리 오래전 일은 아닌데, 잠시 희한한 망상에 빠져 있던 시절, 나는 나의 분신인 미스터 모라 켈리를 만났다고 믿은 적이 있었다. 우리가 직접 만나기 전, 그러니까 아직 이메일을 교환하는 정도인 낯선 사이였을 때 그가 진지한 관계 같은 건 고려하지 않고 있다는 뜻을 내비치긴 했지만. 그거야 나도 마찬가지였다고 생각한다. 하지만 소녀는 소년을 만났고, 소년은 터무니없을 정도로 경외감을 불러일으키는 존재였으며, 소녀에게 매료된 듯 보였으니, 소녀는 둘 사이에서 생길 아이들을 상상하기 시작한 것이다. 아이 따위는 원하지도 않는데! …… 그러다 소년은 갑자기 떠나버렸다.

(아주 잠시나마) 잘 진행되는 듯 보이던 일을 그르치게 됐을 때,

나는 세계 역사상 나보다 더 멍청한 여자는 없을 거라는 생각을 했다. 신호의 깃발은 그저 붉기만 한 게 아니었다. 거기엔 "가버려!"라는 말이 진짜로 적혀 있었다. 미스터 모라 켈리는 첫 이메일을 보냈을 때 "이따금 함께 외출할 수 있는 총명한 여성을 만나길 바라고 있습니다"라고 말했다. 이건 "같이 늙어가고 싶은 사람을 만나길 바라고 있습니다"와는 천양지차의 뜻인 것이다. 거기에 더하여 그 소년은 나보다 거의 열 살이 어렸고, 그래서 우리 사이가 끝까지 갈 확률은 자동적으로 훨씬 낮아졌다. 게다가 그는 로스쿨에서 2학년 과정을 마치던 중이었다. 지하철을 타고 남쪽으로 1시간 가는 곳에 살고 있는 사람에 대해 훤히 알아갈 정도로 시간이 많은 타입이 아니었던 것이다. 하지만 전에 말했다시피 나는 연하에 약했고, 그는 진짜로 비범할 만큼 똑똑한 데다 문학적인 남자였으니, 처음 전화통화를 했을 때 오든*을 인용했고, 내가 고대 극작가인 테렌티우스**를 언급하려다 실수를 했을 때 점잖게 고쳐 줬다. 배겨날 재간이 없었다.

첫 데이트를 하고 나서, 이 꼬마한테 홀딱 빠지는 처지가 되는 건 그리 똑똑한 생각이 아니라는 감이 왔다. 하지만 이런 생각도 들었다. 딱히 잃을 건 없잖아? (잃어봤자 몇 주짜리 정서적 평온함 아니겠냐고!) 4주가량의 탐색기 동안, 나는 이 관계가 불가능하지는 않지만 진지하게 발전하는 데는 장애물이 될 온갖 부가적인 사항들이 있다는 걸 알았다. 그저 나이차가 나는 정도가 아니었던 것이다. 그는 로스쿨을 마치는 대로 뉴욕을 떠날 생각이었다. 자기가 아이

* W. H. Auden 1930년대에 영국 시인들에게 큰 영향을 미친 시인.
** Publius Terentius Afer 노예 출신의 로마 희극작가.

를 원하는지는 확신할 수 없지만 최소한 10년 안에는 애를 가질 생각이 없다고도 했다. 10년 후 내게 임신이란 생물학적 도전이 될 것이었다. 하지만 그런데도 …… 나는 그애가 나와 섹스를 하고 싶어 안달을 내는 동안 나름대로 커다란 환상을 부풀렸다. 우린 그걸 했다. 그리고 그는 일주일 뒤 이별을 통보했다. 그때 놀라지 말았어야 했던 걸 안다. 하지만 난 충격에서 헤어나질 못했다.

완전히 통제 불능 상태에 빠진 것 같았다. 정신을 추스르고 싶었지만 그럴 수가 없었다. 대신 몇 달씩이나 그를 생각했다. 나는 폭삭 주저앉았다. 우린 정말 많은 걸 공유했고 그렇게도 강하게 이어져 있었는데. 왜 그는 날 위해 모든 걸 내던지지 않았을까.

그 즈음 『아이네이스』를 다시 읽게 되었다. 이 책이 결국 내게 법대생으로부터 회복될 길을 마련해 주었다.

왜 그런지 설명하기 전에, 내가 헛똑똑이였던 탓에 서사시를 읽지 않았다는 사실을 잠깐 말하고 넘어갔으면 싶다. 사실 나는 남자에게 반응하는 것과 똑같은 방식으로 책에 반응한다. 그 자리에서 낚이지 않으면 거의 눈길을 다시 주지 않는다. (이런 전략이 남자와 책 양쪽 모두에서 내게 유리하게 작용하기만 했던 건 아니다. 『이성과 감성』에 대해 쓴 장에서 내가 이야기하는 주제가 이거다.) 『아이네이스』는 고대에 쓰인 책이지만 나를 흥분시킨다. 로버트 피츠제럴드의 번역은 숨이 막힐 듯하다. 하나의 은유는 놀랄 만큼 확장되어 다른 은유로 이어지고, 수많은 감동적인 순간이 등장하며, 엄청난 액션 장면이 수두룩하다. 이런 액션 장면은 보통 내 취향은 아니지만, 베르길리우스의 빼어난 묘사 덕분에 빠져들지 않을 수가 없다. (그래도 플롯을 이해해두는 편이 시의 내용을 따라가기 쉽다

125

는 점은 인정한다. 그러니 책을 읽기 전에 짧은 내용요약을 참고하는 게 도움이 될 것이다. 인터넷에서 쉽게 찾을 수 있다.)

이 책에 등장하는 비극적인 연인은 트로이아 전사인 강력한 아이네이스와 카르타고의 통치자인 디도 여왕이다. 그들이 만나기 몇 년 전, 아이네이스와 그의 트로이아인 동료들은 역사상 가장 유명한 포위 공격인 트로이 목마의 학살에서 구사일생으로 살아남았다. (속담에 나오듯 그리스인이 건네주는 선물은 주의하고 볼 일이다. 특히나 그게 말 모양이라면.) 아이네이스와 동료들은 용감히 싸웠으나 중과부적이라 탈출하게 된다. 넓은 바다를 항해하는 동안 그는 난민이 된 백성들을 이끈다. 그들의 목표는 오늘날의 이탈리아에 도착하는 것이다. 아이네이스의 어머니인 베누스(아프로디테) 여신은 그가 거기서 로마를 건국하게 되리라는 신탁을 내린다. 하지만 그들은 목표하는 곳으로 가면서 험난한 모험을 겪는데, 베누스의 라이벌인 유노(헤라) 여신이 아이네이스의 인생을 꼬이게 하고자 온갖 짓을 하기 때문이다. 사실 유노 여신은 할 수만 있었다면 그가 도시를 세우지 못하게 했을 것이다. 그녀가 그런 짓까지 하는 걸 모든 신의 우두머리인 유피테르(제우스)가 막지만 않았다면. 그래서 그녀는 그 대신 아이네이스의 발걸음을 늦추고자 무엇이든 한다. 책의 한 대목에서 그녀는 바람의 신인 아이올로스가 아이네이스와 동료들을 거대한 폭풍으로 날려버리도록 그를 조종한다. 풍랑에 날아간 그들은 카르타고의 해안으로 밀려간다. 그곳은 디도의 앞마당이다.

디도는 여러분이 아는 평범한 여왕이 아니다. 그녀는 사업가 마인드를 가진 국가원수다. 오늘날 살아 있었다면 〈포춘〉 지의 표지를 장식했을지도 모른다. 그녀는 일생의 사랑이었던 부유한 남자와 결혼했지만 그녀의 탐욕스럽고 사악한 오빠가 황금에 눈이 멀어 그녀의 남편을 살해한다. 현명했던 디도는 재산을 그러모은 뒤 북아프리카로 도주하고, 거기서 카르타고를 세운다. 트로이아인들이 도시에 도착했을 때 디도의 충성스러운 신민인 카르타고 사람들은 일벌처럼 열심히 새로운 건물과 멋진 사원을 짓고 있었으며, 관문을 세우고 거리에 자갈을 깔고 있었다. 트로이아인들의 명성은 이미 그들에게 퍼져 있었다. 디도는 그들이 그리스인들과 얼마나 용감하게 싸웠는지 들은 바 있다. 그녀는 그들을 환영하고, 그들이 원하는 만큼 도시에 머물라고 초대하면서 다음과 같이 말한다.

…… 나도 그대들처럼 고생도 많이 했고
풍상도 겪을 만큼 겪었다오. 드디어 이 땅에 정착하게 될 때까지 말이오.
나는 불행을 모르지 않기에 불쌍한 이들을 돕는 법을 배우고 있소.*

디도는 아이네이스를 기리기 위해 큰 연회를 열고, 거기서 그는 트로이 전쟁에 대한 얘기로 모두를 사로잡는다. 당연하게도 디도는 그 남자에게 반한다. 그는 전쟁으로 단련된 강한 육체, 주변을 떠도는 천상의 광채, 넘쳐나는 카리스마를 지닌 매력적인 남자다. 하지만 그녀는 그에게 열을 올리는 게 적절한 일인지 고민이다. 아이네

* 베르길리우스, 『아이네이스』, 천병희 옮김, 도서출판 숲, p.62

이스에 대한 욕망을 무시하고 남은 생을 죽은 남편의 기억에 충실하며 보내야 하는 게 아닐까? 그녀가 동생 안나에게 이 문제를 어떻게 해야 할지 묻자 안나는 기본적으로 다음과 같은 대답을 한다. "디도, 그런 고민은 이제 관둬요. 언니는 그러기에 너무 젊어요!" 디도는 이런 취지의 대답을 한다. "맞아, 안나. 네 말이 맞는 거 같아."

설사 안나가 그녀의 용기를 북돋지 않았어도 디도의 입장에서 더 이상의 저항은 무익했을 것이다. 보라, 사랑의 신 아모르(라틴어로는 큐피드라고도 부르는)가 이미 디도에게 치명적인 독을 주입했던 것이다. 아이네이스에 대한 감정을 피할 길은 이제 없다. (심지어 지금, 그러니까 기저귀를 찬 채 사랑의 묘약으로 우리의 심장을 꿰뚫을 활과 화살을 들고 있는 아기 같은 건 존재하지 않음을 우리 모두 아는 2012년에도 누군가에게 순간적으로 매료된다는 건 너무나 갑작스럽고 강렬한 기분인지라, 고대인들이 참견쟁이 신이 그런 감정을 불러왔다고 믿은 게 쉽사리 이해가 간다.)

사랑은 디도를 엉망으로 만든다. 그녀는 심각하게 정신줄을 놓은 나머지 아이네이스를 알게 된 지 고작 이틀 만에 그와 섹스를 한다(내 셈으로는 그렇다). 그 후 그들은 대놓고 연인 행세를 한다. 디도는 법적인 의미만 빼면 모든 면에서 자기들이 결혼한 거라고 생각한다. 그리고 아이네이스도 그렇게 이해하고 있을 거라 여긴다. 하지만 아이네이스는 어떤 서약도 하지 않았다. 또한 그 점에서 둘은 서로를 독점한다는 문제에 대해 얘기를 나눈 적도 없었다.

왜냐하면 그들은 연애한다는 사실을 숨기기 위해 뭔가 하고 있는 게 전혀 없기 때문이다. 그 반대로, 그들은 적극적으로 파파라

치들 앞에서 포즈를 취한다. 디도에게 새 남자가 생겼다는 소문이 퍼진다. (베르길리우스가 소문이 어떻게 퍼지는지를 묘사하는 대목은 잊을 수 없다. 그의 표현에 따르면 소문이란 여러 개의 머리를 가진 그로테스크한 괴물로, "눈만큼 많은 혀와 와글거리는 입"을 갖고 있다.) 결국 유피테르마저 무슨 일이 벌어지는지 듣게 되고, 그는 아이네이스가 시간을 허비하고 있다는 사실에 열 받는다. 그 남자는 로마를 세워야 한단 말이다! 그 위대한 책임자는 카르타고로 내려가 트로이아인과 얘길 좀 해보라며 조수인 메르쿠리우스(헤르메스)를 보낸다.

아이네이스는 요점을 알아먹는다. 그는 계속 항해를 해야 한다. 그것도 빨리. 하지만 그는 디도를 진심으로 걱정하기 때문에 자신이 그녀를 얼마나 화나게 할지 생각하자 신경이 곤두선다. 그는 이 문제를 다루는 가장 좋은 방법은 …… 그녀에게 말하지 않고 몰래 가버리는 거라고 결정한다. (오, 아이네이스, 당신은 용감한 전사일지는 몰라도 마음과 관련된 문제에선 다른 많은 남자들처럼 몸만 큰 겁쟁이일 뿐.) 그에게는 불행히도 디도는 그런 수치스러운 대접에 익숙하지 않다. 그녀는 트로이아인들의 배가 항해를 떠나려고 준비중이라는 말을 듣자 격분하여 아이네이스에게 맞선다. 그녀는 "우리 사랑이 당신을 붙잡지 못하나요?"라고 따진다. "당신 때문에 나는 정절과 명성두 잃었어요!"

그녀는 계속해서 만약 자신이 최소한 임신이라도 했다면 그가 떠났을 때의 충격을 조금이나마 완화할 수 있었을 거라고 말한다. (음? 뭐라고요?) 그녀는 그러면 최소한 자신이 그를 기억할 수 있는 무언가를 갖게 될 거라고 설명한다. (섹시한 약탈자의 애를 갖는 건 나로서는 절대 원하는 바가 아니지만, 그건 각자 알아서 할 일이겠지. 여왕이면 유모 한둘쯤은 너끈히 감당할 것 아닌가.) "완전히 무너지고 버림받은" 느낌 대신에.

그녀는 아이네이스에게 고녀로 가득한 연설을 한다. 그렇지만 그는 자신이 얼마나 그녀를 불쌍히 여기는지를 숨기고자 최선을 다 한다. 감정에 휩쓸리게 되면 자신의 출발이 둘 다에게 어려운 일이 되리라는 점을 걱정한 것이다. 그는 그녀가 자신에게 진정으로 많은 것을 의미하고, 살아 있는 동안 그녀에 대한 기억이 결코 희미해지지 않을 것이라고 말한다. 하지만 그에겐 좋든 싫든 세워야 할 제국이 있다. 그는 이렇게 말한다. "내가 이탈리아로 향하는 것은 내 뜻이 아니오."

만약 아이네이스가 떠난 뒤 디도가 그 문제를 어떻게 처리했는지 알고 싶다면, 스포일러에 대비하시라! 지금부터다! 그녀는 할복*한다. 맞다. 자살한 것이다. 내가 만약 그 자리에 있었다면 그녀에게 이렇게 말하고 싶었으리라. "이봐요, 디도! 당신 책임이 아냐! 그 남자 책임이라고!" 하지만 그 대신 당신에게 이렇게 말하겠다. 미래에 대해 큰 꿈을 가진 남자가 더 이상 당신과 관계를 이어갈 수 없다고 말한다면, 제발 그걸 당신 때문이라고 받아들이지 마라. 많은 남자들이 어떤 길로 가라는 부름을 받았다고 느낀다. 아이네이스가 유피테르에게 부름을 받았다고 느꼈듯이. 그리고 그들이 로마로 갈 때, 그들은 종종 여왕 같은 여성들을 함부로 다루고, 그들이 가는 길 위에 상처받은 마음만 남긴다. 그러니 디도가 그러지 말

* 원문은 디도가 '할복hara-kiri'을 했다고 표현하고 있지만 정확히 말하면 그녀는 장작더미에 올라가 칼 위로 몸을 던진다.

았어야 했듯―더불어 나도 그러지 말았어야 했듯―반신반인 같은
남자가 당신을 차버려도 그걸 당신 때문이라고 받아들이지 마라.
그도 가고 싶어서 그 길을 가는 게 아니니까.

모라, 맞아. 불쌍한 디도 같으니. 누군가를 차버리고 가는 데 대한 변명으로는 설득력이 없어. 항해를 해서 이탈리아를 건국 해야만 한다니, 진짜 최악의 변명이잖아. 하지만 나는 아이네이 스가 작별인사도 없이 살금살금 가버리려 한다는 사실을 알았 을 때 그녀가 내지른 호통이 정말로 좋아.

나는 그대를 붙잡지 않으며
그대가 한 말을 논박하지도 않겠어요. 가서, 바람을 받으며
이탈리아를 찾으세요. 파도 위에 왕국을 구하세요.
내가 진실로 바라는 것은, 정의로운 신들에게 어떤 힘이 있
다면,
그대가 암초들 한가운데에서 복수의 잔을 다 들이키며
잇달아 디도라는 이름을 부르는 거예요.*

난 『노튼 영문학』에서 읽은 욕 중에서 이게 제일 마음에 들 어. 힘내, 아가씨! 가서 그놈에게 딱 그렇게 말해주라고!

* 베르길리우스, 같은 책, p.177

말괄량이 길들이기

누가 누굴?

ᘉ

『전쟁과 평화』

『이성과 감성』

『잃어버린 시간을 찾아서』

『카라마조프 씨네 형제들』

14
득점과 평화
Scorin' Piece

인기녀가 되기 위한 톨스토이 식의 가장 확실한 방법
_톨스토이, 『전쟁과 평화』

잭의 이야기

~

우선 이 장의 제목이 심지어 필자인 나한테조차 그리 그럴싸해 보이지 않는다는 점을 얘기해야겠다. 지금까지 쓰인 가장 긴 소설 중 하나이자 (절대, 절대 그렇지 않은데도) 일반적으로는 가장 지루한 소설 중 하나로 여겨지는 『전쟁과 평화』를 남자들이 꼬이는 감미로운 여자가 되기 위한 쓸모 있는 교본이라고 생각할 사람이 누가 있을까.

하지만 걱정은 붙들어 매시라. 이제 곧 알게 되겠지만 톨스토이야말로 진짜 바람둥이였으니까. 그는 뭘 해야 여성에게 더 매력적으로 보이는지 정말 많이 알았다. 그건 분명한 사실이다. 그가 쓴 이 위대한 소설(초를 치고 싶진 않지만, 『안나 카레니나』는 그의 대표작은 아니다)의 페이지들을 넘겨보면 매혹적인 사람이 되는 확실한 방법에 대한 1급 비밀을 얻을 수 있을 것이다. 날 믿어라. 그거 먹힌다.

『전쟁과 평화』에는 세 명의 주요 인물이 나온다. 피에르, 안드레이, 나타샤다. 앞의 두 명 다 세 번째 인물에게 홀딱 반한다. 묘한 매력을 지닌 인물인 나타샤는 톨스토이가 결혼했던 여자의 동생을 모델로 했다. 삼십대였을 때 그는 베르스 가※에서 많은 시간을 보냈는데, 그는 거기서 그 집안의 세 딸과 시시덕거리고 그들의 찬탄을 즐겼다. 다들 그가 첫째인 리자에게 청혼할 거라고 생각했지만 톨스토이는 뜻밖에도 둘째인 소피아에게 청혼을 했다. 뒤통수를 친 것이다! (톨스토이의 전기작가는 소피아가 셋 중에서 가장 매력적이거나 사교적인 건 아니었지만 저항하지 못할 매력을 내뿜는 성적 에너지를 지닌 여자였을 거라고 추측한다.) 청혼은 청천벽력처럼 이뤄졌다. 톨스토이는 2주 뒤에 결혼하자고 주장했다. 하지만 그의 남은 인생 내내 그를 매혹시킨 여인은 베르스 가의 셋째 딸 타티야나였다. 내가 뭘 잘 알고 내리는 진단은 아니지만, 톨스토이는 다른 많은 작가들과 마찬가지로 보통 사람보다 딱히 심지가 굳은 인간은 아니었을 것이다. 그는 타티야나에 완전히 매혹되었으면서도 다른 한편으로는 그녀를 좀 두려워하기도 했던 것 같다. 그녀에게 직접 청혼할 배짱은 없었던 그는 대신 그녀를 바탕으로 한 등장인물을 만들어낸 다음, 다른 두 주인공들로 하여금 그녀에게 청혼하게 했던 것이다.

뭐 그렇다 치고, 그래서 나타샤의 비밀은 뭐란 말인가? 증거를 뒤져보기로 하자. 우리가 소설에서 그녀를 처음 만날 때 그녀는

12살이고, "약간 변덕스럽다"고 묘사된다. 이 묘사는 그녀가 품고 있는 광채와 반항적인 성격에 대한 힌트를 제공한다. 그러나 그녀는 이내 모스크바 무도회의 꽃, 춤추고 웃고 시시덕거리기 위해 창조된 생명체가 된다. 그녀는 남을 황홀하게 만들면서도 자신 또한 쉬 황홀해진다. "그녀는 특정인에게 반한 게 아니라 모두에게 반했다. 그녀는 그때그때 눈길이 닿는 사람들 모두와 사랑에 빠졌다. 그녀는 계속해서 '오, 어찌나 사랑스러운지!'라고 말하며 다녔다."

저 인용구의 앞부분은 그녀의 변덕스러움을 암시하는 것일 수도 있지만—어린 나타샤에겐 일관성이 떨어지는 면이 좀 있다—톨스토이는 빼어난 붓질로 인용구 뒷부분에서 드러나는 그녀의 다른 일면, 즉 삶에 대한 과할 정도의 감사와 열광을 야기하는 측면을 그려낸다. 백 페이지 뒤에서도 나타샤는 "오 어찌나 사랑스러운지!"라는 구절을 계속 입에 달고 있다. 이번에는 침실 창문 밖에 펼쳐진 달빛에 젖은 전경을 가리키면서. "소냐, 소냐," 그녀는 친척 언니를 부르며 창문 밖으로 고개를 쑥 내민다. "저 달 좀 봐! 아, 어찌나 사랑스러운지! ⋯⋯ 뒤꿈치를 들고 쪼그려 앉아서 팔로 무릎을 이렇게 꽉, 할 수 있는 만큼 꽉 끌어안은 다음에 훌쩍 날고 싶은 기분이야!" 삶의 기쁨을 포기했다고 생각하는 심각한 남자인 안드레이 공작이 그녀의 말을 창 아래서 엿듣게 된다. 그리고 "그의 마음속에서 갑자기 자신의 온 생활과 대비되는 젊디젊은 생각과 희망이 엇갈린 소용돌이가 저도 모르게 솟구쳐 올라왔다."

이것이 당신의 주위 사람들에게 영향을 미치는 삶의 환희joie de vivre다. 사람들은 그것을 서로 나누고, 그러면서 더 매혹된, 더 생생한, 더 활력 넘치는 사람이 되는 기분을 느낀다. 마치 태양을 보고

자 피어나는 크로커스처럼. 당신이 기쁨에 넘쳐 있으면, 삶을 긍정하고 즐겁게 지내고, 주위 사람들에게 긍정의 에너지를 쏟아 대면, 당신은 별자리의 중심에 위치한 태양이 된다. 사람들은 당신 곁에 있고 싶어진다.

나타샤가 지닌 그런 생명력은 몇백 페이지 뒤에 나오는 생동감 넘치는 장면에서도 볼 수 있다. 그녀는 이제 여자가 되어가는 중임에도 암컷 늑대를 사냥하려고 말 등에 올라탄 채 숲과 시골을 거칠게 누빈다. 그들이 '아저씨'라 부르는 숲지기가 사냥을 주도하고, 사냥이 끝난 뒤 그들은 아저씨의 오두막으로 간다. 오두막에서 나타샤는 거기서 일하는 사람들 모두를 놀라게 하는데, 말안장에 올라탔는데도 굴러 떨어지지도 무서워하지도 않기 때문이다.

나타샤가 자신의 진짜 색채를, 삶의 골수까지 다 빨아들이는 놀라운 재능을 보여주는 곳이 바로 이 아저씨의 오두막이다. 사냥꾼들이 먹는 온갖 식사가 제공되고, 그녀는 그것들이 "세상에서 가장 맛난 음식으로 보인다고" 생각하며 죄다 먹어치운다.(겸사해서 말하자면, 여자가 다이어트 규칙 같은 데 매여 있지 않을 때의 모습은 환상적이다. 그런 모습은 내 눈엔 그녀가 투지에 차 있다는 신호로 보인다. 반면 여자가 안 먹으려 하는 음식이 많으면 많을수록, 내 눈엔 그녀가 다른 영역에 더 많이 구속돼 있다는 뜻으로 보인다. 재미없게스리!) 소작농들의 취향에 맞는 소박한 곡조의 음악이 연주되자 나타샤는 춤을 추려고 자리에서 일어난다. 거기 앉아 있던 귀족들 중 누구도 그녀가 그 춤을 어떻게 추는지 모를 거라고 생각한다. 하지만 그녀는 춤을 추는데, "이 정신, 이 동작은 모방할 수도 배울 수도 없는 순 러시아적인 것이었다 …… 다른 세상에서 비단과 벨벳에 파묻혀 자란 날씬하고 우아한 백작 가문의 아가씨였음에도 …… 아니시야[아저씨의 하인]에게, 아니시야의 아버지에게, 어머니에게, 이모에게, 모든 러시아 사람의 마음속에 들어 있는 것을 완전히 이해할 수 있었다."

톨스토이가 이 구절에서 표현하는 자신의 조국과 조국의 정신에 대한 자부심이, 또한 이 나타샤라는 등장인물과 그 모델이었던 젊은 여성 속에서 조국의 정신을 드러내는 방식이 여러분의 귀에도 들렸으면 좋겠다. 그는 러시아를 사랑했다. 열정과 정력으로 가득한 활력 넘치는 나라였기 때문이다. 그가 타티야나/나타샤를 사랑한 이유도 똑같았다. 그래서 작가가 그녀에게 민중의 춤을 추게 했을 때, 그는 우리에게 그녀가 가진 기쁨과 삶에 대한 접근 방식이 소설 속 특정한 상황을 초월하여 모든 상황을 바꿔버린다고 말하고 있는 것이다. 그녀는 자신이 가진 것을 모두와 나눔으로써 그것을 해낸다.

나 역시 금세 나타샤의 마법에 걸렸다. 인생의 상당 부분을 그녀와는 정반대로 살았는데도 말이다. 나는 부정적인 말투에 위험을 회피하고, 쾌락을 삼가고, 참여하는 대신 한 발 떨어져 지켜보고, 스케이트를 타든 술을 마시든 데이트를 하든 그게 다 날 위해서가 아니라 남 때문에 하는 거라고 생각하며 살아 왔다. 이십대가 되어서야 그렇게 사는 게 얼마나 비참한 것인지 깨닫게 되었고, 그 후로는 오랫동안 길든 습관을 돌리기 위해 항상 노력하고 있다. 지금은 내 실수로부터 배운 게 있다고 생각한다. 내 아이들이 춤추고 노래하고 삶을 끌어안을 수 있도록 해 주는 게 내 인생의 목표다.

이제 나도 나이가 들었고, 내가 가장 좋아하는 타입의 여성도 알게 됐다. 그건 다름 아닌 나타샤 같은 여자다. 톨스토이도 좋아했던 여자, 우리가 세상만사 속의 기쁨과 활력에 연결될 수 있도록 돕는 여자. 이와 같은 여자들, 진정으로 살아 있는 여자들은 누구보다도 매혹적이다. 그들은 삶으로부터 최고의 것을 창조해내고, 당신 또한 그렇게 할 수 있도록 도와 준다.

15
섹스와 감성
Sex And Sensibility

거친 열정으로 시작된 관계는 꼭 불운하게 끝날까?
_제인 오스틴,『이성과 감성』

모라의 이야기

∽

이 책 작업을 시작하기 전에, 단언컨대 나는 제인 오스틴의 소설을 끝까지 제대로 읽어본 적이 없었다. 확실히 내가 아는 거의 모든 사람들이 남자건 여자건 오스틴에 대해 침이 마르도록 칭찬을 한다(굉장히 주목할 만한 예외가 있다면 잭 머니건 정도다). 레이디 제인께서 엄청난 규모의 추종자들을 거느리고 있는 건 분명한데, 그 중에는 독자뿐 아니라 창작자들도 있다. 헬렌 필딩의 엄청난 성공작이자 무척이나 재미있는 소설『브리짓 존스의 일기』는『오만과 편견』을 현대적으로 재창조한 작품이다. 에이미 해커링의 예리하고 위트 넘치는 영화인 〈클루리스〉는『에마』의 영향을 받았다. 퀴크 북스 출판사는『오만과 편견 그리고 좀비』같은 제인 오스틴

패러디 시리즈로 손쉽게 희희낙락 돈을 벌고 있다.

그럼에도 불구하고—어쩌면 내 반골기질 때문인지도 모르지만, 아무튼—나는 오스틴의 소설들을 허겁지겁 읽고 나서 왜 사람들이 그리도 그녀에게 빠져 있는지 궁금해졌다. 그녀는 매력적인 유머 감각을 가지고 있다. 그건 인정한다. 강한 의지를 가진 여주인공들도 등장한다. 그리고 오스틴은 플롯을 구성하는 법도 확실히 안다. 하지만 그녀 소설의 등장인물들은 내게 복잡하거나 흥미로워 보이지 않는다. 너무 많은 사교계 소녀들이 결혼에 목을 매고 있는 것이다! 그녀의 이야기들은 음모를 꾸밀 때는 무겁고, 심리학적 통찰이나 생생한 묘사가 등장할 때는 지나치게 가볍다. 그런 까닭에, 제인 오스틴을 읽으면서 삶이나 인간성에 대한 의미 있는 무언가를 배울 수 있을 것 같지는 않았다.

하지만 여러분 중 많은 이들이 그녀를 사랑한다는 걸 알고 있으니—내 친구들도 대개 그렇다—그 옛날 아가씨에게 한 번 더 기회를 줄 필요가 있지 않나 싶었다. 우선 『이성과 감성』을 읽어 보기로 했는데, 『오만과 편견』과 『에마』, 『맨스필드 파크』는 시도라도 해 본 반면 그 작품은 들여다본 적도 없었기 때문이었다. 더군다나 그 책은 오스틴의 첫 출간작이니 (다시) 시작해 보기에는 괜찮은 지점 같았다.

몇 페이지 넘기지 않아 내가 그녀의 소설에서 싫었던 점들이 죄다 기억났다. 말투는 도도했다. 3인칭 화자는 불만족스러웠다. 젊은 여자들의 인생에 일어난 가장 큰 문제는 원하는 만큼 하녀를 고용할 수 없다는 사실이었고, 다들 누구랑 결혼해야 하는지를 결정하느라 애를 쓰고 앉아 있었다. 그럼에도 불구하고 그녀에게 다시 한 번 공정한 기회를 줄 의무가 있다는 생각이 들었기 때문에 나는 계속 읽어갔다. 몇 장을 더 읽고 난 뒤 나는 책을 내려놓을 수 없었다. 빨려 들어갔던 것이다! 계속 읽고 싶은 나머지 밤에 잠을 자고 싶지가 않았다!

이야기는 대시우드 가문의 두 자매를 중심으로 돌아간다. 언니인 엘리너는 분별 있는 쪽이고 동생인 메리앤은 훨씬 더 충동적이다. 가끔 드라마 퀸*이 되는 메리앤은 자신의 마음을 숨기지 않고 솔직히 말하며, 자기의 연극적인 태도가 다른 사람들을 얼마나 불편하게 하건 간에 소설의 대부분에서 언제나 감정에 전적인 지배권을 넘겨주는 타입으로 등장한다. 반면 엘리너는 항상 사회의 규범에 기꺼이 따르고자 한다. 그렇게 하는 게 자신의 진짜 감정을 짓눌러서 꼼짝 못 하게 하는 걸 의미하더라도. 제인 에어가 하는 짓과 살짝 닮았다. 오스틴은 확실히 메리앤보다는 엘리너를 더 좋아한다. 그녀는 다음과 같이 쓴다. "엘리너는…… 깊은 이해력과 냉철한 판단력을 겸비하고 있어서…… 어머니의 조언자가 될 자격이 충분했다. …… 감정은 강렬하였다. 그러나 그런 감정을 다스리는 법을 알았다. …… 메리앤은 분별력도 있고 영리했다. 그러나 모든 일에 너무 열심이었다. 그녀의 슬픔, 그녀의 기쁨에는 절도란 것이 있을 수 없었다. 그녀는 마음이 넓고 사랑스럽고 흥미로운 여성이었다. 신중하지 않은 것 빼고는 나무랄 데가 없었다."

(솔직히 말해, 엘리너 같은 사람이 돼서 좋은 점이 뭔지는 알지만, 나는 메리앤 쪽에 더 가깝다. 공공장소에서 울거나, 손님 중 누

---

* drama queen 자기가 드라마의 여주인공인 양 호들갑을 떠는 사람을 가리키는 말.

가 속상한 말을 했다고 해서 메리앤처럼 저녁식사 자리를 박차고 일어난 적은 없지만, 그렇다고 내가 존경하지도 않는 사람을 그저 사회적 인간관계나 넓힐 요량으로 엘리너처럼 비위를 맞춰주거나 기쁘게 하려고 애쓰지는 않을 것이다. 나는 엘리너를 무척 좋아하고,—그녀는 좋은 친구가 될 수 있는 이성적이고, 합리적이며, 책임감 있는 사람이다—그녀처럼 할 수 있다면 내게 이득이 되겠지만 그게 가능할지는 잘 모르겠다.)

엘리너는 에드워드 페라스라는 남자와 사랑에 빠져 있다. 그는 "미남이 아니었"고, "매너도 친한 사이에서나 붙임성이 있었다." 크레이그스리스트* 광고를 쭉 훑어간다고 할 때, 금방 눈에 띌 설명은 아니다. 그가 가진 그닥 매력적이지 않은 자질들의 목록에 야망이 결여되어 있다는 점(이건 거의 야망이 넘치는 것만큼이나 나쁜 것이다)까지 덧붙이고 나면, 에드워드는 딱히 관심을 끌 만한 사람처럼 보이진 않는다. 그러나 그는 공들여 고수하는 개인적 가치 체계를 갖고 있다는 점에서 분명 존경할 만한 사람이다. 그럼에도 그가 워낙에 고루한 사람이라 나는 그와 엘리너 사이의 연애가 어떻게 될지 신경을 쓰는 게 쉽지 않았다. 결국 사사건건 간섭하는 에드워드의 가족이 그 관계를 끝낸다. 엘리너가 그들의 자식에게 충분할 만큼 부유하지 않다고 생각해서다.

메리앤은 훨씬 카리스마 넘치고, 감정적으로 자극적이며, 바람기 있는 타입의 남자에게 반해 있다. 윌러비라는 이름의 잘생긴 젊은 이로, 그는 메리앤을 포함해 만나는 사람들 거의 대부분을 쉽게 매

* Craigslist 미국의 온라인 벼룩시장.

혹한다. 메리앤에게 온갖 이유를 들이대며 그녀가 자기 마음속에서 특별한 위치를 차지하고 있다고 믿게 해놓고, 윌러비는 엘리너—와 독자—가 보기엔 선수가 아닌가 싶을 정도로 종잡을 수 없고 실망스러운 행동을 하기 시작한다. 하지만 메리앤은 신랑감으로도 더 낫고 존경할 만한 (부유한 건 물론이다) 남자인 브랜던 대령이 그녀에게 푹 빠져 있음에도 윌러비에게 완전히 꽂힌다. 나이가 메리앤보다 두 배는 더 많은 36살인 브랜던 대령은 못생긴 남자는 아니지만, 그녀는 그에게 육체적으로 전혀 매력을 느끼지 못한다. 더 나아가, 그녀는 그 사람 좋은 대령과는 윌러비와 같이 있을 때처럼 활기찬 대화를 나누지도 않는다. 나이 든 남자는 젊은 남자보다 훨씬 더 과묵하고 진지한 법이다.

하지만 엘리너는 브랜던의 상대적인 과묵함에는 전혀 신경을 쓰지 않는다. 그녀는 그가 자신이 사랑하는 상대에게 무척 책임감 있게 행동한다는 점에 감명을 받는다. 사실 이 두 사람은 천천히, 하지만 확실하게 친한 친구가 되고, 소설에 나오는 모든 남자-여자 짝 중에서 감정적으로 가장 진지한 교류를 나눈다. 둘이 정말 잘 지내는 바람에 나는 그들이 맺어지는 걸로 끝나길 응원할 정도였다. 특히나 에드워드가 다른 여자애랑 약혼한 걸 알고 난 다음엔! (동시에, 나는 브랜던과 엘리너가 서로에게 플라토닉한 감정 이상을 가진 건 아닌지 궁금해하지 않을 수 없었다. 책 속에서는 둘 사이에 딱히 화학작용이 일어나지는 않은 듯 보였지만.)

다음 일어날 일들에 대해 너무 많이 밝히고 싶진 않기 때문에, 나는 엘리너와 에드워드 사이가 어떻게 되는지, 또는 윌러비가 건달과 다정한 애인 중 어떤 인간으로 밝혀지는지에 대해서는 말하지 않으련다. 하지만 내가 워낙 놀라고 실망했던지라, 메리앤이 브랜던 대령과 맺어진다는 사실 정도는 밝힐 필요가 있을 것 같다. 내가 보기엔 상대를 잘못 잡은 거다. 더 용서할 수 없는 것은 그들의 결합이 너무 급작스러운 방식으로 선언되었다는 점이다. 메리앤의 감정이 어떻게 플라토닉에서 에로틱으로 옮겨갔는지, 상대적으로 무관심하다가 어떻게 흥미를 갖게 됐는지 같은 점에 대해 적절히 이야기를 쌓아올리지 않고 있는 것이다. 오스틴은 사전 경고도 없이 다음과 같은 성급한 구절들을 퐁당 던져놓는다.

그의 선량함을 피부로 알게 되었고, 남들은 모두 오래전부터 알던 사실이지만 마침내 그가 자기를 무척이나 사랑하고 있다는 것을 그녀도 불현듯 알게 되었으니. ……그녀로서는 어찌 하겠는가?

그녀는 특별한 운명을 맞게끔 태어났다. ……강한 존경과 활기찬 우정 이상의 감정을 가지지 않고서 자진하여 브랜던에게 손을 주게끔 태어났던 것이다.*

"특별한 운명"? 이렇게 말하는 게 더 정확하지 않을까? "그녀는 좋은 남자에게 정착했다. 그리고 아마도 재미없는 섹스를 했을 것이다."

좀 거슬리는 얘기일 수도 있지만, 나는 장기적인 관계를 원하는

---

* 제인 오스틴, 『이성과 감성』, 윤지관 옮김, 민음사, pp.502-503.

커플들에게는 관계 초반에 강력한 육체적 끌림이 필요하다고 생각하곤 했다. 그때 서로에 대해 품는 경이는 서로를 안 지 몇 년이 지난 후에도 배우자에게서 자극적인 점들을 찾아낼 수 있도록 뇌의 회로를 바꾸지 않던가. 또한 힘든 시절을 헤쳐 나가는 데 필요한 여분의 추진력을 주지 않던가.

2010년에 출간된 『클릭: 신속하게 끌리고 오래 지속되는 관계의 비밀』이라는 책의 한 연구는 어느 정도 내 이론을 뒷받침해주는 동시에 오스틴 또한 핵심을 짚고 있다는 사실을 보여준다. 평균 나이 스물다섯인 결혼한 커플 1,000쌍에게 그들의 결혼생활에 대한 빼곡한 질문이 담긴 설문지를 채우도록 했다. (남편들과 아내들은 배우자가 서로의 대답을 보지 않을 거라고 심리학자들이 확언한 뒤 따로따로 설문에 답했다.) 연구자들은 '클릭하기clicking', 즉 거의 즉각적으로 느끼는 열정과 친밀함이 장기간의 관계에 미치는 영향을 조사하고자 했다. 그들이 궁금했던 건 다음과 같았다. 순간 불꽃이 팍 튀었던 커플들이 가장 잘 살았는가? 아니면 데이트를 시작하기 전 오랫동안 친구였다가 결혼한 커플들이 더 행복하고 건강한가? 세 번째 범주에 속하는 사람들로, 처음부터 친구도 아니었고 즉각적으로 끌리지도 않았지만 전통적인 연애를 하는 동안 진지한 감정을 발전시켜나간(여러 번 데이트를 해 봤고 그럴 때마다 점차 진지해진) 커플들의 경우는 어떤가? 내 기대와는 반대로, 실험을 구성한 심리학자들은 25년 뒤에는 서로 홀딱 반해 현기증을 느끼며 관계를 시작한 사람들보다 마지막 두 그룹―낭만적인 애착 감정을 천천히 발전시킨 사람들―이 더 결속력이 강하고 행복한 관계를 유지할 것이라고 가정했다(제인 오스틴도 똑같은 추측을 했을 것이다). 하지만 연구자들이 발견한 사실은 놀라웠다. 일상생활의 영위와 친밀성이라는 점에서 세 그룹 시이에 사실상 차이가 없었던 것이다. 더 나아가, 서로 사랑하는 배우자들이 더 많은 공통의 화제를 갖게 되기까지는 관계가 무르익을 시간이 필요했음에도, 첫눈에 반한 사람들은 그들의 관계가 여전히 '마술적'이라고 느꼈다. 그들은 또한 그들의 배우자를 일과시간에 자주 생각한다고 밝혔다. 다시 말해, 첫 번째 그룹에 속한 사람들—클릭한 사람들!—은 시간이 지난 뒤에도 다른 그룹보다 배우자에게 뜨거운 감정을 가진 채 살아가고 있었던 것이다.

이 연구결과에 나도 놀랐다. 나는 메리앤처럼 '정착한' 사람들은 결혼하고 나서 결국 그다지 행복하거나 만족하지 못하게 될 거라고 생각했다. 하지만 심각하게 반하지 않은 채 관계를 시작한 이 사람들은 상호존중과 존경의 감정을 지속적이고 의미 있는 낭만적인 관계로 바꿔놓았다. 그들은 25년 뒤에도 서로에게 진력이 나지 않았다.

이게 무슨 뜻일까? 『이성과 감성』은 좋은 교훈을 담고 있다. 당신을 무척이나 신경 쓰고 모든 일이 잘 돌아가길 원하는 사람과 천천히 상호의존적 관계를 맺는 게 사실은 무척 잘된다는 얘기인 것이다. 불꽃을 댕기는 듯한 에로틱한 애정 역시 꽤 장기간 즐거운 상태로 남아 있을 거라는 그리 나쁘지 않은 이점이 있긴 하지만, 실제로 그들 중 얼마나 많은 사람들이 25년 뒤에도 그렇게 살고 있을지는 모르겠다. 그렇게 맺어진 많은 이들이 한두 해 안에 깨진다고 해도 놀랄 일은 아니다. 오스틴 텍사스 대학교 심리학 교수인 테드 휴스턴이 밝힌 내용은 확실히 흥미롭다. 그가 2009년에 발표한 보고

서에 따르면, 가장 이혼이 잦은 커플은 무척 불안정한 동시에 극도로 정열적이고 엄청난 연애를 했던 커플이었다. 잘돼가는 데 시간이 좀 걸린 관계는 덜 모험적인 반면 더 확실했다. 덜 짜릿했지만 더 현명했던 것이다.

물론 합리적인 행동방식은 내 안의 메리앤에게 그리 호소력을 발휘하지 못한다. 나는 여전히 강하게 끌리지 않는 남자와 두 번 이상 데이트하기가 어렵다. 하지만 나이가 들수록 이 세상에 존재하는 브랜던 대령들이 지닌 매력을 더욱 잘 깨닫게 된다. 그러니 또 다른 메리앤인 여러분에게, 그 남자에게 기회를 한 번 더 줘 보라고 강변할 생각이다. 분별 있는 남자와의 느리고 꾸준한 관계 역시 당신만의 로맨스를 만드는 데 부족함이 없다는 얘기다.

모라, 좀 노골적인 얘기일지도 모르지만 들어봐. 내가 가장 길게 지속한 세 번의 연애관계 중 둘이 사실은 첫 만남 뒤에 바로 사실상의 동거상태로 들어간 경우고(그 중에 한 번은 그녀가 바로 다음날 짐을 싸들고 왔지), 세 번째 경우는 그런 게 존재하는지조차 몰랐던 불꽃같은 연애로 시작됐어. 하지만 네 예측은 거의 사실이야. 그 중 둘이 2년 정도 가긴 했지만, 다들 결국엔 전부 끝이 났지.

난 여전히 초반에 불꽃이 팡팡 터지는 연애가 그리 나쁜 징조는 아니라고 생각해. 시작부터 서로에게 진짜로 몰입한 사람들이라면 그저 괜찮은 화학작용 정도로 끝나는 게 아니라 좋은 관계가 이뤄지도록 노력할 수도 있다고 보거든. (예를 들어 갈등이나 난관을 어떻게 풀어갈까 하는 문제를 살펴보면, 활발한 성생활이 그런 갈등을 풀어갈 동기를 제공해줄 수도 있거든. 물론 반드시 그러리라는 보장이 있는 건 아니지만.)

그래, 누구나 관계 초반에는 망설일 수 있어. 하지만 그러면 재미있고 즐거운 감정을 충분히 만끽하지 못할 수 있다는 점도 염두에 둬야겠지. 아마 숙제하듯 데이트를 하게 될 거야. 슬프게도 다른 방도는 없으니까. 하지만 제대로 된 남자를 제때 만난다면, 그것도 꽤나 보람찬 숙제가 될 수 있을 거야.

16
지나가버린 것들을 찾아서
Remembrance Of Things Passed On

재결합은 금물
_마르셀 프루스트, 『잃어버린 시간을 찾아서』

잭의 이야기

∽

다들 그런 적이 있다. 술에 취해 전 남친이나 여친에게 전화를 하면서, 혹은 문자를 보내거나 심지어는 그 집 초인종을 누르면서, 어림 반푼어치도 없는 일이지만 재결합하길 희망하고, 나쁜 일은 모두 잊고 그저 좋은 것만 바랐으면 한 적이.

하지만 옛 연인에게 다시 시작하자고 애처롭게 호소하는 건 대부분 절대로 좋은 생각이 아니다. (만약 당신이 먼저 끝내자고 했다면) 관계가 깨진 것과 관련해 "것 봐, 네가 다시 기어들어올 줄 알았어!" 같은 식으로 당신을 비웃을 근거를 제공하기 때문만은 아니다. 옛 애인과 실제로 재결합한 적이 있는 사람들이 말하듯, 여러분은 그 사람과의 사이에 생겼던 문제들을 예전과 하나도 달라진

게 없는 상태 그대로 품고 살게 되는 것이다. 또한 처음에 당신으로 하여금 관계를 깨야겠다고 생각하게 했던 문제들은 또다시 그런 생각을 하게 만들 확률이 높다. 나도 찢어진 옷을 몇 번이나 꿰매려고 해 봤지만, "한번 깨진 건 영원히 깨진 것"이라는 속담에는 다 이유가 있었다. 잭, 그건 사실이라고. 사랑과 희망과 노력을 아무리 많이 쏟아 부어도, 깨진 꽃병을 풀로 이어붙이고 쏟아진 물을 다시 주워 담기에는 충분치 않아.

하지만 사실 다시 한 번 도전하려는 마음처럼 인간적인 게 또 있을까. 희망은 영원히 샘솟게 마련이다. 마음 약해지는—혹은 내가 위에서 언급했듯 만취한—순간, 우리는 기억과 논리 양쪽을 기만하고 옛 연인과 새로 시작해보는 건 어떨까 하는 생각을 유도하는 깊고 강렬한 갈망에 예속된다. 대학 시절 파티에서 얼큰히 취해 전 여친에게 몸을 기울이며 했던 말이 기억난다. "우리 아무 문제도 없는 척할 수 있지 않을까?"(그게 아주 나쁜 전략은 아니다. 많은 결혼생활이 그런 식으로 굴러가는 걸 봐 왔으니까……) 그녀의 반응은 웃어넘기는 쪽이었다. 사실 그거야말로 정확히 내게 필요한 반응이었다. 그 생각은 의도는 좋았을지 몰라도 제대로 웃기는 것이었으니까. 나는 그저 잠에서 깨어 정신을 차릴 필요가 있었던 것이다.

문학은 자신의 갈망에 굴복하는 인물들로 넘쳐난다. 하지만 옛 애인과의 결합과 관련해서라면 마르셀 프루스트가 다른 어떤 고전 작가들보다도 더 많은 연구사례를 제공할 수 있을 것이다. 영역본으로 3,300페이지짜리 작품인 『잃어버린 시간을 찾아서』의 플롯은 몇 번이고 제자리를 빙글빙글 도는데, 작품 속의 수많은 관계들 역시 제자리를 맴돌면서 잃어버린 사랑을 되찾으려는 노력으로 인해 생겨나는 시련과 고난을 상세히 보여준다.

『잃어버린 시간을 찾아서』는 일련의 자전적 소설들이 연결된 작품이다. 작가와 마찬가지로 마르셀이라는 이름의 주인공은 총 일곱 권에 걸쳐 수많은 여성들(비록 현실에서는 남자들*이었지만)과 관계를 맺는 데 실패한다. 마르셀은 문학 사상 가장 버릇없는 응석받이 중 하나로, 일이 제 맘대로 안 풀리면 전에 만났던 모든 연인들을 깔보고 멸시한다. 그는 자기 자신에게 (또한 우리에게) 안 풀리는 상황을 군이 손보려 하지 말라고 경고해놓고서, 그 상황을 되풀이한다! 젊고 난잡한 마르셀은 소설 속에서 질베르트, 앙드레, 그리고 가장 중요하게는 알베르틴과 재결합(하거나 그러려고 노력)한다. 이 중 우리가 가장 주의를 기울일 사람은 알베르틴이다.

알베르틴은 『잃어버린 시간을 찾아서』의 팜 파탈이다(6권의 제목인 『사라진 알베르틴』은 그녀의 이름에서 따온 것인데, 그녀는 무척이나 자기도취적인 이 소설에서 유일하게 자신의 이름으로 제목을 획득함으로써 뚜렷한 표식을 남겼다). 그녀는 소설의 2권인 『꽃피는 아가씨들 그늘에』에 해변의 휴양지에서 자전거를 타고 돌아다니는 태평스러운 여인들 중 하나로 처음 등장한다. 마르셀이 그곳에 가게 된 건 그가 앓고 있는 온갖 신체 질환들 때문인데, 그는 치료차 가 보지 않겠느냐는 의사의 권고를 받아들여 그곳을 방문한다. 당연히 엄마와 함께. 심지어 우리 마르셀은 꽤나 마마보이이기까지 하다!

* 마르셀 프루스트는 게이였다.

드문드문 만났다 헤어진 끝에 마르셀과 알베르틴은 연애를 하게 된다. 하지만 그 둘은 그 이상 변덕스러울 수 없는 사람들이라, 깨졌다가 다시 시작했다를 반복하며 내가 이제부터 분석할 장면에 이르게 된다(집에서 섹스를 하는 사람들이라면 이 장면이 고급 문학에서 다루는 성적 유혹의 가장 오래된 사례로 보일 것이다).

이야기가 여전히 중간쯤 가고 있는 지점에서 마르셀과 알베르틴은 그들이 수없이 겪은 바 있는 애매한 단계에 머물러 있다. 하지만 마르셀은 성적으로 바짝 흥분한 상태고, 그는 그녀에게 오페라 티켓을 사준 뒤에 오페라가 끝난 다음 자기한테 전화해서 잠깐 들르라고 얘기한다(19세기 말에 전화는 최신 발명품이었지만 마르셀은 저럴 목적으로 침실에 전화를 깔아놓았다. 망나니 같으니라고).

마르셀이 알베르틴이 자기 집에 들르길 바라는 이유는 우리 대부분이 옛 애인을 다시 만나려고 노력할 때 느끼는 감정과 무척이나 닮았다. 우리가 스스로에게 솔직해진다고 가정한다면 말이다. 그는 이미 자기가 "그녀를 조금도 사랑하지 않는데도 오늘 저녁에 와 달라는 부탁을 하고 있다"는 사실을 (독자에게) 인정하고 있다(알베르틴에게는 그러지 않지만). 그는 그저 "순수한 정욕에 굴복한" 상태다. 몇 시간 동안 (술도 가끔 마시며) 초초하게 기다린 뒤 그는 다음과 같이 토로한다. "나는 전화벨 소리에 대한 갈망, 점점 더 간절해지고 결코 충족될 수 없는 이 갈망이 내 외로운 고통의 전선을 따라 구불거리며 상승하다 한계점까지 도달하는 것이 간단없이 되풀이되자 고통스러웠다." 약간 취한 상태에서 흘러나오는 감상적인 대사처럼 들리지 않나? 여러분에게도 익숙하지 않나 싶은데? (적어도 내겐 확실히 그렇다.)

하지만 그때 알베르틴이 전화를 한다. "폐를 끼치려 한 건 아니에요. 이 시간에 전화해서 당신을 깨운 건가요?" 그녀가 교태를 부리며 말한다. 그는 그래야 한다는 의무감에 "아니, 전혀요"라고 받아친 다음 무심함을 가장하고 묻는다. "근처예요?"

그들은 표준적인 선수들이 주고받는 슬쩍 밀고 당기는 파워 게임을 수행한다. 하지만 실은 그녀가 오지 않을 거라는 생각이 들자, 마르셀은 자기가 쉽게 감정의 포로가 된다는 걸 느끼기 시작하는데, 그런 감정은 우리로 하여금 나중에 후회할 결정을 내리도록 만든다. 프루스트에 따르면 그건 "벨벳처럼 부드러운 얼굴을 다시 보고 싶다는 갈망"이다. 하지만 이 지점에서조차 그는 자신의 욕망이 지닌 얄팍함을 인식하면서 다음과 같은 사실을 인정한다. "하나의 원소가 다른 원소와 결합하여 형성되는 …… 한 사람에 대한 그의 지독한 욕구는…… 관능의 대상을 오로지 색깔을 머금은 표면인 양, 해변에 핀 살갗마냥 발그레한 꽃처럼 소비했으며, 종종 그럼으로써 (화학적인 의미에서의) 새로운 몸, 오로지 몇 분밖에 지속되지 않는 몸을 만들어내는 데 그쳤다."

슬프게도, 옛 연인과 재결합하려는 수많은 사람들에게, 프루스트의 묘사는 무척이나 정확히 들어맞는다. 이미 한 번 가져 본 적 있는 몸, 그것이 주던 친밀함과 편안함, 온갖 문제들과 현실로부터 자유를 주던 그 몸을 애타게 갈구할 수밖에 없는 순간이 있는 건 사실이다. 심지어 그 대상이 완전히 부적절하다 할지라도. 물론 우리가 망각하는 것은, 현실이 늘 승리하며 쾌락은 "오로지 몇 분밖에 지속되지 않"을 거라는 사실이다. 얼마나 많은 사람들이 취한 채 전화를 건 뒤에 옛 연인의 품에서 깨어나 세상에, 내가 뭘 한 거지?

내가 이 관계를 다시 시작한 거라고 말했나? 이 상황을 어떻게 모면하지? 라고 생각했겠는가.

이 과정의 핵심은 기억이라는 것이 얼마나 변덕스러운지, 또한 그것이 마음이 틀어놓은 선율에 얼마나 자주 장단을 맞추는지를 잊지 말아야 한다는 점이다. 여기서 프루스트 이상 가는 멘토는 없다(그는 문학에서의 기억에 관해서라면 시대를 초월한 권위를 지닌다). 그는 우리에게 다음과 같은 점을 상기한다. "기억에 의해 선택된 이미지들은 상상력이 구성하고 현실이 파괴한 것들만큼이나 임의적이고, 편협하며, 포착하기 어려운 것이다." 다시 말해 우리는 우리가 꾸는 백일몽(내지는 알코올이 함유된 생각)이 우리를 설득하기 위해 제시하는 파편적인 진실들을 더욱 북돋는 데 도움이 되는 것이라면 뭐든 기꺼이 회상하려고 한다.

하지만 인생이란 그런 백일몽들을 파괴하게 마련이고, 그렇게 되기까지 보통은 시간이 그리 오래 걸리지 않는다. 프루스트 역시 그걸 알았다. 그래서 그는 "새로운 현실"(여러분이 재결합할 때 결국 벌어지게 되는 온갖 일들을 뜻한다)은 "아마도 우리가 여행을 떠나는 이유가 된 욕망을 잊어버리게, 심지어는 혐오하게 만들 것이다." 즉 재결합은 그저 잘 안 되는 정도로 그치는 게 아니다. 여러분은 심지어 여러분을 처음 있던 곳으로 돌아가도록 이끈 진심 어린 마음에, 또는 자신이 그저 몸이 가는 대로 따라갔다는 사실에 분통을 터뜨릴 수도 있다.

마르셀과 알베르틴에게 이 재결합과 그 뒤에 일어난 다른 많은 일들은 더는 성공적이지 않았다. 그들은 향수, 되돌아감, 그로 인해 다시 생겨난 재난이라는 악순환에 빠져든다. 프루스트는 이를 "가끔씩 뛰는 심장에 살짝 바뀐 기억이 연결되면서 생기는 일"이라는 멋진 구절로 요약한다. 그렇다. 기억은 변덕스러울 수 있고, 심장은 가끔씩 두근거릴 수 있다. 그러나 인정하기 힘든 사실이지만, 우리는 오래된 사랑의 잔불이 다시 타오르더라도 처음에 그걸 꺼뜨린 차가운 빗줄기 역시 다시 내리리라는 사실을 염두에 둠으로써, 인생을 더 잘 지낼 수 있다.

그러니 예전의 불꽃을 얼마나 갈구하건 간에, 종이를 한 장 꺼내서 그 당시 왜 잘 안 됐는지 이유들을 우선 적어 보자. 가능한 한 철저하게. 그 중에서 바뀐 게 얼마나 되는가? 앞으로 얼마나 더 바뀔 수 있을 것 같나?

두 번째는 더 나아질 거라고 생각하고 싶지만, 슬픈 진실은 다음과 같다. 사람이란 그리 많이 바뀌지 않으며, 새롭게 기울이는 노력도 대개는 옛날의 바퀴를 다시 한 번 돌리는 데 불과하다.

17
카라마조프 씨네 수다쟁이들
The Blabbers Karamazov

너무 많이, 너무 급하게 드러내면 왜 위험한가
_도스토옙스키, 『카라마조프 씨네 형제들』

모라의 이야기

∽

만약 여러분이 이 책을 여기까지 읽었다면, 내가 나의 개인사에 대해 그리 비밀스럽게 굴지 않는다는 사실을 슬슬 눈치 챘을 것이다. 나는 그게 현대를 살아가는 에세이 필자에게는 좋은— 어느 정도는 실제로 필요한—덕목이라고 생각하긴 하지만, 그러느라 내 데이트 생활이 상처를 입은 것도 확실하다. 아마도 제법 많이……

하지만 '몰라도 되는 것들TMI*'이라는 주제로 얘기를 더 진행하기 전에, 내가 진짜로 사랑하는 소설에 대해 약간 얘기를 늘어놓는 걸 허락해 주시길 바란다. 그 작품은 바로 표도르 도스토옙스키의

---

* Too Much Information '너무 많은 정보'라는 뜻으로 인터넷 채팅 중 '더는 알고 싶지 않다'는 뜻을 표현할 때 쓰인다.

역작 『카라마조프 씨네 형제들』이다. 최근에 이 장을 준비하는 동안 스테어마스터 러닝머신을 뛰면서 다시 읽을 요량으로 이 책을 헬스장에 들고 갔을 때, 어떤 사람이 나보고 책을 좀 빌려줄 수 없냐고 농담조로 물었다. 아령으로 쓰고 싶다나. 푸.하.하. 문장들로 꽉 찬 이 소설이 너무 무거운 나머지 작은 배에서라면 닻으로도 쓸 수 있다는 건 사실이다. 하지만 이 책은 무거운 화물처럼 자리만 차지하고 있는 건 아니다. 이 작품은 감동적이다. 이 소설은 문학사상 가장 생동감 넘치고, 기이하고, 미친 인물들로 숨이 턱턱 막힐 뿐 아니라, 살인 사건이 일어나고 모든 용의자들의 동기가 천천히 드러나면서부터는 앉은 자리에 꼼짝 못하게 묶어놓는다. 후반부에 이르러야 사건들이 진짜 전속력으로 내달린다는 건 인정한다. 하지만 작가는 소설 전체에 걸쳐 이야기를 뒤틀고 변화를 주면서, 또한 사랑과 증오, 희망과 절망, 자기파괴와 정체성의 영구적인 보존이 공존할 수 있는 복잡한 방식을 유쾌하게 탐구하면서 독자를 계속 붙잡아놓는다. 확실히 이 소설은 이 책 다음으로 유명한 작품인 『죄와 벌』보다 두 배는 더 길지만 열 배는 더 낫다. 유머도 더 많고, 액션도 더 많다. 감정도 더 풍부하고, 변화도 더 다양하며, 더 많은 구원이 등장한다.

제목에 이미 나와 있으니, 소설이 카라마조프 가의 삼형제를 중심으로 돌아가는 건 놀랄 일이 아니다. 그리고 만약 여러분이 나와 같다면, 이 중에서 누구에게 가장 크게 마음을 줄지 결정하기가 쉽지 않을 것이다. 가장 어리고 가장 순수한 동안의 알료샤가 좋을까? 그는 수련중인 수도사로, 종교적 멘토가 죽게 되자 신앙의 위기를 겪는다. 그는 자신이 절름발이 소녀와 결혼해야 한다는 생각을 하기 시작하는데, 부분적으로는 그녀를 무척 좋아하기 때문이지만 주된 이유는 그게 옳은 일처럼 보이기 때문이다. 아니면 총명하고 지적인 둘째 이반이 더 나으려나? 그는 삼형제 중 가장 실질적이고 합리적인 인물로 문단에서 유명세를 떨치는 중이다. 때때로 그는 냉정하고 계산적인 면모를 보이지만 강렬한 감정을 가진 인물 또한 될 수 있다. 갈 곳 없는 여인에 대해 품는 깊은 사랑이 그 증거다. 그도 아니면 무척이나 열정적이고 반쯤은 미친 첫째 드미트리는 어떨까? 방탕한 애정 행각을 벌이는 전직 군인인 그는 언제나 자기 속내를 숨기지 않는다. 특히 그가 비참하게 버림받은 한 젊은 여자에게 홀딱 반하여 그녀를 위해 인생을 기꺼이 망치려 하는 듯 보인 뒤에는 더 그렇다. 삼형제가 무척 어렸을 때 어머니를 잃었으며, 더불어 그들의 아버지가 비할 데 없는 개자식(그 또한 재미있으면서도 잊을 수 없는 인물이긴 해도)이라는 사실을 알게 되면 그들에게 더욱 애정을 갖게 될 것이다.

하지만 믿거나 말거나, 내가 여기서 주목하려는 사람은 바로 그 개자식, 인색하고 호색하며 파렴치한 대지주인 아버지 표도르 카라마조프다. 우리가 그를 감싸기 위해 할 수 있는 최선의 말은 그가 육체적으로 가족을 학대하지 않는다는 정도일 것이다. 그걸 빼고는 거의 다 하니까. 예를 들어 보자. 그는 그의 첫 번째 부인에게서 지참금을 훔친다. 그녀가 그의 탐욕에 질려 도망갔다가 결국 비참하게 죽었을 때 그는 자기 아들 드미트리를 버린다. 그는 즉시 자살 충동이 있는 16살짜리 고아 여자애와 재혼한 다음 그녀의 눈앞에서 계속 다른 여자들과 흥청망청 먹고 마시며 논다. 그녀는 심한 충격을 받아 히스테리를 일으키고 결국 그 때문에 죽는다. 그러자 표도르는 즉시 그녀가 낳은 두 아들인 이반과 알료샤를 무시하기 시작한다. (결국 삼형제 모두 하인, 친척, 박애주의자들의 손에 아무렇게나 자라난다.) 하지만 아버지 카라마조프의 이야기는 아직 끝나지 않는다. 그는 백치 여인을 임신시킨다. (또는 적어도 다들 그가 그랬을 거라고 믿는다. 비록 그는 부정하지만.) 무력한 소녀는 출산중 죽는다. 표도르는 살아남은 아이를 결코 자식으로 인정하지 않지만, 세 형제를 키웠던 하인이 그 아이를 데려가도록 허락한다. 그 사생아 스메르쟈코프―사악한 성격의 간질 환자―가 성장하자 아버지 카라마조프는 그를 자기의 개인 요리사 겸 하인으로 계약을 맺어 데려온다. 지금까지 벌어진 일들이 그리 나쁘지 않다면, 드미트리가 어른이 된 다음의 일을 보자. 그는 내가 앞서 언급했던 갈 곳 없는 여인―남을 조종하는 짓궂은 세이렌 같은 그루셴카라는 이름의 여자―에게 반하게 되는데, 이내 그의 족제비 같은 아버지와 그녀의 사랑을 두고 맹렬히 경쟁하는 처지가 된다. 그 둘은 그루셴카를 두고 폭력적으로 충돌하고, 둘 사이에서는 살의가 자라난다. 이는 결국 양쪽 모두에게 치명적인 결과를 불러일으킨다. 아버지 카라마조프가 살해당하고, 대부분의 사람들이 살인자로 드미트리를 지목한다. 드미트리가 그 미친놈을 죽여 버릴 거라고 몇 번씩 격분한 채 떠들었던 것이다.

하지만 놀랍게도, 작가 도스토옙스키의 필력 덕에 우리는 아버지 카라마조프를 가끔씩 어느 정도 이해(절대 공감이 아니다)할 수 있다. 확실히 나는 표도르와 그의 법적인 세 아들이 같이 등장하는 장면에서 표도르가 소설에서 가장 간담이 서늘한 모습을 드러내는 동안, 그가 어디서 온 존재인지 이해했다. 알료샤는 아버지와 형 사이에 자라나는 긴장이 걱정스럽고, 그래서 명성 높은 성직자인 조시마 장로에게 가족 집회 자리를 주재해 주십사 부탁한다. 장로는 이반도 참석해 달라고 요청한다. 이 수도사 지망생은 조시마 장로가 아버지와 드미트리 사이를 조정해 줄 거라는 다소 낙관적인 전망을 품고 있다. 하지만 그는 또한 자기 아버지가 예전에 수없이 그랬듯 모든 걸 망치고 사람들을 당황스럽게 할까 두렵다. 비록 반감을 잘 감추기는 해도, 드미트리만큼이나 아버지를 경멸하는 이반 역시 걱정이다.

약속 시간이 되고, 알료샤, 이반, 아버지, 조시마 장로는 장로의 암자에서 지각한 드미트리를 기다리고 있다. 시간이 흐르고, 그가 언제 도착할까 궁금해질 때쯤, 아버지 카라마조프가 무대 중심에 오른다. 그리고 알료샤의 가장 큰 걱정은 현실이 된다. 그는 상스러운 이야기를 세세히 하면서 존엄한 조시마 장로에게 자기 내면에 "악마"가 깃들어 있다며 바보 같은 소리를 늘어놓고, 정신이 나간 것처럼 방을 돌아다니며, 조시마 장로가 "'말씀을 자제하지 못하는 성격'"이라 부른 바로 그것을 통해 엄청난 연기를 펼쳐낸다. 그가 행하는 인격 장애에 가까울 정도로 무례한 방식에 수치심을 느낀 아들들이 고개를 떨구는 동안, 아버지 카라마조프는 조시마 장로에게 혹시 자기가 너무 모욕적으로 군 건 아닌지 격렬하게 묻는다. 그는 더 큰 문제를 일으킬 요량인 것이다. 조시마 장로는 미끼를 무는 대신, 아버지 카라마조프에게 마음을 가라앉히고 아무 부담도 갖지 말라고 말한다. "중요한 건," 조시마 장로가 그를 가르친다. "자신을 수치스럽게 생각하지 않는 것입니다. 왜냐하면 모든 문제가 거기서 비롯되니까요."

확실히 그렇다!

조시마 장로의 통찰력은 아버지 카라마조프를 감동시킨다. "그 의견은…… 제 마음을 정통으로 찌르는 듯합니다." 노인은 장로에게 계속 말한다. "사실 사람들 앞에 서게 되면 저는 제가 누구보다도 비열하며 모두가 저를 어릿광대 취급한다는 생각이 들지요. 그래서 '내가 정말로 어릿광대짓을 해 주지……!'라고 생각합니다. 그래서 저는 수치심 때문에 어릿광대가, 위대하신 장로님, 바로 그런 수치심 때문에 어릿광대가 된 겁니다. 그런 우려 때문에 소란을 피우는 겁니다. 제가 남들 앞에 섰을 때 사람들이 저를 누구보다 친절하고 현명한 사람으로 생각한다는 확신만 든다면, 주여! 그땐 제가 얼마나 착한 사람이 될까요!"

말이 좀 이상하게 들리긴 하겠지만, 나는 데이트에 나갈 때마다 어떤 면에서 보면 아버지 카라마조프처럼 굴면서 이십대의 대부분을 보냈다. 만나게 될 남자들에게 내가 결코 좋은 인상을 줄 수 없을 거라고 생각했기 때문에, 사전에 술 한두 잔 정도는 미리 마련해서 신경을 가라앉힐 필요를 종종 느꼈다. 때로는 상대방과 만나는 도중에 커피숍이나 바의 화장실로 잠입하기까지 했다. 거기서라면 지갑에 넣어 갖고 온 위스키를 5분의 1정도 후루룩 마실 수 있었다. (나는 이걸 다음과 같이 합리화했다. 진짜 알코올 중독자라면 가게에 들어오자마자 술을 시키지 않았겠냐고.) 돌이켜보면 그게 내게 얼마나 도움이 됐는지는 모르겠다. 하지만 긴장을 풀어주긴 했다. 그러고 나면 나는 돌아와 자리에 앉자마자 더듬거리며 고백의 시간에 착수했다. 별의별 얘기를 차례차례 다 했다. 새해 전야에 택시 기사에게 키스한 이야기나 베를린의 바에서 만났던 젊은 마약상 얘기, 아니면 어느 날 밤 링컨 센터 근방에서 리무진을 탔는데 리무진 운전사가 클립보드에서 자기가 들이마시던 코카인을 꺼내서 내게 줬던 이야기 같은 것들……

그런 얘기는, 굳이 내가 말할 필요도 없겠지만, 우리를 남자친구를 사귀는 지름길에 데려다 준다고 보기 어렵다. 하지만 난 누군가 내 말을 들어주길 바랐다! 그래서 나는 몇 년씩이나, 그렇다, 카라마조프의 어릿광대처럼 살았고, 그러고 난 뒤에야 천천히 나 자신을 바꾸기 시작했다.

나는 왜 그렇게 말이 많았던 걸까? 일부는 그런 4차원 같은 짓을 하는 게 매력적이고, 거칠고, 대담하게 보일 거라 생각해서였다. 흥미롭고 '에지' 있는 도시인 뉴욕에 사는 사람답게 말이다! 모험과 뜻밖의 경험으로 가득한 삶! 하지만 이게 전부가 아니다. 문학 평론가 제임스 우드James Wood는 평론집인『무책임한 자신The Irresponsible Self』에 쓴 도스토옙스키에 관한 에세이에서 그런 행동을 꽤 자세히 설명하고 있다. 우드에 따르면 도스토옙스키 소설의 등장인물들 중 상당수는 "표도르 카라마조프처럼 절대 신을 믿지 않는 사람조차도 [종교라는] 얼룩덜룩한 그림자 아래서 살아간다. …… 무엇보다, 그들의 행동은 오로지 그리고 결국, 자기 자신에게 고백하고, 자기 자신을 드러내고, 자기 자신에 대해 알고자 하는 노력으로 이해할 수 있다." 다시 말해 아버지 카라마조프와 나 양쪽다 죄의식을 갖고 있다는 얘기다. 동방 정교회 사상에 몰두했던 무척이나 종교적인 작가가 창조한 그라는 인물과, 독실한 가톨릭 신자였던 무척이나 종교적인 부모님이 창조한 나라는 인물이 말이다. 우리가 자신이 한 짓을 털어놓은 것은 일부나마 용서를 받고 싶어서였던 것이다.

최소한 나는 그랬다. 어린 시절 나는 정말 착한 여자가 되고 싶었지만, 가톨릭교회의 비난은 너무 가혹해서 심지어 그런 뜻으로 한 일이 아니었을 때에도 나는 언제나 죄를 짓고 살았다. 가톨릭 교인에게 생각이란 죄받을 일이었다. 우리는 도둑질하고 속이는 것뿐 아니라, 맙소사, 무언가를 탐내는 것도 금지당했다. 내 행동을 통제하는 것에 관해서라면 잘해냈지만, 금지된 생각을 막는 건 다른 문제였다. 물론 특정한 젊음의 시기에 이르자 나는 가톨릭 신앙이 말도 안 되는 거라고 생각하기 시작했다. 하지만 〈유주얼 서스펙트〉의 유명한 대사를 바꿔 말하자면, 나는 더 이상 신을 믿지 않았음에도 그가 두려웠다. 달리 말해 내 두뇌 속의 소프트웨어 프로그램에서 신이라는 알고리즘을 제거하는 건 쉬웠지만, 더 은밀하게 깔린 버그, 즉 내가 '나쁜' 사고방식을 가졌기 때문에 못된 계집애였다는 생각을 제거하는 건 훨씬 어려웠던 것이다. 마음이 그런 식으로 작동하면 외려 못된 짓을 하기가 더 편해진다. 어느 단계에 이르면 착한 사람이 되려고 노력하는 게 별무소용이고, 무슨 짓을 하건 간에 언제나 못된 사람일 거라는 느낌이 들기 시작하는 것이다.

그래서 나는 막돼먹은 모험을 하나씩 해 나갔다. 그리고 용서받고 싶어서, 혹은 더 괜찮게는 용인받고 싶어서, 데이트 상대에게 그것들을 시시콜콜 고백했다. 내가 어떤 사람이 아니었는지에 대해서가 아니라, 내가 어떤 사람이었는지에 대해, 있는 그대로. (다행히 생식기와 관련된 모험은 없었다.) 몇 년 동안 자기반성으로 움찔움찔하고 나서야 나는 술에 취한 채 모든 걸 다 떠벌리는 게 나 자신을 얼마나 불편한 사람으로 만드는지를 인식하기 시작했다. 내가 저지르는 파티 걸 스타일의 4차원 행각들이 나라는 사람을 이루는 것 중 하나일 수는 있으나, 다른 많은 장점들—이를테면 문학에 대한 사랑이라든가—이 내 인성에서 훨씬 더 중요한 것으로 느껴지기 시작했던 것이다. 그런 것들이 첫 데이트 때 나누는 대화에 훨씬 더 나은 기운을 불어넣었다.

천천히 시간을 들여가면서, 나는 그날 밤 처음 만난 남자에게 내가 저지른 가장 이국적인 비행과 깊고도 어두운 비밀들을 반드시 드러낼 필요는 없다는 사실을 제대로 인식하기 시작했다. 내가 그런 욕구를 참을수록 두 번째, 세 번째, 네 번째 데이트 신청도 더 많이 받았다. 나는 다른 이들의 장점을 좋아하고 난 뒤에 그들의 단점, 잘못, 고민들을 받아들이는 것이 얼마나 쉬운 일인지 이해했다. 첫 번째 데이트에서 "너 자신이 되는 것"은 물론 중요하다. 하지만 그게 내가 수년간 그래왔듯 최악의 자신이 되는 걸 권장한다는 소리는 아니다.

최근에 나는 새로 사귄 친구에게 그 점을 거의 그대로 말했다. 그녀는 무척 매력적이고, 지성으로 반짝거리는 데다 유쾌한 재치로 넘치는 삼십대 중반의 여성이다. 데이트란 게 얼마나 힘든지에 대해 얘길 나누고 있었는데, 그녀가 갑자기 '나는 대체 어쩌다 흥미를 끄는 남자와 세 번은 말할 나위도 없고 두 번째 데이트조차 거의 해 본 적 없게 된 걸까'라는 말을 꺼냈던 것이다. 나는 생각했다. 음. 어디서 많이 듣던 소린데. 나는 하나씩 캐물었고, 결국 그녀는 다음과 같이 실토했다. "내가 항우울제를 복용한다는 얘기를 남자가 바로바로 알 필요가 있을 것 같았어. 왜냐하면 그가 그 사실을 감당할 수 없으면 어쨌거나 일이 잘 안 될 거 아냐. 어째서 그 얘기를 빨리 하면 안 돼?"

나는 안 되는 이유를 죄다 설명해 줬다!

그녀에게 말했듯, 많은 사람들은 향정신성 의약품을 복용한다는 사실이 그녀가 정신이 나갔거나 자기 정신을 챙기는 데 어려움을 겪는다는 신호라고 믿는다. (사실 그건 그녀가 자기 건강을 잘 챙긴다는 신호다.) 사람들이 약을 복용하는 이들에 대해 딱 부러지는 판단을 내리는 게 (설사 그 판단이 불공정하더라도) 그렇게 별난 일은 아니다. 설사 그가 정신적인 문제로 약물 치료를 받는 게 별 문제가 아니라고 생각하는 사람이라도, 당신이 그 사람을 만난 지 30분 만에 그런 얘기를 불쑥 꺼내면 좀 당황스러울 것이다. 약을 복용한다는 사실보다, 그런 얘기를 감추지 못한다는 점이 당신을 정신 못 챙기는 사람으로 보이게 할 수 있다. 그러니 그에게 웰부트린* 덕에 제정신을 유지하고 있다고 말하기 전에, 당신이 얼마나 훌륭한지, 또한 안정적이고 정상적인지 보여주는 게 먼저다.

만약 그가 그런 걸 쿨하게 받아들이는 남자라면? 그렇다면 나는 당신이 새해 전야에 택시 기사에게 키스했노라 고백하도록 축복을 내리련다.

* Wellbutrin 항우울제의 일종.

끝이 좋으면 다 좋다

오르가슴과 섹스

&

『북회귀선』
『채털리 부인의 연인』
『태양은 다시 뜬다』
『사바스의 극장』

18
연애 고단수의 회귀선

Tropic Of Romancer

이 남자가 섹스하는 법
_헨리 밀러,『북회귀선』

잭의 이야기

∽

한번은 아름답기로 유명하고 엄청나게 성공한 여성 가수(그녀의
전성기는 1970년대였다)의 딸과 알고 지냈던 친구로부터 그 가수
가 '할리우드 최고의 섹스 파트너'라 칭했던 남자에 대한 이야기를
들은 적이 있다. 친구는 우리 시대의 가장 유명한 남자 배우 한 사
람의 이름을 댔는데—우왓!—, 누가 그 특별한 분을 사로잡았는지
알게 되자 무척이나 흥미진진했다(훗날 어떤 일급 코미디언이 딱
봐도 말도 안 되는 사이즈의 남근을 소유했다는 이야기에 귀를 쫑
긋 세웠던 것처럼. 맞다. 나도 남자다. 이런 것들에 신경이 쓰이는
것이다).

고소당해서 내가 가진 것(이라고 해봤자 곰팡내 나는 책들뿐이

지만) 전부를 뺏기는 일은 피해야 하니 그 사람의 이름을 밝힐 생각은 없지만, 그 번쩍거리는 도시에서 최고의 섹스 머신이 누구냐는 걸 듣는 것보다 더 흥미로웠던 건 어째서 그가 최고인가 하는 이유였다. 그 가수의 말에 따르면 그건 테크닉도, 크기도, 지속성도, 혹은 우리가 한 남자(혹은 다른 존재)를 침대에서 훌륭하게 만들어주리라 믿는 것들 중 어떤 것도 아니었다. 이유는 훨씬 더 단순한 것이었다. "그가 섹스를 더 좋아해서야. 그 사람은 누구보다도 섹스에 푹 빠져 있었어." 그는 섹스를 사랑했고, 그러자 당신도 섹스를 사랑하게 됐다. 이런 수가 있었다니!

그렇다고 해서 섹스에 대한 단순한 열정 자체만으로 보통 아저씨가 카사노바로 (혹은 평범한 아가씨가 클레오파트라로) 바뀐다는 얘기는 아니다. 다들 알다시피, '여긴-나만의-세상이고-넌-중요한-사람이-아냐' 타입의 이기적인 인간은 세상 최악의 연인이기 때문이다. 하지만 다른 조건이 같다면 감사할 줄 아는 사람, 그가 지닌 기쁨과 몰입이 손에 잡힐 듯 생생한 사람이라면 남자건 여자건 함께 있는 게 더욱 즐겁다. 이런 사람을 만나는 것과, 심술쟁이나 냉담한 인간을 파트너로 얻는 것 사이의 크나큰 차이는 아무리 과장해도 상관없을 정도다.

다음의 어느 쪽이 더 많은 쾌락을 주는가 하는 질문은 무척이나 오래된 것이다. 원하는 것을 얻는 것인가, 아니면 누군가 당신을 원하는 것인가? 우리는 그 대답이 대답하는 사람의 성별에 주로 달려 있을 거라고 생각하는 경향이 있다. 이를테면 대부분의 남자들은 단순히 자신의 욕망을 충족시키기를 바라고, 많은 여성들은 욕망의 대상이 될 때 더 성취감을 느낀다는 식이다. 하지만 나는 그에 대한 대답은 양쪽 성 모두에게서 그보다는 더 중첩되고 뒤섞여 있다고 생각한다. 확실히 여성들은 그들이 원하는 게 무엇인지 점점 더 제대로 자각해가고 있으며, 그런 다음 능동적으로 움직여 그걸 획득하는 데 점점 더 솜씨가 나아지고 있다(유후!). 반면 남자들이 선택받는 느낌을 얼마나 좋아하는지, 그리고 그게 그들의 성적 경험을 얼마나 많이 향상시키는지에 대한 이야기는 많지 않다.

섹스를 좋아할 경우, 남녀 양쪽 모두 섹스를 더 잘할 수 있다는 단순한 사실 수준의 인식에 많은 여성들이 도달하지 못한다는 점은 그리 놀랄 일도 아니지 싶다. 수많은 매체에서 전달하는 메시지 때문에 소녀들과 여성들은 자신의 리비도를 기꺼이 받아들이는 걸 단념하게 된다. 마치 욕망을 느끼는 걸 부끄러워해야 하고, 아무도 그걸 모르도록 해야 한다는 듯이(일본에서는 심지어 상황이 더 나빠 보인다. 끝없이 쏟아지는 망가 속 여성/소녀들은 쾌락을 느끼는 걸 변명하면서도 육체적으로는 그 사실을 감추지 못하는 걸로 묘사돼 있다. 내가 보기엔 몸과 마음이 따로 논다는 이분법을 설파하는 짓이다). 여성들은 비싸게 굴어야 하고, 쾌락을 추구하면 안 되고, 섹스중엔 입을 다물고, '비명을 지르'거나 '너무 시끄럽게'(근데 그게 왜 나쁜가?) 굴지 말라는 소리를 계속 듣는다.

그 결과 당연히 많은 여성들이 성적으로 자신을 억압하려고 노력하며, 섹스 그 자체가 힘들어진다. 남성들은 여성들이 그들을 원하지 않는다는 느낌을 받는다. 그들은 여성에게 어떻게 몰입할지, 혹은 어떻게 해야 그럴 수 있는지 깨닫지 못한다. 양쪽 성 모두 남녀관계의 방정식 안에서 얼마나 크게 헛다리를 짚고 있는지 알지 못한다.

그게 우리가 헨리 밀러를 더 읽어야 하는 이유다.

이 늙은 행크*의 작품은, 내가 어딘가에 쓴 적도 있고 그의 책 중 아무거나 읽어 본 사람이라면 알 수 있듯, 죄다 억압을 푸는 내용에 관한 것이다.

소설의 선정성(과 에고만큼이나 이드 또한 억제하는 않는 것)으로 유명한 밀러는 속박 받지 않는 사람들을 대변하는 위대한 문학의 목소리이다. 그의 가장 유명한 소설인 『북회귀선』은 1930년대에 출판되었을 당시 외설을 이유로 미국에서 판금되었으며, 그로브 프레스 출판사의 사장 바니 로셋이 1950년대에 이에 맞서 1961년 미국 내 출판을 위한 법적 투쟁에서 승리하고 나서야 해금되었다.

『북회귀선』이 남녀의 성기와 등장인물들이 그걸 가지고 벌이는 일들을 시각적으로 생생하게 묘사한 건 사실이다. 하지만 나는 오직 그 부분 때문에 검열 버튼이 작동한 건 아니라고 본다. 추측건대 쾌락에 대한 생생한 묘사가 당시의 남녀 모두에게 거슬렸기 때문이라는 이유가 더 크지 않을까 싶다(청교도들은 자기 아닌 누군가가 다른 곳에서 더 재미나게 살고 있을 거라는 두려움에 끊임없이 시달리는 존재라는 농담, 들어본 적 있지 않나? 바로 그 얘기다). 그래서 『북회귀선』을 판금시킨 게 엄밀히 따지자면 해부학적인 대목 때문이었을지는 몰라도, 진짜 야단법석을 일으킨 건 소설이 지닌 활기였다. 그리고 그 활기야말로 우리가 오늘날 그를 읽어야 하는 이유다. 밀러는 내가 위에서 묘사했던 그 유명 배우와 닮은 사람이었다. 그는 섹스에 몰두했다. 그리고 그의 여자가 섹스에 몰두하

---

* Hank '헨리'의 애칭.

는 것 역시 좋아했다.

그런 연유로 그는 우리가 육체와 리비도에 열광하는 사람과 함께하기를 원하는 이유가 무엇인지, 그러므로 우리의 연인이 될 수도 있는, 그 방면에서 남들보다 조금 더 노력하는 사람들을 비판적으로 보면 안 되는 이유가 무엇인지 우리에게 반복적으로 상세히 가르친다. 많은 사람들이 침대에서 능숙해지는 이유는 대개, 최소한 부분적으로는 그들이 섹스를 즐겼고 더 원했기 때문이다(나도 안다. 어떤 사람들이 아무하고나 자는 데는 이와 다른 이유가 있다. 하지만 나는 지금 맥락에 따라 얘기하는 중이다).

그러니 당신이 난잡하다고 생각했던 누군가를 나쁘게 보는 대신, 그 난잡함을 건강한 욕구와 열광의 신호로 받아들여라. 혹은 당신과 맺어질 가능성이 있는 파트너가 전 애인들과 엄청난 섹스를 했다고 치자. 그걸 불쾌하게 여기는 대신, 그들이 충분한 경험을 쌓았고 성생활을 생생하게 유지할 열정을 지녔다는 사실에 관심을 가져라. 몇 년 후에는 당신도 그런 수준의 실전 경험과 욕망을 지닌 사람을 원하게 될 것이다.

슬프게도, 욕망과 현명함을 두루 갖췄다는 면에서 늙은 망나니 행크가 쓴 책의 수준에 근접할 만큼 제대로 된 문학 작품은 거의 없다는 사실을 부정할 수는 없다. 밀러의 가장 기억할 만한 소설들에는 욕망과 현명함을 동시에 갖춘 남녀들의 예가 가득한데, 그중 가장 간결하면서도 밀러가 늘 그랬듯 가장 극단적인 예로『북회귀선』에 등장하는 제르맹이라는 파리 출신 창녀에게 작가가 찬사를 바치는 부분에 주목할 수 있다.

다른 프랑스 창녀들이 자기 일을 냉담한 태도로 해치우는 반면,

제르맹은 "달랐다 …… 그녀는 서두르지 않았다." 그녀의 비밀은 분명 '외음부pudendum'(이 단어는 '부끄러움을 느끼는 곳'이라는 뜻의 라틴어에서 유래했다!)라 불리는 그녀의 신체 부위와 훌륭한 관계를 맺고 있다. 밀러는 그녀가 다리를 벌리는 장면을 이렇게 묘사한다. "그녀는 그것을 두 손으로 가리고 어루만지면서 잠시 동안 좋아, 아름다워, 보물, 작은 보물이라고 속삭였다. 그리고 그 보물, 그녀의 작은 성기는 진짜로 좋았다!"

제르맹은 자기 자신에게 쾌락을 선사하는 법을 알았고, 그렇게 함으로써 동시에 남자에게 쾌락을 주는 법을 배웠다. 성별을 떠나서, 자신의 육체와 연결된다는 건 좋은 연인이 되기 위한 막대한 자산이다. 우리는 적어도 부분적으로나마 우리가 뭘 좋아하는지 이해하게 되고, 또한 훨씬 더 중요하게는 우리가 그걸 어떻게 좋아할 수 있는지를, 그리고 우리가 그걸 좋아할 수 있다는 사실을 안다. 좋은 음식을 많이 먹어 본 사람이 좋은 요리사가 될 확률이 높듯, 우리는 섹스가 좋을 수 있다는 사실을 알기 때문에 그걸 더 원하게 되고, 더 많이 해 보게 된다. 그러면서 섹스도 더 좋아지는 것이다.

제르맹은 섹스가 무엇이 될 수 있는지, 그리고 자신이 원하는 게 뭔지 이해했다. "남자! 그게 그녀가 간절히 원하는 것이었다. 그녀를 간질이고, 그녀를 열락 속에서 고통으로 몸부림치게 하고, 그녀로 하여금 양손으로 털이 무성한 자신의 음부를 붙잡게 만든 다음, 기쁘게, 허풍을 떨며, 자랑스레, 연결된 느낌으로, 삶의 감각과 함께 그 음부를 문지르는 무언가를 다리 사이에 가진 남자 말이다." 섹스를 통해 그녀는 삶에 접근하는 방법을 발견했으며, 삶은 그녀가 자신과 함께하는 남자와 더불어 이행해갈 수 있는 무언가가 되었다.

그 점을 염두에 둔다면, 제르맹 이야기의 민간인 버전, 즉 '횟수' 가 좀 많다거나, 거친 경험을 겪었다거나 하는 일들은 혼란스럽거나 끔찍한 무언가가 아니라 사실 선물로 여겨진다. 당신이 남들과 함께 나누기를 원하는 선물. 나는 밀러가 다음과 같이 썼을 때 그가 정확히 맞는 말을 했다고 생각한다. "온갖 남자가 그녀와 함께했다. 그리고 이제는 당신, 당신뿐이다. 바지선은 나아간다. 돛대와 선체도 나아간다. 삶이라는 저주받은 물살 전체가 당신을 통해, 그녀를 통해, 당신 뒤와 앞에 있는 모든 남자들을 통해 흐르며, 꽃과 새와 태양이 그 안으로 흘러들어온다."

그러니 누군가의 과거 성생활에 대한 걱정은 이쯤에서 접자.

물론 창녀 이야기가 가장 극단적인 예라는 건 안다. 그러니 오해하지 마시라. 나는 당신에게 직업여성과 살림을 차리라고 권하는 것도 아니고, 위험한 섹스를 용납하는 것도, 우리가 잠재적으로 위험한 연인들을 찾아내야 한다고 말하는 것도 아니다. 나는 그저 그보다는 덜 극단적인 경우, 누군가의 파란만장한 과거를 나쁘게 보는 대신 그걸 좋게, 그가 쾌락에 연결되어 있고 그 쾌락을 찾아낸 것이라는 징조로 받아들여야 한다고 말하는 것뿐이다. 그는 좋은 시절을 보냈고 재미도 많이 봤다. 그 결과로 그는 당신에게 더 많은 즐거움을 줄 것이다.

이 모든 걸 가장 멋지게 요약한 건, 아마도 자기 아내가 오럴 섹스 하나는 끝내주게 한다고 주장했던 남자에 대한 로드니 데인저필드* 영감의 농담이리라. 남자가 친구에게 자랑을 시작하자 친구

* Rodney Dangerfield 미국 코미디언. 촌철살인의 농담으로 유명하다.

는 계속 그에게 묻는다. "진짜로 그렇게 잘해?" 남자는 계속 말한다. "그래, 그래, 믿을 수가 없어." 결국 친구는 말을 멈추고 그를 보더니 한마디 한다. "부인이 어쩌다 그렇게 잘하게 됐을 것 같나?"

명언일세!

19
부인의 말 많은 연인
Lady's Chattering Lover

섹스 후에 말해선 안 될 열 가지
_D. H. 로렌스, 『채털리 부인의 연인』

잭의 이야기

뒤얽힌 팔과 다리, 대리석처럼 완벽한 몸 위에 맺힌 땀방울, 방금 정교하게 마무리된 사랑의 춤, 연기가 피어오르는 말보로 담배, 독한 술 한 모금. 바로 지금이야말로……

입을 열기 위험한 때다. 사랑이 끝나고 나면 다들 취약해진다. 방어막은 이미 벗겨졌다. 무슨 말을 꺼내든 의도한 것보다 더 많은 의미를 담을 수 있다. "이제 당신이 피자로 변했으면 좋겠어요" 같은, 내 딴에는 순수하다고—심지어는 칭찬이라고—생각했던 말을 연인의 귀에 흘린 적이 그 얼마던가.

문학에서 이런 일이 어떻게 벌어지는지 보고 싶다면, 모든 지적인 소설 중에서도 가장 성적인 얘기를 많이 담은 작품 중 하나인

『채털리 부인의 연인』의 도움에 의지하자. 엄청난 추문을 불러일으킨 로렌스의 이 걸작에는 그런 이야기를 하기에 충분한 장면들이 포함돼 있었고, 그 덕분에 나는 오늘날 여러분이 섹스 후에 정말로 말하고 싶어하지 않을 열 가지—그렇다, 열 가지다—를 발견할 수 있었다. 어떤 말은 남자가, 어떤 말은 여자가 하지만, 남자건 여자건 이 말들은 모두 피해야 한다. 그러니 더 이상 법석 떨지 말고, 책에 나오는 순서대로 읽어 보자. 자, 간다.

1. 상대방의 오르가슴 타이밍에 대해 (또는 어떻게 오르가슴에 이르렀는지에 대해) 불평하지 마라.

문제의 구절: "당신은 남자와 동시에 터져 오를 수는 없나 보군요. 그렇죠? 당신 스스로 절정에 올라야 하는 거예요! 당신 자신이 일을 주도적으로 이끌어 나가야 한다는 거네요!"

채털리 부인의 첫 연인은 마이클리스라는 이름의 잘 차려입은 멋쟁이로, 하반신이 마비된 그녀의 남편(그는 나중에 가서 그녀에게 다른 남자의 아이를 가져 보는 건 어떻겠느냐고 공공연히 장려한다)의 동료다. 그가 채털리 가의 저택을 방문하고, 그와 채털리 부인은 바빠지는데, 마이클리스는 둘이 결합할 때마다 무척이나 빨리 일을 치른다. 하지만 마님은 (D. H. 로렌스의 훌륭한 여주인공답게) 그를 계속 자기 안에 품은 채 그의 발기 상태를 무시하면서 스스로 오르가슴을 느낀다. 이런 일이 몇 번 벌어지자 그는 이제 됐다면서 위에 인용한 말을 뱉어낸다.

남자들이여, 여자가 오르가슴을 느낀 직후에는 그것에 대해 절대 왈가왈부하지 않는 법이다. 그녀가 어떻게 절정에 도달했는지 토 달지 말란 얘기다(특히 당신이 토끼처럼 순식간에 끝나는 신사라면!). 그녀가 어떻게 해서든 당신과 함께 갈 수 있다는 사실에 감사하라. 심지어 당신이 게으름을 피우고 있는데도 그녀가 직접 문제를 처리할 수 있다는 사실에 더욱 감사하라. 당신이 뭘 하건 간에 그녀가 오르가슴이라는 문제에 대해 남의 시선을 의식하게 하지 마라. 당신이 일을 잘 처리한 것 같다고 생각하는가? 설사 당신이 방금 거둔 성공 때문에 그녀를 (혹은 자기 자신을) 칭찬하고 싶어도 입을 다무는 쪽이 더 낫다. 그냥 일이 돌아가는 대로 놔둬라. 본전도 못 찾지 않으려면 생색내지 마라.

2. 애인에게 방금 한 섹스를 후회하느냐고 절대 묻지 마라.

문제의 구절: "'후회하지 않으시지유? 그렇지유?' 그녀의 옆에 다가서며 사냥터지기가 물었다."*

물론 소설의 제목에 등장하는 진짜 연인은 채털리 가문 영지의 사냥터지기인 멜로즈라는 이름의 소작인이다. 채털리 부인은 우연히 그가 그의 오두막에서 몸을 씻는 걸 보게 되고 그의 신체 '일부'를 얻기로 결심한다. 그 뒤 벌어지는 것은 섹스, 심리학, 계급관계에 대한 복잡한 탐구다(나는 이 소설 전체를 다시 읽으면서 무척이나 깊은 인상을 받았다). 전형적인 강하고 조용한 타입의 사내인 멜로즈는 시끄럽게 떠드는 사람이 아니지만, 감수성이 풍부하기 때

---

* 소설에서 사냥터지기 멜로즈는 격식을 차려야 할 땐 표준말을, 친근하게 굴 때는 사투리를 쓴다.

문에 첫 밀회 이후 부인이 어떻게 느끼는지 묻는다.

누군가에게 방금 끝난 축제를 후회하지는 않는지 묻는 건 이론 상으로는 나쁘지 않게 들리지만, 만약 그 사람이 섹스 후에 진짜로 유감이나 불편한 감정을 느끼고 있다면 그녀는 그 문제에 대해 이야기하길 원치 않을 것이다. 그게 당신 때문이건 아니건, 당신이 그 상황을 고칠 수는 없다. 그녀가 혼자 생각하게 놔둬라. 그녀가 스스로 헤아리도록 놔둬라. 만약 그녀가 당신이 필요하다면 "그게 안 좋은 생각이었다고 생각해요?" 같은 질문을 할 테고, 그럼 당신도 말을 할 수 있다. 그렇지 않다면 입에 지퍼를 채워라.

3. 사회경제적 차이를 언급하는 건 섹시하지 않다. 또한 실용적이지도 않다.

문제의 구절: "안녕히 가셔유, 마님Ladyship."

만약 당신이 자기보다 부유한 사람과의 관계에서 수혜를 받는 쪽이라면, 그 점을 지적하는 건 그리 좋은 생각이 아니다. 멜로스가 채털리 부인이 다시 오겠다는 약속 없이 가 버리려 해서 삐졌을 때, 이런 재치 있는 작별 인사가 등장한다. 부자 아가씨를 대하는 더 나은 방법은 그저 양말, 향수, 잘 관리된 피부를 칭찬한 다음 그대로 놔두는 것이다. 만약 당신이 부유한 리처드 기어의 '프리티 우먼'인 줄리아 로버츠 같은 처지라면, 그런 화제는 당신의 관심사와는 거리가 멀 것이다. 재산 차이를 언급할수록 그에게 당신을 억누를 힘을 더 주는 셈이니까.

4. 아무리 희미하게라도 옛 애인이나 경험을 언급하지 마라.

문제의 구절: "아까는 우리 둘 다 같이 절정에 올랐쥬? …… 그 일이 그렇게 될 때가 좋은 거에유. 많은 사람이 평생을 살면서도 그걸 몰라유."

채털리 부인이 마침내 마이클리스가 날렸던 잽이 틀렸음을 입증하고 멜로즈와 동시에 오르가슴에 도달했을 때, 이 얼간이는 그 사실을 언급하는 것으로도 모자라 다른 사람들의 성생활까지 얘기하는 실수를 저지른다. 이게 무슨 뜻이겠나. 그가 다른 여자들과도 섹스를 했다는 소리다! 유후. 그녀가 자신이 특별하다고 느끼는 무척이나 사적인 순간에, 갑자기 그의 과거 전체로 통하는 문이 확 열려버리면 그녀는 자기가 그저 남자의 장황한 성적 편력에 가장 최근 등장한 사람일 뿐이라고 느낄 것이다. 당신이 섹스에 대해 관찰하고 싶은 게 뭐든 간에, 다른 사람에게는 꺼내 보이지 마라. 당신의 경험도 언급하지 말고, 섹스에 대한 당신의 일반적인 지식도 드러내지 마라. 그런 관찰은 좀 덜 취약할 때를 위해 아껴둬라.

5. 조건 없이 만나는 애인에게 사랑 얘기를 꺼내지 마라.

문제의 구절: "저는…… 저는 당신을 사랑할 수 없어요!"

채털리 부인은 섹스의 달인과 가진 만남 중 하나가 끝나고 나서 자기의 마음이 절대로 그의 것이 되지 않으리라는 사실이 두렵다고 고백하며 무너진다(비록 곧 그의 것이 되긴 하지만). 문제는 멜로즈에게는 이 연애 전체가 그저 부유한 유부녀와의 불장난일 뿐이라는 사실을 그녀가 깜박하고 있다는 점이다. 채털리 부인이 깨닫지 못하는 것은 대부분의 연애에서 대부분의 남자들이 가능한 한 발목을 덜 잡히는 걸 좋아한다는 사실이다. 만약 당신이 그와 절대 사랑에 빠지지 않을 거라고 생각한다면, 이봐요, 그거야말로 아마 그가 더 바라는 일일 걸요. 그러니 죄책감을 느끼거나 뭔가 말할 필요가 전혀 없어요.

6. 섹스 후 그/그녀가 당신을 사랑하는지 절대로 묻지 마라.
문제의 구절: "저를 사랑하죠, 그렇죠?"

절대 물어보면 안 되는 고전적 질문이다. 만약 당신이 저 질문을 해야 한다면, 아마도 그가 당신을 사랑하는 경우가 아닐 것이기 때문이다. 더 심하게는, 상대방이 그런 질문에 어떤 반응을 할 수 있을까? 만약 그가 당신을 사랑한다고 말한다 쳐도, 그게 당신이 반드시 꽃이 필요한 상황에서 테이블 위에 놓인 장미꽃들을 보고는 내가 이걸 구걸해야 하냐고 화를 터뜨리는 상황과 뭐가 다를까? 그럴 때의 감정이란 진실하지 않기 때문에, 당신은 그 사람에게 거짓말이라도 해 달라고 요구하는 거나 다름없다. 그것은 위로가 절실한 사람에게조차 정말 달갑지 않은 위안이다. 아마도 최악의 경우일 것이다. 그러니 날 사랑하느냐는 말이 목구멍까지 올라온다 싶으면 입을 다물고 진정한 사랑, 공허하지도 않고 강요된 위안도 아닌 사랑의 신호를 찾기 시작하는 편이 더 낫다.

7. 어떤 경우라도 'ㅂ'으로 시작하는 그 단어는 쓰지 마라.

문제의 구절: "당신은 명기名器에유, 안 그래유? 이 세상에 남은 제일 좋은 명기예유."

『채털리 부인의 연인』이 1920년대에 쓰인 소설이긴 해도 'ㅂ'으로 시작하는 그 말*(중세에 초서가 다종다양하게 바꿔 사용하긴 했지만)은 피해야 할 단어라는 평판을 일찌감치 획득한 바 있다. 이 대목에서 채털리 부인은 '명기'가 무슨 뜻인지 모르지만, 멜로즈는 그 단어가 자신이 그녀에게서 제일 좋아하는 요소라고 확실히 밝힌다. 요즘에 이런 얘길 상대에게 발설한다는 건 언어적 재난이며, 당시에도 훌륭한 일은 아니었다.

8. 페니스에 대해 얘기할 때는 발을 조심스럽게 디뎌라.

문제의 구절: "그러고 보니 이제 얘는 조그맣고 작은 생명의 봉오리처럼 보드라워졌어요!"

사정이 끝난 남자의 성기가 다시 축 늘어지면 종종 조그만 거북이 머리처럼 음낭 안으로 쑥 들어가는데, 남자라면 그게 딱히 자랑스럽지는 않다. '작다'라는 단어는 남자들이 자기의 존 토머스**에 대해 이야기할 때 절대 공개적으로 듣고 싶지 않은 단어다. 여러분은 이 장면에서 채털리 부인이 멜로즈의 성기에게 애를 어르듯 말

* c-word 원문에서는 여성의 성기를 뜻하는 속어인 'cunt'라는 단어를 뜻한다.
** John Thomas 남자 성기를 가리키는 속어.

을 건다고 할 수도 있겠지만, 그래도 절대 좋은 건 아니다. 제발 성기가 힘차게 우뚝 섰을 때 코멘트를 하시라. 혹사당해 기력이 다 빠졌을 때 얘길 꺼내서 그걸 박제된 동물마냥 죽이지 마시라.

9. 불현듯 동거 문제를 꺼내지 마라.

문제의 구절: "저는 당신에게 와서 언제까지나 당신과 함께 살고 싶어요. 곧이요."

이 구절은 충분히 진전된 진정한 연애관계에서는 사랑스러운 감정을 불러일으키겠지만, 처음으로 외박을 하고 난 다음에 떠올리고 싶은 종류의 생각은 아니다. 동거할 준비가 되지 않은 누군가와 같이 산다는 건 재앙으로 이어질 수 있다. 이 경우 채털리 부인은 이미 남편이 있고, 멜로즈는 숲에서 혼자 사는 데 익숙해 있다. 오두막에서 같이 기거할 동료 같은 건 절대 원하지 않을 것이다.

그러니 만약 당신이 어떤 남자를 고른 게 그가 독립적이고 나쁜 남자 스타일의 생활을 유지하고 있어서라면, 그가 제 생활을 청산하고 발목에 차꼬를 차고 싶은 생각이 들기까지는 시간이 좀 필요한 법이다. 어쩌면 그는 자기의 남은 삶을 당신과 보낼 수 있다는 둥 하며 추상적인 제안을 할 수도 있을 텐데, 만약 당신이 짐을 싸서 들어올 생각이라고 말할 경우, 그는 분명 불안해서 꼼지락거리기 시작하리라고 보는 게 정확하다.

10. 애인의 몸에 대해 얘기할 때는 말을 골라가며 하라.

문제의 구절: "당신 엉덩이는 정말 예뻐유. 당신은 누구보다도

더 예쁜, 가장 예쁜 엉덩이를 가졌슈. 정말 여자다운 엉덩이에유.
…… 엉덩이가 단춧구멍만 해서 사내애들 것이나 다름없는 지지배
들의 엉덩이가 아니에유. …… 이 세상을 받쳐 들 수 있는 엉덩이에
유, 정말이에유."

다시 한 번, 멜로즈의 선한 의도는 요즘이라면 그를 심한 곤경에
빠뜨렸을 것이다. 남자들이여, 만약 당신이 여성의 엉덩이(나 거의
그것과 비슷한 것)에 찬사를 바칠 요량이라면, 그녀를 여자답다고
하지도 말고, 크기에 대해 말하지도 말고, 어떤 상황에서건 빼빼 마
른 여자애들과 대조할 생각은—설사 호의적으로라도—하지 말아
야 한다는 점을 명심하라. 당신은 그녀가 〈플레이보이〉 접지 화보
페이지에 등장하는 여자처럼 보인다는 얘기를 하려는 것이겠지만,
그녀의 귀에는 그녀가 절대 〈보그〉 지에 실릴 수 없다는 소리로 들
린다.

20

태양은 다시 뜨지만,
남자는 그렇지 않을 수도 있다

The Sun Also Rises (But Sometimes Not The Penis)

남자들의 '문제'를 다루는 법
_어니스트 헤밍웨이,『태양은 다시 뜬다』

잭의 이야기

෨

최고의 남자들에게도 이런 일이 생길 수 있다. 흥분은 되는데 솟아오르진 않고, 관심은 있는데 뻣뻣이 서지는 않는 경우 말이다. 남자가 발기할 수 없거나, 한다 해도 오래 지속하지 못할 때, 그 경험은 그와 그의 파트너를 어색함과 끔찍한 모멸감 사이의 어딘가로 떨어뜨린다. 심지어는 계속해서 발기를 유지할 수 있는 능력이 없다는 데 부끄러움을 느끼고 여자에게 다시 연락을 하지 않는 남자들 얘기도 들은 적이 있다.

여성들 대부분은 언젠가 우리가 '발동 안 됨'이라 일컫는 문제들을 겪는 남자와 만날 일이 생긴다. 그리고 내 생각에 남성 독자들 대부분은 적어도 한 번 혹은 몇 번 정도 장비에 약간씩은 문제가 생길 것이다. 그럼 뭘 어찌 해야 하나?

문학 작품에는 이런 무대 공포증에 대한 유명한 예가 몇 개 있다. 가장 기억에 남는 장면 중 하나는 『호밀밭의 파수꾼』의 홀든 콜필드가 창녀를 붙잡는 장면일 것이다. 하지만 정력이라는 문제가 남자의 에고 및 정신과 얼마나 밀접하게 연결되어 있는지를 더 복잡하게 다루기 위해서는 마초 중의 마초 작가였던 어니스트 헤밍웨이에 기대야 한다.

그의 첫 소설 『태양은 다시 뜬다』에서 내가 좋아하는 다음의 구절은 정력이라는 문제에 대해 문학사상 가장 위대한 탐구를 수행하면서 다음과 같은 이분법적 원칙을 세운다. "인생을 여한 없이 사는 사람은 투우사뿐이지." 파파 헤밍웨이의 세상, 적어도 그의 소설 속 세상은 다음과 같이 나뉜다. 투우사 대 나머지 전부, 진정한 남자 대 실업수당 청구자, 행동하는 사람 대 지켜 보(고 그에 대해 쓰)는 사람, 그리고 궁극적으로는, 발기할 수 있는 사람 대 어떤 형태로건 계속 축 늘어진 사람.

『태양은 다시 뜬다』에서 매혹적인 부분은 발기부전이라는 문제(이 책에서 발기부전은 영구적인 것이지만, 우리가 곧 보게 되듯 여기서 얻는 교훈은 신경성 발기부전, 음주로 인한 발기부전, 의심으로 인한 발기부전, 그 외 콘도르를 날지 못하게 하는 다른 모든 상황들에도 정확하게 적용된다)를 온갖 수준의 정력남으로 꽉 들어찬 책 속의 맥락에서 제기하는 방식이다. 헤밍웨이는 남성성이라는 주제에 완전히 사로잡혀 있는 듯 보이는데, 『태양은 다시 뜬다』를 통해 쪼다 같은 남자에서부터 투우사에 이르는, 남자다움의 궁극적인 위계질서를 그려내길 바라는 게 아닐까 싶을 정도다. 그럼으로써 그는 자신의 성적 역할에 따라 살아가지 않는 남자들과 관련된 여러 가지 이슈들을 토론할 수 있는 완벽한 배경을 설치하고, 또한 그에 대해 여성들이 무엇을 할 수 있는지를 보여준다.

남성의 역할과 남성다움의 과시에 대한 이러한 질문들을 야기하는 중심인물은 팜 파탈인 브렛 애슐리 부인으로, 그녀는 소설의 주인공이자 화자(이며 헤밍웨이의 대변인)인 제이크 반스의 옛 연인이다.

소설에서 브렛은 모든 남자를 안절부절못하게 한다. 그녀가 처음 등장할 때 헤밍웨이(제이크)는 이렇게 묘사한다. "브렛은 더없이 맵시가 좋았다. …… 그녀는 경주용 요트의 동체 같은 곡선들을 갖추고 있었고, 딱 붙는 저지 스웨터라 그런 선이 고스란히 다 드러났다."

우리는 아직 이 대목에서 브렛과 제이크의 과거를 알지 못한다. 그가 어쩌다 그녀의 절친한 친구가 되는지, 그녀가 어떤 경로를 거쳐 일련의 남자관계가 잘 안 풀리고 난 뒤에 제이크에게 가게 되는지도 알지 못한다.

또한 우리는 그들이 맺어지지 않는 근본적인 이유가 무엇인지도 아직 짐작하지 못한다. 그가 전쟁에서 부상을 입었다는, 남자들 최악의 악몽을 겪었다는 정보를 얻고 나서야 우리는 그 이유가 그녀의 채워지지 않는 성욕과 그걸 만족시킬 수 없는 그의 성적 무력함 때문이라는 걸 알게 된다.

사실 소설 초반에 제이크는 이미 자기가 처한 상황을 카페에서 낡은 매춘부에게 설명했다. 그녀가 그를 껴안고 만지자 그는 그녀의 손을 치운다. 그다음 아래와 같은 대화가 이어진다.

"근데 왜 그렇게 됐죠?"
"전쟁에 나가서 다쳤어."
"오, 그 더러운 전쟁."*

　물론 그 대화를 읽고 나면 독자들은 왜 그가 이런 상황까지 일을 끌고 가는지(남자들이 어째서 이렇듯 실은 관심도 없는 일들을 꾸역꾸역 하는가에 관한 이야기는 다른 장에서 다룰 예정이다) 궁금해진다. 기능장애와 관련해 알아야 할 중요한 점은, 길에서 그저 그런 여자를 만나는 것과 브렛 같은 여자, 다시 말해 사랑하고 갈망하는데 자신이 할 수 없다는 이유 때문에 별의별 남자와 놀아나게 된 여자를 만나는 건 남자에겐 전혀 다른 문제라는 사실이다.
　브렛에게도 그 고통은 똑같이 극심하다. 그녀와 제이크가 거리에서 막 키스를 하려는데 그녀가 제지한다.

"손대지 마." 그녀가 말했다. "제발 손대지 말아줘."
"왜 그래?"
"견딜 수가 없어."
"오, 브렛."
"그래선 안 돼. 잘 알잖아. 견딜 수가 없어. 그뿐이야. 아아, 제이크, 제발 이해해줘!"

* 어니스트 헤밍웨이, 『태양은 다시 뜬다』, 이한중 옮김, 한겨레출판, p.29

191

"날 사랑하지 않아?"

"사랑? 당신이 만지면 온몸이 젤리처럼 굳어질 뿐이야."

"우리 어떻게 해볼 수 있는 게 없을까?"*

그게 문제다. 우리 어떻게 해볼 수 있는 게 없을까? 제이크의 경우, 실제로 해볼 수 있는 일이 없다. 하지만 아직 거시기가 달려 있고 남자가 꽤나 의욕적인 한, 해 볼 수 있는 게 약간은 있긴 하다. 여기 제이크의 사례를 통해 확실히 알 수 있는 위험과 함정에 근거한 몇 가지 지침이 있다.

1. "우리 어떻게 해볼 수 있는 게 없을까?"라고 묻지 마라.

남자들은 발기부전에 대해 무척 예민하고, 그런 일을 경험하는 순간 무척이나 당혹스러워하기 때문에 여성들은 진짜 곤란한 처지에 놓인다. 물론 여러분은 "자기야, 내가 뭐 도와줄 거 없을까?"라고 말하고 싶을 거다. 하지만 어떤 경우엔 바로 그거야말로 남자들이 듣고 싶지 않은 말이다. 그는 이렇게 생각할 것이다. "아니. 난 이것 때문에 짜부라져 죽게 생겼어. 진짜 원하는 건 네가 제발 관심도 주지 말고 뭘 하려고 노력도 하지 않는 거라고."

당신이 "뭐 잘못됐어?"나 "괜찮아?" 같은 소릴 하면 상황은 더 악화된다. 왜냐하면 진짜로 뭔가 잘못된 상황이고(그걸 상기시킬 필요는 없잖아!) 그는 진짜로 안 괜찮기 때문이다. 난 축 처졌다고!

* 어니스트 헤밍웨이, 같은 책, pp.41-42

2. 유난 떨지 마라.

제이크가 병원에 입원해 있을 때 한 이탈리아인 대령이 찾아오는데(제이크는 헤밍웨이가 그랬듯 이탈리아 군에 입대해서 참전했다), 그는 제이크의 곤경에 대해 다음과 같이 반응한다. "외국인이…… 목숨보다 더한 걸 내놓았구려…… 케 말라 포르투나! 케 말라 포르투나!*"

말할 필요도 없이 제이크가 처한 상황은 보통 남자들이 겪는 사소한 기능부전보다 훨씬 안 좋다. 하지만 어떤 경우라도 그걸 세상이 끝난 것처럼 여기고 싶지는 않을 것이다.

3. 당신 탓이라 생각하지 마라.

책의 한 대목에서 제이크는 이렇게 말한다. "나한테 일어난 일은 희극적으로 보이게 돼 있어. 난 아예 신경 안 써." 그러자 브렛이 이렇게 대답한다. "나도 재밌어한 적이 있어."

발기부전이 만성화되지 않는 한, 웃어넘기는 건 실제로 완벽한 해결책이다. 왜냐하면 이런 원칙이 있기 때문이다. 그걸 당신 탓이라 생각하지 말라는 원칙. 내 말 믿어라. 남자가 신경질적인 행동을 보이는 까닭은 그저 그가 당신을 엄청나게 좋아하고 당신을 행복하게 해 주려고 지나치게 노력하기 때문이다. 그게 아니라면 그는 마음속에 다른 뭔가를 품었을 수 있다. 뭔가 별난 생각이 그의 반응을 촉발한 건지도 모른다. 술을 너무 많이 마셔서일 수도 있겠다. 그 외 얼마든지 다른 이유 때문일 수 있지만, 그건 당신 자체와, 혹은 당신

---

* Che mala fortuna '참 안됐어'라는 뜻.

이 섹시한지 아닌지의 여부와 아무 관계가 없다. 만약 그게 고질적으로 변한다면 그보다 더 심각한 문제가 벌어지고 있다는 얘기다. 하지만 한두 번 그러는 건—아니면 처음 몇 번 잠자리를 갖는 동안 신경질적으로 구는 건—나쁜 징조로 받아들일 필요가 없다.

   4. 그 문제가 진행중일 때는 얘기하지 마라.

   제이크는 브렛에게 "그 얘긴 그만 하지"라고 한다. 그러고 나서 자신이 "이 문제에 대해 어지간히 해결을 본 상태였다"고 말하며 이 때문에 오랫동안 짜증스러웠다는 점을 밝힌다. 설사 둘 사이에 이 문제가 막 대두됐을 때 한마디 하고픈 충동을 느낀다 해도, 당신이 그 남자에게 그가 지금껏 고민해본 적 없던(혹은 지금도 고민중인) 부분을 지적할 수 있을 가능성은 거의 없다. 제이크는 자기가 "문제를 다각도로 살펴봤다"고 말하는데, 만약 그 일이 예전에도 일어났던 일이라면 아마 지금도 역시 문제가 있을 것이다.

   발기부전이 진행되는 동안 남자의 마음은 무서운 속도로 내달리면서 별의별 것들을 다 생각하고 가능한 한 모든 방법을 동원하여 스스로를 학대한다. 당신은 그 문제를 관심 밖으로 돌림으로써 남자의 자학을 멈추고 싶을 것이다. 만약 나중에라도 이에 대해 말할 필요가 있다면, 남자가 쓸모없어진 자기 물건을 보며 권총으로 쏴버리고 싶다는 생각을 하면서 누워 있지 않을 때까지 기다려라. 내 말 믿어라. 그런 대화는 데이트를 좀 하고 나서 하는 게 훨씬 잘된다. 지금 그는 당신에게 위안이 될 만한 걸 건넬 준비가 되기 전까지는 자기 문제를 혼자 극복할 필요가 있다.

5. 그게 남자를 얼마나 속상하게 만드는지 이해하라.

집에 돌아간 뒤, 브렛은 침대에 누워 자기 상태에 대해 괴로워한다. "하고많은 부상 중에서도 하필. 재밌는 일이기도 했다 …… 그런 부상을 당했다는 것부터가 한심한 노릇이었다."

이 문장은 상황을 잘 요약하고 있다. 웃고 싶겠지만 당연히 웃을 수가 없다. 동굴로 기어들어가거나 은둔자처럼 살지 않는 이상, 살면서 그 문제를 마냥 잊을 수는 없을 것이다. 제이크는 다음과 같이 말한다. "아마도 영국으로 후송되어 브렛을 만나게 되지 않았더라면, 별 문제를 못 느꼈을지 모른다. 그녀는 가질 수 없는 것만을 원하는 건지도 모른다. …… 가톨릭교회는 그런 문제들을 참 잘도 다룰 줄 알았다. 훌륭한 조언이긴 했다. 마음 쓸 것 없다니. …… 언젠가 받아들여 보라니. 깬 채로 누워 있자니 이런저런 생각이 들면서 마음이 산란해졌다. 그 생각에서 벗어날 수 없었다. …… 그리고 갑자기 나는 흐느끼게 되었다."

이 대목은 생식능력 문제가 정체성 전체를 뒤흔드는 위기로 변한 상황에서 남자가 겪는 자기파괴적인 사고과정을 훌륭하게 표현하고 있다.

따라서 당신이 일단 그 문제가 당신 탓이 아니라는 점을 이해한다면, 그 역시 그 문제를 그의 탓으로 여기면 안 된다는 점을 깨닫도록 도와주라. 아마도 그는 당신 눈에 자기가 더 이상 남자가 아니라고 생각할 것이다. 발기부전은 어쩌다 일어난 일이고 별것 아니라는 사실을 당신이 알고 있다는 점을 남자가 이해하도록 확실히 말하라.

6. 만약 그게 만성이면, 돕든가 짐을 싸든가 둘 중 하나만 해라.

소설의 한 대목에서 제이크가 자신의 "사고"를 친구에게 언급했을 때 친구는 그 문제에 대해 얘기하는 걸 피하며 다음과 같이 말한다. "그런 건 입에 담을 소리가 아냐."

불행하게도, 만성 발기부전에 걸린 남자들은 그 문제에 대해—절대—얘기하고 싶어하지 않으며 도움을 받는 것도 완강하게 거부할 가능성이 높다.

그건 당신 입장에서는 (혹은 장기적으로 보면, 사실 그의 입장에서는) 그러려니 하고 받아들일 수 있는 문제가 아니다.

최소한 브렛은 제이크에게 만약 둘이 같이 살려고 노력한다면 자신이 "그를 속여먹을" 것이고 "온갖 남자들과" 어울릴 거라는 말을 할 여력은 있다. 그녀는 자신을 탓하며 말한다. "내 잘못이야, 제이크. 난 그렇게 생겨먹었어." 하지만 사실 다들 그렇게 생겨먹었다. 여자가 영영 섹스를 하지 않고 살 수 있을 거라고 생각해선 안 된다. 특히 자신이 그를 흥분시키는 데 실패해서 이런 거라는 의심을 마음 한구석에 언제까지나 품고 사는 경우라면 더더군다나 그렇다. 그랬다간 조만간 나가떨어지기 십상이다. 그러니 그가 당신의 도움을 필요로 하는지 확인하라. 그가 미적거린다면, 당신이 다른 곳으로 떠나야 한다는 증거가 되기에 충분하다.

하지만 그게 장기적인 문제가 아니라고 가정한다면, 그녀의 남자가 엔진 회전수를 올릴 수 없을 때 여자가 말하거나 할 수 있는 것으로 무엇이 있을까? 가능한 게 몇 가지 있다. 하지만 이것들 중 어떤 것은 상황에 따라 역효과를 불러일으킬 수 있다는 점도 알아두라.

여기 가능성이 높은 것 순서로, 남자가 나름 상황을 극복하는 데 도움이 될 만한 말 다섯 가지를 모아 놓았다.

1. 걱정 마, 자기. 남자들은 가끔 이래.

인정한다. 이런 말을 하면 그는 아마도 당신의 과거 경험이 얼마나 되는지 궁금해할 것이다. 하지만 최소한 자기가 이 행성의 유일한 패배자라는 생각은 안 할 것이다. 동병상련인 것이다.

2. 지금은 만지기만 하자. 나 그거 좋아.

이 방법을 통해 그는 자기가 여전히 당신에게 괜찮은 경험을 제공해 줄 수 있다는 기분을 느낄 수 있다. 더불어 부드럽고, 편안하고, 뭔가를 시작할 목적으로 하지 않는 애무가 그의 몸을 일깨울 가능성도 있다. 최소한 그의 페니스가 알아서 생기를 찾을 때까지 그곳은 피하길 권장한다. 만약 당신이 거길 애무하면 그는 당신이 다시 시도하려는 거라고 생각할 수 있고, 그러면 죄책감과 열패감이 되돌아와 방해할 수 있다.

3. 그거 알아? 나도 가끔 그런다?

남자들은 여자들이 심지어 흥분할 때도 가끔 젖지 않는 경우가 있다는 걸 알지 못한다. 그에게 그의 거시기에 결함이 있는 게 아니라 인간이면 생길 수 있는 일이라는 사실을 알려 주면 그가 마음을 가라앉히는 데 도움이 될 것이다.

4. 뭐가 걱정이야? 자기가 좋은 사람인 건 내가 아는데. 자기 때문에 늘 행복해.

그의 자신감이 언제나 드높은 건 아니다. 그가 자신 없어하는 순간에도 실패자가 아니라는 점을 얘기하며 살짝 위로해 주면 그의 자부심이 힘을 얻을 것이다. 그리고 지금 현재 그가 가장 필요로 하는 건 자부심이다.

5. 좋아하는 거 있으면 알려 줘.

맞다. 이건 "내가 뭐 도와줄 거 없어?"와 거의 비슷한 소리다. 하지만 접근법이 다르다. 뭐 '도와줄 거' 없느냐고 묻는다는 건 고칠 필요가 있는 문제가 있다는 뜻을 함축한다. 반면 그가 뭘 좋아하는지 묻게 되면 그는 자기가 필요한 걸 밝히거나 당신의 질문을 무시할 수 있다. 여전히 이 전략은 좀 위험하긴 하다. 당신이 그에게 실망한 것처럼 군다고 느낄 수 있기 때문이다. 하지만 방법을 좀 바꾸는 게 가끔은 그의 기분을 달래서 정상 상태로 돌려놓을 수도 있다. 물어볼 시기와 방법에만 주의하라.

이 모든 경우, 다음과 같은 점을 확실히 해야 한다. 당신이 그에게 화가 난 것도, 좌절한 것도, 혹은 그가 발기를 할 수 없다고 해서 (또는 아예 그런 능력을 잃어버렸다고 해서) 놀리는 것도 아니라는 사실을. 괜찮다는 걸, 기회가 더 있으리란 걸, 당신이 그 문제로 유난 떨고 있지 않다는 걸 확실히 해야 한다.

끝으로, 남자들은 그들이 스스로 인정하는 것보다 훨씬 더 복잡한 존재라는 사실을 염두에 두라. 그들이 쉽게 켜지고 당신이 끌 때만 꺼지는 전등 스위치처럼 보일지 모르나, 그들의 머릿속 역시 복잡하고 예측불허일 수 있다. 남자는 문제가 있을 때 진짜 취약한 존재가 된다. 그러니 말과 행동을 조심하라. 그는 극도로 노출되어 있다. 상상 가능한 온갖 방식으로 말이다.

21
사바스의 피터
Sabbath's Peter*

나이와 관계없이 뜨거운 섹스를 하려면
_필립 로스, 『사바스의 극장』

모라의 이야기

∽

최근까지도 나는 특정한 나이가 되면 성생활이 끝날 거라는 걱정을 했다. 정확히 그게 몇 살인지 밝히라는 압력을 받으면 44살이라고 했는데, 왜냐하면 나의 여성다움에 관한 한 처음이자 가장 중요한 본보기가 되었던 분이 딱 그 나이에 세상을 떴기 때문이었다 (그때 나는 8살이었다). 나 역시 그 나이가 되면 모든 게 끝날 거라는 모호하고 불확실한 생각을 늘 갖고 있었다. 나는 엄마와 깜짝 놀랄 정도로 닮았다는 소리를 들어왔고, 이제는 엄마의 옛날 사진에서 내 모습을 본다. 우리는 똑같이 검은 눈동자에 계란형 얼굴과

---

* Peter 남성의 성기를 뜻하는 은어.

단호한 느낌의 턱을 갖고 있다. 뺨 쪽으로 길게 초승달 모양을 그리는, 한쪽으로 비스듬히 기운 미소도 비슷하다. 그래서 나는 내가 44살에 어떻게 보일지 상상할 수 있다. 하지만 그 뒤는? 모르겠다.

다른 문제는 내가 종사하고 있는 산업—잡지 출판—이 마흔이 넘어간 여자에겐 끔찍할 정도로 관심이 없다는 사실이다. 그런 고로, 나는 몇 년 동안 내 커리어가 그 즈음에 슬슬 사라질 테고 그때는 번호판 만드는 직업을 가져야 할 거라며 두려워했다. 상대적으로 잘 나가던 시절에 알았던 옛 친구들은 내가 지나치게 칙칙하고 무일푼이라는 이유로 날 저버렸다. 사회지원망이 보장해 주는 심리적 안정성이 없거나 자기를 가꿀 만큼의 돈도 없는 상황에서 섹스란 말라붙게 마련이다.

내 최악의 상상에 불을 댕기는 건 젊음에 집착하는 미국 문화다 (그 중에는—안다, 안다고—내가 글을 기고하는 잡지들이 포함돼 있다). 이곳 미국에서 여자들은 성적으로 매력적인 사람이 되기 위해 가능한 한 애들처럼 보여야 한다는 메시지를 끊임없이 전달받는다. 음부에는 털이 없어야 하고, 피부에는 주름 한 줄 없어야 하며, 얼굴은 포동포동하고, 몸매는 가냘파야 한다. 젊은 님프들의 관능적인 이미지는 미국 어디에나 흩어져 있지만, 나이 든 여신들의 섹시한 자태를 찾기는 훨씬 힘들다. 최근 몇 년 간의 '쿠거*' 유행도 그런 경향에 일조한다. 그게 일견 25살처럼 보이는 나이 든 여성들 (하지만 실제 나이는 거의 그 두 배의)이 가진 정열적 섹시함을 찬양한다는 뜻처럼 보이기는 해도 말이다. 하지만 더 이상 가임기가

---

* cougar 원래는 '퓨마'의 동의어이지만, 여기서는 연하의 남자를 사냥하는 섹시한 중년여성을 뜻한다.

아님에도 섹시함으로 찬사를 받는 여성 영화배우들의 수가 천천히 증가하고 있다는 사실도 인정하는 게 공평할 거다(연간 평균 비율은 대략 0에서부터 시작하여 상승하긴 하지만). 최근 개봉한 영화들에 출연한 배우로는 다이안 레인(1965년생), 로라 리니(1964년생), 그리고 흡연자인 프랑스 여배우 이자벨 위페르(1953년생)를 떠올릴 수 있다.

하지만 내게 노인들도 완벽하게 능동적인 성생활을 즐길 수 있다는 가장 큰 희망을 준 문화적 창작물은 할리우드나 프랑스 산이 아니다. 위대한 미국 소설가인 필립 로스가 그의 작품 『사바스의 극장』에서 그 주제를 정복했다. 소설에서 로스는 52세의 여자 드렌카 발리치의 매우 바쁜 성생활을 재미있게 써 낸다. 그녀는 수많은 남자들의 성적인 관심을 손쉽게 받아낸다. 성형수술 한 번 하지 않았는데도, 몸매가 탁월하게 좋은 것도 아닌데도, 옷을 눈에 띄게 자주 차려입지도 않는데도. 로스는 그녀에게 열정과 활기로 마법을 걸었고, 나는 내가 오십대, 어쩌면 그 이후까지도 계속해서 섹스를 할 수 있을 거라는 믿음을 처음으로 느끼면서 책을 다 읽었다. 더 나아가 만약 로스의 말을 믿을 수 있다면, 내가 그 나이에 그때까지 했던 것 중 최고의 섹스를 실제로 하게 될 가능성도 무척 크다. 누가 알겠나?

얘기를 계속하기 전에, 여러분 중 많은 독자들이 로스의 글이 공격적이고, 성차별적이며, 심지어는 때때로 여성혐오에 위험하리만치 근접한다고 생각할 게 확실하다는 점은 인정해야겠다. 하지만 들어 보라. 그의 소설들이 그래서 그렇게 훌륭하고, 외설적인 재미가 있는 것이다! 그의 소설 속 이야기꾼들은 나를 매혹시킨다. 그들이 무척이나 많은 소설들 속에서 온갖 나이대의 별의별 여인들과 오랜 세월 동안 어찌나 열광적이고 훌륭한 섹스를 벌이는지, 나는 그를 그저 꾸준한 여성혐오자로 치부해버릴 수가 없다. 사실 나는 종종 그의 소설 속 화자들이, 자신들이 섹스를 너무 많이 원한다는 이유로 스스로를 혐오하는 것만큼 여자들을 경멸하지는 않는다는 느낌이 든다. 여전히 로스에 대해서 관심이 안 가나? 뭐 좋다. 당신은 그를 원하는 만큼 싫어할 수도 있을 거다. 심지어 그의 소설들에서 뭔가 얻어간다 해도 말이다. 평론가 케이티 뢰피가 몇 년 전 〈뉴욕 타임스〉에 썼듯이 "강렬하게 서술한 스펙터클한 성적 모험담에 감탄하기 위해 로스나 혹은 그의 소설 속 또 다른 자아를 반드시 좋아할 필요는 없다."

감탄. 그렇다. 혹은 『사바스의 극장』에 대한 내 반응이 증거가 된다면, '영감을 얻는다'고 해도 되겠다. 소설의 제목과 동일한 이름을 지닌 64살의 미키 사바스는 진짜로 혐오스럽기는 해도(그는 역겨운 불륜을 저지르고 다니는 남편이다), 그는 나이 든 여성이 얼마나 사람을 감칠나게 애태울 수 있는지를 보여주는 데 도움이 되는 인물이다. 소설의 3인칭 화자인 사바스는 말도 안 될 정도로 어린 애인들과 바람을 피워 왔지만, 그의 마음을 사로잡은 '걸'은 위에 언급한 중년 여성인 그의 정부 드렌카다. 그녀는 엄청난 미모를 갖고 있기보다는 "효율적이고 실질적인 느낌을 주는 미인이었다. 코만 제외하고. 그녀의 코는 놀랍게도 권투선수의 코처럼 콧날이 없었는데, 그로 인해 그녀 얼굴의 핵심이 다소 흐릿해졌다." 그녀를 그처럼 매혹적으로 만든 건 그녀가 지닌 삶의 환희, 적어도 섹스에 대한 환희다.

섹스 스캔들 때문에 어쩔 수 없이 은퇴하게 된(전형적인 필립 로스 식 상황이다) 사바스는 알코올 중독에서 회복한 여인인 로지아나와 결혼한다. 그녀는 그를 참아낼 뿐 아니라 재정적으로 지원까지 해 주는데, 그건 만약 그를 버리면 그녀의 아버지가 그랬던 것처럼 그가 자살할까봐 두렵기 때문이다. 사바스는 품위 있으면서도 재미없는 파트너 관계를 수용하고 있다. 부분적으로는 돈이 필요해서다. 또한 드렌카를 꼬드기는 데 성공해서 계속 관계를 갖게 된 뒤로는 인생이 그리 나쁘지 않기 때문이다.

"사근사근한 태도로 자신을 감싼, 보는 사람을 놀라게 하는 외모는 아닌 중년 여성" 드렌카는 지역 경찰인 아들에게 헌신하는 어머니이자 여인숙 주인인 잘생긴 남편에게 충실한 아내다. 청바지와 트레이닝 상의를 입는 데 거리낌이 없는 그녀는 "짤막한 허리에…… 약간 과체중인 여성만이 지닐 수 있는 도발적인 매력을 풍기는 통통하고 단단한 체구의 여자였다. 가장 몸무게가 많이 나갔을 때 그녀의 몸매는 기원전 2000년경에 제작된 점토 조각상, 큼지막한 가슴과 두툼한 대퇴부를 지닌 작고 뚱뚱한 인형을 연상시켰다." 그녀의 "가슴이 지닌 부드러운 풍만함이 사바스를 매혹시키지 않았던 적은 한 번도 없었다. 그녀 몸의 근육 조직들이 모두 흐물흐물해지고 있다면 사태는 달랐을 거라 생각할 수도 있다. 그러나 네크라인 아래쪽의 종이처럼 얇아져버린 그녀의 피부조차도, 주름으로 세세하게 음영진 살결이 손바닥 크기의 마름모꼴을 그리고 있다는 사실조차도 그녀가 지닌 지속적인 성적 매력뿐 아니라 그녀에 대한 그의 부드러운 감정을 심화시킬 뿐이었다."

로스를 매도하는 사람들이라도 이 마지막 문장을 읽으면 그가 최소한 집요한 성차별주의자는 아닐지도 모른다는 의심을 품게 되지 않을까? 작가는 나이 들어가는 여성의 몸에 현미경을 들이댄 다음, 거기서 도전과, 울림과, 뜨거움을 발견한다. 사바스가 여전히 젊은 여자들의 성숙한 육체에 대한 취미의 끈을 붙들고 있는 호색한에다 괴팍한 노인네라는 바로 그 사실로 인해, 눈에 보이게 시들어가는 여인인 드렌카에 대한 그의 애정이 훨씬 더 감동적으로 다가온다고 말할 수 있다(로스 본인은 한 인터뷰에서 다음과 같이 말했다. "열정은 변하지 않아요. 하지만 당신은 변하지요. 늙어간다는 얘깁니다. 여인에 대한 갈망은 더 가슴 저미는 일이 되어갑니다. 거기에는 섹스를 할 때 전에 가져본 적 없던 연민을 자아내는 힘이 있습니다." 음. 필립 로스 씨, 오늘밤 혹시 시간이 좀 되시나요? 작가적 입장에서 제게 약간만 길을 인도해 주실 수는 없으려나요?).

드렌카가 그렇게 성적으로 주목을 끄는 이유가 뭔지 궁금하지 않나? 당신도 알아챘으리라 확신하지만, 그녀는 외모상으로는 〈섹스 앤드 더 시티〉의 유명인 사만사 존스와 닮은 구석이 하나도 없다. 하지만 둘은 섹스를 엄청 좋아하고, 그걸 하는 데 아무런 콤플렉스가 없다는 의미에서는 무척 비슷한 사람들이다. 무척이나 많이. 사만사와 마찬가지로 드렌카는 "더욱더 원하는 힘"을 마음껏 발휘하는 사람이다. 그녀는 성적 쾌락주의자다. 그리고 "더욱더"라는 표현을 통해 로스가 의미하는 바는 비현실적일 정도의 많은 남자들과 갖는 부조리할 정도의 수많은 섹스다.

드렌카는 대부분의 면에서는 거의 '현실적인' 인물이다. 그러나 그녀가 섹스한 터무니없는 수의 정력남들—그들은 모두 그녀를 아끼고 존경한다—은 우리의 상상력에는 다소 무리일 수밖에 없다

(그녀의 사랑스러운 남편 또한 그녀에게 뜨거운 열정을 느끼지만, 우연찮게도 그녀는 부부 사이의 섹스를 즐기지 않는다. 그녀는 남편에 대한 헌신 때문에 결혼생활을 유지한다). 그러나 드렌카를 존경할 만한 사람으로 만드는 건 그녀가 잔 남자들의 수가 아니다. 우리가 진짜로 관심을 기울여야 하는 것은 그녀의 성적 욕망을 통해 표현되는 생명력이다. 드렌카는 쾌락과 경험을 원하기 때문에 섹스를 하고 싶은 것이다. 그녀는 인간적인 연결을 필요로 한다. 욕정에 대한 그녀의 욕망은 그녀를 무시할 수 없는 힘을 지닌 존재로 만든다. 자신이 원하는 걸 알고 그걸 추구하는 데 두려움이 없는 자세 덕분에 그녀는 무척 자신감 있는 여자가 된다. 그녀는 자기 자신과 자신의 성적 취향에 무척이나 편안하다. 그녀는 수치스러워하거나 당황하지 않고 "무엇이든 하는 전통적인 여성"이다('무엇이든'이라는 말에는 사바스가 자위를 하는 동안 다른 남자들과 폰섹스를 하거나 사바스가 보는 앞에서 20살짜리 레즈비언과 섹스를 하는 것도 포함된다). 여성 혐오를 가지고 로스를 비난하는 사람들은 이 점을 주목해야 한다. 그는 자신의 성적 욕구를 마음껏 즐기는 여성 인물—많은 사람들이 창녀라 부를 그런 타입—을 비방하거나 희화화하는 게 아니라, 그녀를 미화한다.

여러분이 잘못된 결론으로 비약하기 전에 이 점을 말해두자. 드렌카가 망가진 여자라서 그렇게 막되게 구는 게 아니라는 사실을. 로스가 조심스럽게 지적하는 부분도 이것이다. 그녀는 사랑 많은 부모에게서 애정을 듬뿍 받으며 자라났다. 사바스의 부인인 로지아나가 신경과민으로 인해, 가엾기는 해도(혹은 가여워서) 아무도 원치 않는 사람인 것과는 대조적이다. 전통적인 기준에서 보면 부모

없이 자란 로지아나가 더 매력적인 여성이다. 그녀는 날씬하고, 사내애처럼 예쁘장하며, 드렌카보다 훨씬 젊다. 하지만 모두가 홀딱 반하는 사람은 아줌마처럼 생긴 드렌카다. 그녀는 그저 어머니처럼 생긴 게 아니라 어머니처럼 따뜻하고 사랑스러운 마음을 가졌다. 사실 사바스는 그녀와 함께 있을 때 가끔 "돌아가신 그의 조그만 어머니에 대한 날카로운 그리움에 마음이 꿰뚫리기도" 한다.

내가 드렌카의 음탕한 행위에 대한 구체적인 사례에 감탄하는 걸까? 딱히 그렇지는 않다. 동시에 많은 연인을 갖는 데서 내가 편안함을 느끼는 걸까? 그런 것 같지도 않다. 내가 지금 당신에게 밖으로 나가 수많은 일회성 섹스를 하라고 선동하는 걸까? 절대 아니다! 내가 강조하고 싶은 것은 드렌카가 자신의 성생활에 끌어들이는 창조성, 열정, 자유분방함과 사회적 기준을 기꺼이 무시하는 자세다. 그녀는 마흔이 넘은 여자가 사실상 성생활을 갖지 않는다는 문제에 대해 우리의 문화가 보이는 생각들 때문에 걱정하지 않는다. 자기가 잡지 커버 모델처럼 보이지 않는다는 사실에 대해서도 조금도 걱정하지 않는다. 드렌카는 우리에게 그녀 나이의 여자도 성적 대상이 되는 게 가능하다는 점을 보여 준다. 더불어 어떤 나이에서건 성적 대상이 될 수 있는 최고의 방법은 얼마나 주름지고, 얇고, 느슨하건 간에 자기 자신의 피부 상태를 편안하게 받아들이는 데 있다는 사실도 보여 준다.

나는 간통이 우리가 나이 들면서 삶을 흥미롭게 유지하는 데 필요한 것은 아니라고 확신하지만, 우리의 욕망에 용기를 북돋고 그것을 탐구하는 일은 매우 중요하다고 본다. 특히 우리가 더 이상 대중문화의 선정적인 환상들을 드러내는 포스터 속 아이들처럼 보이지 않게 되었을 때는 더욱더. 상상력과 모험심을 발휘하려는 노력을 기울이는 것은 세월이 갈수록 점점 더 중요해진다(단순하게는 바이브레이터를 가지고 실험을 해 보는 것도, 만약 그걸 써본 적 없다면, 섹스를 할 수 있는 기간을 10년까지는 아니더라도 몇 년쯤은 더 늘려줄 것이다). '편안하게 지내던 곳을 벗어난다는 것'은 진부한 얘기이지만, 그만큼 중요한 얘기다. 나는 내가 싫어했다고 생각했던 것들, 그러니까 미켈란젤로 안토니오니의 초기 영화들, 로스코의 그림, 양배추, 그리고 세상에, 얼그레이 티에 정을 붙인 게 가끔 얼마나 즐거운지 모른다. 이와 비슷하게, 예전 남자친구와 했을 때는 싫었던 행동을 다른 남자친구와 할 때는 놀랄 정도로 만족스러웠다.

내가 더 어리고 더 새침하던 시절에 드렌카를 만났다면 그녀를 그리 많이 좋아했을 것 같지 않다. 하지만 지금의 나는, 그녀와 진짜로 잔다는 의미가 아니라 오직 허구적 의미에서 그녀를 알게 되어 반갑다는 의미에서 현명해졌다.

내게 D라고 외쳐봐. R도, E, N, K, A도! 처음도 섹스, 나중도 섹스. 누구에게 감사한다고? 드렌-카!

맞아. 내가 『북회귀선』에서 길게 쓴 것처럼, 섹스에 홀딱 몰입한 여성(과 남성)들은 다른 사람들에게 훨씬 더 나은 섹스를 하게 해 줘. 이제 우리가 좀 생각해봐야 하는 지점은 드렌카가 로스의 상상 속 소망을 어느 정도까지 충족한 존재냐는 것이겠지. 하지만 설사 그렇다 하더라도, 그녀를 약간 닮으면 성생활을 더 오래할 수 있을 거라는 네 생각은 전적으로 옳아(제인 에어가 핏속에 드렌카를 약간 품고 있었다고 상상해 봐. 소설이 확실히 전혀 다르게 나왔겠지!).

그래서 저는 모든 남자들을 대표하여 여성 제위께 열광적인 사람이 되시길 권장하는 바입니다. 그러면 여러분은 우리를 행복하게 할 테고, 저희는 여러분에게 행복을 돌려주려 노력할 더 많은 이유를 얻게 되겠지요. 그것만으로도 충분하다고 보장할 수는 없어요. 하지만 그게 누가 다칠 일이 아니란 건 확실하고, 바라건대 여러분도 그 과정에서 약간의 재미를 보게 될 겁니다.

한여름 밤의 악몽

배를 버리고 탈출해야 할 징조들

⊗

『모비 딕』
『오스카 와오의 짧고 놀라운 삶』
『레볼루셔너리 로드』
『아들과 연인』

22
초超 머저리들
Moby Dickheads

일중독자와 집착남은 왜 나쁜 소식일까
_허먼 멜빌,『모비 딕』

모라의 이야기

∽

아마 당신도—내가 인생의 대부분에서 그랬듯—원대한 야망과 그보다 더 큰 직업윤리로 무장한 남자에게 끌릴 것이다. 하루가 모자란 타입의 이런 남자들은 창조적이고 기업가적인 노력에 성실하게 초점을 맞추며 살아간다. 그는 젊은 의대생이거나 자기 클래스를 수석으로 졸업하려 애쓰는 야심에 찬 변호사일 것이다. 어쩌면 그는 테리 시아보* 이야기에서 영감을 얻어 첫 장편소설을 집필중일 수도 있을 테고, 쓰레기를 거대한 쓰레기 조각상으로 바꾸는 개념미술 프로젝트 작업을 하는 중일 수도 있다. 그는 개발도상국의

---

* Terry Schiavo 15년 동안 식물인간으로 살다가 법원의 판결로 영양공급 튜브를 제거해 숨진 미국인. 세계적인 안락사 논쟁을 불러일으켰다.

의료 관행을 개선시킬 비영리 재단을 설립중일 수도 있고, 경영대학원 동기들과 시작한 헤지펀드를 통해 향후 5년 안에 수백만 달러 정도쯤 벌고 싶다는 좀더 현실적인 목표를 지녔을 수도 있다. 목표가 뭐건 간에, 당신은 그가 그걸 해내리라고 진심으로 믿는다. 그의 인생에는 파란불뿐이었고 미래 역시 워낙 밝은지라, 그의 앞에 서면 레이밴 선글라스라도 써야 할 판이다.

하지만…… 그와 데이트하면서 잠시나마 그를 독차지했음에도, 당신은 친밀함이라는 면에서는 그리 진전을 보지 못하고 있다. 당신은 여전히 토요일에 '저녁-먹고-섹스'하는 수준에 머물러 있다. 그는 미안해하지만 그 이상 시간을 낼 생각은 안 한다. 만약 평일 저녁에 당신을 위해 추가로 어찌어찌 시간을 내더라도, 그는 식사시간 중 절반 이상은 아이폰에 매달리거나 레스토랑에 앉아 있기엔 너무 지친 나머지 2인분의 식사를 포장한다. 그러고 나서 그는 섹스에 필요한 힘을 한껏 모으지만(그걸 놓치고 싶은 생각은 추호도 없다), 따뜻한 포옹은 깜박한다. 일이 끝나면 의식을 잃고 즉시 코를 골기 시작한다. 당신은 혼자서 잠이 들고, 새벽 5시에 그가 걸어놓은 제이 지Jay-Z 노래의 벨소리 때문에 깨어나는데…… 그게 당신의 신경을 긁기 시작한다. 당신이 침대에서 나올 때쯤엔 그는 가버리고 없다.

당신은 처음엔 쿨하고 느릿하게 받아넘겼다. 왜냐하면, 이봐, 당신 자체가 독립적인 인간이거든. 어떤 것에도 심하게 몰입하고 싶지 않았던 거다. 하지만 이쯤 되면 당연히 인내심을 잃게 된다. 그래서 이 놀라운 성취자 아저씨에게, 그를 약간만 더 볼 수 있길 바란다고 말하게 된다. 그는 당신에게 완벽하게 자상한 데다 심지어 애정이 넘치는 방식으로 자신은 이미 가지고 있는 빠듯한 여유 시간을 모두 당신한테 내고 있다고 알려준다.

당신은 불현듯 '성실하다single-minded'는 말이 '관계지향적이다relationship-minded'라는 말의 반대말인가 궁금해지기 시작한다. 나는 여기서 그렇다고 말할 생각이다.

제발 그가 목표를 성취했을 때—그런다고 가정할 때—상황이 어떻게 바뀌나 보려고 관계를 견디지는 마라. 기다리는 기간 동안 당신은 고질적인 실망을 겪으며 고생하게 될 테고, 표준 이하의 대우에 익숙해지게 될 터인데, 이는 당신이 뒤이어 생기는 관계에 접근하는 방식에 영향을 미치게 된다. 더군다나 만약 당신이 적당한 때를 기다리고 있는 거라면, 일단 그가 그렇게 오랫동안 등정하던 산의 정상에 오르게 됐을 때 그가 어찌 하게 될지에 대한 보장 같은 건 아무 데도 없다. 그는 오를 만한 더 큰 바위가 저쪽에 있다는 점을 주목할 확률이 무척이나 크고, 그 시점에서 모든 게 처음으로 다시 돌아가기 시작할 것이다. 일중독자는 일중독자로 사는 걸 멈추지 않는다. 왜냐하면 그 덕분에 그가 당신처럼 사랑스러운 사람을 만나고, 뭐든 간에 눈앞에 있는 목표를 획득하는 것이기 때문이다. 일중독은 삶의 방식이다. 그것은 존재의 혼란에 질서를 부과하려는 노력이며, 심지어는 특정한 목적에 대한 수단 이상이기도 하다. 일중독자들은 자신의 습관을 점진적으로 바꿀 수는 있지만, 뭔가 극단적인 일, 그러니까 심각한 부상이나 중요한 사람의 죽음, 내지는 중년의 위기 같은 일들이 벌어지지 않으면 보통은 그걸 바꾸려 하지 않는다. 한편으로, 수많은 일중독자들은 인생을 바꾸는 경험을 맞닥뜨리면 그 어느 때보다 열심히 일하는 방식으로 대응한다. 허먼 멜빌의 고전『모비 딕』의 중심인물이자 눈을 뗄 수 없는 바다 사나이 에이해브 선장이 그러하듯이.

이 사랑스러운 불후의 소설은 포경선 피쿼드 호의 비극적인 최후의 항해를 들려준다. 선장 에이해브는 남다를 바 없는 고래잡이에 목을 매다가 나중에는 특정한 흰 고래 한 마리에 집착하게 되는 인물이다. 그는 문학 작품 속에 등장하는 대표적인 고아다. 과부였던 어머니가 그를 낳은 지 12달 만에 죽고 홀로 남겨지자, 아주 어릴 때부터 일하는 것 말고는 다른 선택의 여지가 없었다. 일등항해사 스타벅과 나누는 가슴을 쥐어짜는 얘기에서 그가 탄식하듯, 에이해브는 고작 열여덟의 나이에 "소년 작살잡이"로 처음 고래를 "잡았다." 그때 이후로, 그의 인생은 다음과 같다. "40년 동안 계속 고래를 잡았어. 40년 동안의 고난과 위험과 폭풍우, 40년 동안 냉혹한 바다에서 살았지. 40년 동안 에이해브(그는 때로 자신을 3인칭으로 일컫는 남자다)는 평화로운 육지를 버렸고, 40년 동안 바다의 공포와 싸웠다네."

피쿼드 호가 최후의 왈츠를 추기 전 나섰던 세 번의 항해에서, 60살 생일이 목전이던 에이해브는 생애 처음으로 "달콤하고 순종적인 소녀"와 결혼한다. 하지만 그는 제대로 된 신혼을 즐기기엔 너무 바빴다. 그는 결혼식을 올린 "바로 이튿날 혼 곶으로 출항했다." 그가 인정하듯 그는 결혼 전체를 "저 바다 너머에 두고, 내가 결혼한 소녀 같은 아내를 떠나 왔다." 또한 세상 저 멀리에 있는 아이들도 떠나 왔다. 에이해브는 일에 자신을 내던지고 있는데, 그 이유는 부분적으로 우리 중 많은 이들에게 그렇듯이, 일에 몰두하면 우리가 스스로를 돌아볼 시간이 날 때 맞닥뜨리는 어렵고 형이상학적인 질문에서 관심을 돌릴 수 있기 때문이 아닐까 한다. 알코올 중독자들이 자신의 어두운 감정을 회피하기 위해 술을 마시듯, 일중독자들은 죽음과 삶의 의미 등의 걱정을 늦추는 데 도움이 될, 모종의 불멸성을 획득하려는 희망을 품고 일을 한다. 그들은 세계에 뭔가 표시를 남기고자, 그가 죽고 난 뒤에도 지속될 뭔가를 남기고자 노력한다. 그게 가족을 위한 재산이라면 더 좋을 테고. 하지만 아이러니하게도, 일중독은 우리의 실존적 절망을 더욱 심오한 방식으로 완화시켜줄 수도 있을 관계를 발견하는 데 큰 방해가 된다.

(우연찮게도, 에이해브는 멜빌의 소설 중 두 번째로 유명한 작품일 『필경사 바틀비』에 나오는 주인공과는 사뭇 다른 역할을 맡았다. 분명 멜빌은 『모비 딕』이 얻었던 끔찍한 평가—평론가들에게선 혹평을 들었고 대중에게는 몇 년 동안 무시당했다—와 그로 인한 권태와 의기소침함에 대응하고자 그 눈물 쏙 빼도록 재미있는 중편소설을 썼을 것이다. 배에서 살아가는 에이해브와는 달리 바틀비는 법률사무소에서 필사원으로 일하며 살아간다. 그는 책상 밑바닥에서 잠을 잔다. 하지만 멜빌의 더 유명한 주인공과는 다르게 바틀비는 일하는 걸 싫어한다. 뭔가를 하라는 요청이 들어올 때마다 그는 다음과 같이 대답한다. "안 하는 편을 택하겠습니다I would prefer not to." 결국 그는 하루 종일 아무것도 하지 않는 지경에 이르게 된다. 누군가는 에이해브와 바틀비 모두 삶의 부조리함에 각각 다른 방식으로 대응하고 있다고 주장할 수 있으리라. 한쪽은 그것을 통제하기 위해 각고의 노력을 기울임으로써, 다른 한 쪽은 가능한 한 그것에 참여하는 걸 거부함으로써.)

오랫동안 뼈 빠지게 일하고 나서야, 에이해브는 자신이 지키고 있는 가혹한 일정에 조금 염증이 나기 시작한다. 그는 자신의 인생이 "황량한 고독"이었다고 탄식한다. "잔인하고 무자비한 황제가…… 자연스러운 사랑과 갈망을 등지도록 강요하는구나. …… 내 본연의 자연스러운 마음으로는 감히 생각도 못 할 짓을 기꺼이 하도록 몰아세운다."(그가 언급하고 있는 무정한 독재자는 다름 아닌 자신의 정신이다). 하지만 에이해브가 자신의 편집광적인 행동을 인정하고 심지어 그것에 의문을 가지고 있음에도, 그는 자기 자신을 멈춰 세울 수가 없다. 사실 그의 이런 모습을 만나는 바로 그 순간이야말로, 그가 그 어느 때보다도 자신의 총력을 발휘하는 결정적인 순간이다. 그는 특정한 고래 한 마리, 즉 모비 딕이라는 별명을 가진 엄청나게 큰 흰 고래를 잡기 위해 총력을 다할 마음이기 때문이다. 에이해브는 복수의 욕망에 사로잡혀 있다. 소설이 시작되기 전에 떠났던 항해에서 모비 딕은 에이해브의 배를 부수고 그의 다리를 물어뜯었다. 그러니 여러분은 에이해브가 계속 일하고, 일하고, 일해서 고래를 잡고, 잡고, 또 잡을 거라 믿는 편이 옳겠다. 모비 딕에게 앙갚음을 할 때까지.

작가 유도라 웰티Eudora Welty는 에세이 선집인 『글쓰기에 관하여On Writing』에서 "상징으로서 모비 딕의 임무가 너무 큰 나머지…… 그는 고래가 되어야만 했다"고 쓴다. 이 말은 즉 모비 딕이 여러 수위에서 은유적으로 중요하다는 얘기다. 초보자들에게 모비 딕은 잔인한 운명, 일종의 신, 인생을 정의하는 목표, 에이해브의 고통 받는 영혼을 의인화(고래화?)한 존재로 간주할 수 있다(고래가 그를 심리적으로나 정서적으로나 불구로 만들었기 때문에 에이해브는 그것을 극복하기 위해 끊임없이 분투한다). 또한 모비 딕은 육체의 형태를 띤 복수의 욕망이며, 더불어 에이해브와 그의 동료들의 입장에서는 성취감이라는 것이 얼마나 얻기 어려운 것인가를 표상하는 존재로 볼 수도 있다. 그들이 쫓는 고래는 그들로부터 헤엄쳐 벗어나 언제나 손에 닿지 않는 곳에 있다. 모비 딕은 진정 거대한 존재인 것이다.

하지만 누군가 그 녀석을 잡을 수 있다면, 그건 에이해브뿐이다. 그는 의심할 바 없이 진지한 터프 가이이다. 강한 육체와 용기를 지닌 남자인 것이다. 하지만 그를 얼마나 존경하건 간에, 나라면 절대 그런 남자하고는 데이트 안 한다. 결혼은 물론이고. 에이해브가 스타벅에게 인정했듯 그는 결코 누군가의 남편이었던 적이 없었던 인간이다. 그는 그녀를 "아내라기보다는 생과부로 만들었지!……아아, 나는 그 가엾은 처녀를 결혼과 동시에 과부로 만들었어." 달리 말하자면 그렇게 오랫동안 집을 떠나 있었으니, 그녀에게 그는 거의 죽은 사람이나 다름없다. 그녀가 집에서 내내 홀로 지낼 때 무슨 심정이었는지 꿰뚫어볼 통찰력까지는 없다 해도, 내 생각에 그녀는 무척이나 비참했을 것이다. 나와 결혼한 사람이 문자 그대로 혹은 은유적으로 계속 바다에 나가 살고 있다면, 우리 중 누구라도 그럴 테니까.

친애하는 독자들이여. 멜빌의 고전은 고래의 상징이 뜻하는 것만큼이나 여러 가지 수위에서 작동하는 교훈담인데, 그 무엇보다도 실제로 얻을 수 있는 것보다 더 많은 친밀함을 바라고, 마주하는 시간을 갈망하게 하는 관계란 실은 유지할 만한 가치가 거의 없다는 사실을 우리에게 경고하고 있다(특히나 만약 관계가 그런 식으로 시작하면, 그게 조만간 바뀔 거라는 징조는 없다). 에이해브 부인에게 일어난 일이 당신에게 일어나게 놔두지 마라. 자기 인생을 일에 바친 사람 때문에 당신 인생을 잃지 마라. 그런 초 머저리들은 포기하라! 그런 녀석들은 배와 함께 가라앉도록 놔둬라. 할 수 있을 때 당신 인생을 챙겨라.

바다에는 다른 작살잡이도 많다.

23
내 마지막 관계의
짧고 놀라운 삶
The Brief Wondrous Life Of My Last Relationship

남자는 유전적으로 바람을 피우도록 입력돼 있나?
_주노 디아스, 『오스카 와오의 짧고 놀라운 삶』

잭의 이야기

∽

남자들은 바람을 피우게 마련이야. 우리도 어쩔 수 없다고. 안 그래? 우리는 여전히 직립원인*과 더 비슷한지라, 치마만 두르고 있으면 다 쫓아가라는 생물학적 명령을 따르고 있을 뿐이라고. 전형적인 논리는 이런 식으로 흘러간다. 하지만 내가 보기엔 말도 안 되는 책임 회피다.

설사 사회생물학자들이 주장하듯, 남자들이 여전히 몸에 생가죽을 걸치고 있던 시절에는 연애관계 같은 것도 없었고 종의 생존이

* Homo erectus 1백 60만 년 전부터 25만 년 전까지 전 세계에 분포한 화석인류. 최초로 직립보행을 시작했다.

가능한 한 많은 여성 호미니드*들을 임신시키는 데 달려 있던 게 사실이라 쳐도, 그게 뭐 어쨌다고. 똑같은 얘기로, 내가 오늘 버팔로 버거를 생으로 먹는 대신 석쇠에 구워 먹는 쪽을 택하는 건, 그리고 그렇게 해서 더 즐겁게 식사를 한다는 건, 교양 있는 남자라면 선사 시대적 충동에 그냥 굴복할 수는 없다는 얘기 아니겠는가. 우리는 섹스가 그저 유전 물질을 전달하기 위한 행위보다는 훨씬 더 많은 의미를 가질 수 있으며 그래야만 하는 지점까지 진화해 온 것 아니었나?

오해 마시라. 나는 일부일처제로 살아가는 게 목탄 그릴에 불을 붙이는 것보다 훨씬 더 어렵다는 사실쯤 잘 알고 있다. 고백건대 나 또한 전형적인 남자에다 얄팍한 욕망의 소유자다. 나도 눈이 있고, 가끔은 뱃속이 부르르 떨리며, 내 자아의 일부는 하루에도 몇 번씩 이 여자나 저 여자랑 자면 어떨까 하는 궁금증을 어쩔 수 없이 품는다. 우린 대부분의 남자들이 이렇다는 사실을 안다. 하지만 우리 중 문명화된 인간들은 가능한 한 자기 자신에게 이런 점에 대한 면역을 걸어둔다.

이성을 유혹하고자 하는 남자들의 욕망 뒤에 숨은 정체성의 심리학은 설명하기가 쉽지 않은 부분이다. 내 경우에 나는 인간으로서 내가 얼마나 주목받기를 원하는지 깨닫곤 하는데, 내가 얻은 신뢰와 삶의 다양한 분야에서 거둬 온 성공에도 불구하고, 내 자아의 많은 부분이 그저 여전히 다른 사람들이 날 좋아해주는 걸로 위안을 얻고 싶어한다는 사실을 인식하는 데 꽤 오랜 시간이 걸렸다. 남

* hominid 인류의 조상

자로서 우리는 독립적이고 자급자족해야 한다는 가르침을 받았지만, 실제로 그렇거나, 그럴 수 있거나, 심지어 그래야만 하는 상황에 있는 사람은 우리 중 소수다.

우리는 온갖 이유로 타인을 필요로 하며, 마찬가지로 다른 사람들에게 필요한 사람이 되는 걸 좋아한다. 유혹은 남자에게나 여자에게나 누군가 우리를 원한다는 느낌을, 그녀가 우리를 지지하고 있으며 우리가 그녀에게 영향을 미칠 거라는 느낌을 준다. 남자들이 돈을 벌기 위해, 혹은 권력이나 특권을 얻기 위해 노력하는 것과 똑같은 이유로 여자들을 유혹하기도 한다는 건 사실이다. 하지만 좀 더 깊이 들여다보면, 그게 단순히 뭔가를 성취하는 것 이상의 의미라는 걸 알 수 있다. 섹스와 유혹은 우리가 자기 자신을 믿는 데, 심지어는 자기 자신이 되는 데 도움을 준다. 그러니 포기하기 힘든 일일 수도 있다.

게다가 슬프게도, 우리는 남자로서 자기 자신이 되길 원하지만, 그 일에 타인들이 아니라 단 한 사람이 얼마나 큰 도움을 줄 수 있는지에 대해서는 거의 깨닫지 못한다. 많은 사람들, 아마도 우리 대부분은 오로지 단 한 사람의 파트너와 함께, 누군가와 더불어 살아가야만 쌓을 수 있는 편안함, 친밀함, 신뢰, 그리고 역사를 누리며 인생을 보내길 꿈꾼다. 하지만 그 목록에는 '자기self'라는 이득이 빠져 있다. 그리고 그게 모든 일의 열쇠다. 우리는 타인에게 영향을 미치고 유혹하고 행위하고 만들어가고 얻어가면서 자아를 획득한다고 믿는데, 많은 남자들은 인생의 동반자와 함께 온갖 시련과 승리를 겪는 와중에 나누고 소통함으로써 획득할 수 있는 더욱 깊고 의미 있는 자아를 결코 경험하지 못한다.

이를 잘 요약하는 인물은 『오스카 와오의 짧고 놀라운 삶』의, 바람만 피우지 않았더라면 무척이나 유쾌한 인물이었을 유니오르 데라스 카사스다. 도미니카인인 그는 엄청난 바람둥이이자 오스카의 누나인 롤라와 연인 사이가 되었다가 헤어지곤 하는 남자다.

유니오르는 자기가 여자를 속이는 놈이란 걸 알고, 여자를 유혹하려는 제어할 수 없는 욕구를 갖고 있다는 사실도 안다. 자기가 어떻게 해서 세 여자 사이를 꾸준히 왔다갔다하는지, 여기에 더하여 부업으로 다른 여자들까지 낚는지 서술하면서 그는 다음과 같이 설명한다. "애정이라곤 못 받고 자란 나 같은 인간의 심장은 무엇보다도 끔찍하다."

'끔찍하다'는 말은 아마도 속임을 당한 사람에게 확실히 와 닿을 것이다. 하지만 유니오르의 고백은 인간의 바람기 뒤에 숨겨진 가련한 요소를 지적하는 것이기도 하다. 우리는 애정을 필요로 하며, 언제나 그랬다. 그리고 우리가 삶의 한 국면에서 적자를 보면, 그것은 다음 국면으로 이월될 수 있다.

물론 여기서 아이러니가 생겨난다. 바람피우는 사람은 그를 사랑하는 사람의 애정에 아주 잘 접근할 수 있지만, 그렇게 얻어낸 애정이 그에게 충분치 않다는 사실이다. 유니오르의 경우에는 확실히 진실이다. 그는 롤라의 사랑을 받을 뿐 아니라 그녀를 지나칠 정도로 사랑(하고 존경)했다. 책의 후반부에서 그는 어째서 자신이 롤라와 맺어지지 않았는지 요약하면서 다음과 같이 간명하게 말한다. "이번에도 아랫도리 단속을 제대로 못 한 것이다. 제길, 세상에서 제일 아름다운 여자를 두고도." 소설에서 롤라는 무척이나 똑똑한 사람으로, 여학생클럽 회장에, 세계적인 수준의 다리와 질膣을 가진 육상 스타로 등장한다. 어째서 그녀만으로는 만족을 못한 걸까?

한 번이라도 속아본 적 있는 사람이 알아야 하는 사실은, 그게 대부분 당신 때문이 전혀 아니라는 사실이다. 부정을 저지르는 사람은 채워야 할 자신만의 욕구를 지니고 있는데, 설사 당신이 그걸 채워줄 수 있다 해도 그는 당신에게서 그걸 얻을 수 있는 능력이 없다(뭐, 당신이 파트너와 섹스하기를 오랫동안 거부해 왔거나 서로의 관계가 진부해져서 양쪽 다 마지못해 시늉만 하고 앉아 있다면, 슬픈 일이지만 불륜이 드문 결과는 아니다).

하지만 유니오르는 자신이 바람을 피울 거라는 사실을 마치 피할 수 없는 결론인 듯 이야기한다. 책의 한 대목에서 그는 자신을 '수시오sucio', 즉 지저분한 놈이라 말하고, 다른 대목에서는 소설 제목이기도 한 인물인 오스카가 글쓰기를 사랑하는 것만큼이나 자기는 바람피우는 걸 사랑한다고 말하기도 한다.

이건 정말 슬픈 일이다. 만약 당신이 누군가와 관계를 맺고 있는데도 당신 아랫도리에서 보내는 부정한 메시지에 따라 움직이고 싶어진다면, 그건 당신이 맺고 있는 관계와 당신 자신을 아주 진지하게 검토해야 할 때가 된 거다.

진짜로 무슨 일이 벌어지고 있는지에 대해 자기 자신에게 물어보는 게 우선이다. 새로 알게 된 사람이 꽤 매력적이고, 그 사람에게 획 잡아 채인 느낌이 드는가? 만약 그렇다면 당신이 품은 환상이 그게 현실이 되었을 때보다 훨씬 더 멋진 것이라는 점을 기억하라. 새로 만나는 그 사람을 안 지 오래되었나? 좋다. 그건 좀 힘든 케이스다. 하지만 왜 이제 와서? 어쩌면 그건 당신이 현재 맺고 있는 관계에서 섹스가 침체돼 있다는 뜻일 수도 있다(그게 당신 잘못일까, 아니면 파트너의 잘못일까? 게으름 때문일까, 아니면 더 깊은 문제가 있는 걸까? 이런 점들을 모두 살펴봐야 한다). 만약 그런 경우라면, 당신은 아마도 그저 육체적 쾌락이 그리운 것일 수도 있다. 그렇다면 먼저 당신의 현재 파트너와 함께 성생활을 되살려보려 노력해야 한다.

하지만 파트너와의 성생활은 괜찮은데도 유혹이 주는 스릴이 그리울 수도 있다. 그건 당신이 여전히 유혹이라는 것을 당신의 자아를 떠받치는 데 사용하고 있다는 얘기고, 따라서 당신 자신이 누구인가에 대한 당신 생각이 필요한 만큼 믿음직스럽거나 안정적이지 않다는 소리다. 그러니 이 지점에서도 당신은 자신이 뭔가 필요한 행동을 하고 있지 않은 건지, 혹은 파트너가 당신이 필요한 걸 해주지 않고 있는 건지 물어야 한다. 아니면 둘 다 물어야 하거나. 누군가를 유혹할 필요를 느낀다는 건, 당신이 삶의 다른 영역에서 자아에 관한 필요한 만큼의 만족을 획득하지 못하고 있다는 사실에 주의를 기울이게 하는 신호가 돼야 한다. 그러니 당신이 사랑하는 파트너를 속이기 전에, 그 문제들을 해결하기 위해 노력해야 할 것이다.

그게 아니라면 관계 자체가 문제의 원인일 수도 있다. 당신은 현재 파트너가 원치 않거나 혹은 당신이 원치 않는다는 이유로 섹스를 하고 있지 않을 수도 있고, 그 또는 그녀가 당신이 필요한 방식으로 느끼게 해 주지 않기 때문에 바람을 피우고 싶을 수도 있다.

하지만 이 점을 인식하라. 부정은 증상이지 해결책이 아니다. 바람을 피우고자 하는 충동이 결국 당신을 나쁜 관계에서 빼내는 데 도움이 될 수는 있겠지만, 먼저 생각할 필요가 있는 건 그 관계가 애초에 고수할 만한 가치가 있느냐는 점이다. 한 번에 한 사람만 만나는 원칙은, 현재 직면한 어려움에 맞섬으로써 관계에서 얻을 수 있는 모든 것을 얻는 데 가장 큰 도움이 된다. 사실 그것만이 제대로 된 방법이다.

분명한 건, 이런 질문들이 당신이 바람을 피우고 싶은 걸로 돼 있는 욕망의 대상과는 아무런 관련이 없다는 사실이다. 질문들은 모두 당신 자신과 당신이 맺고 있는 관계, 그리고 당신이 관계를 맺는 방식과 그것이 진행되는 방식에 관한 것이다. 만약 당신이 새로운 사람이 지금 함께하는 사람보다 "내게는 더 나을지" 자문하고 있다면, 다음과 같은 사실을 기억하라. 당신은 아마 그녀 혹은 그에 대해 거의 아는 바가 없을 텐데, 당신이 간절하게 그리는 그 사람들도 결국은 당신의 지금 파트너가 하고 있는 것과 똑같이 거슬리는 부분들과 소소한 약점들과 짜증스러운 면들을 보이리라는 사실을.

우리 중 많은 사람들에게 남은 평생 오직 한 사람하고만 섹스를 한다는 건 생각만 해도 벅찬 일이다. 하지만 동시에 그 사실은 과연 섹스가 뭘 뜻하는 건지를 다시 생각해보기를 요구하는지도 모른다. 장기간의 성적 행복을 누리는 열쇠는 섹스를 유혹, 에고, 힘이라는 상징적 감각보다는 쾌락, 느낌, 친밀함의 표현에 더 많이 연관짓는 것이다. 그런 사고방식에 따르면 최고의 섹스는 당신이 알고 사랑하는 사람과 하는 섹스이고, 또 그것은 점점 더 좋아지게 돼 있다. 나는 섹스를 하는 데는 정말 많은 방법이 있고, 당신이 가끔은 지금의 섹스가 판에 박힌 것 같다고 생각할 수 있음을 이해한다. 하지만 솔직히 말하자면 파트너와 함께 그동안의 습관들에서 벗어나고, 편안함을 느끼던 지점에서 떠나고, 한 사람으로서 성장하는 것이야말로 도전이다. 사랑하는 사람과 매번 더욱 충만한 성생활에 도전함으로써 당신은 더 나은 사람, 더 창조적이고, 더욱 자신을 질 표현하고, 잘 인식하는 사람이 된다. 오직 한 사람과 섹스하는 건 힘든 길이다. 하지만 그것은 우리를 가장 알찬 사람으로 성장시키고 발전시키는 가장 훌륭한 방법이다.

유니오르는 그곳으로 갈 준비가 안 돼 있었고, 그러는 대신에 롤라가 그를 영원히 차 버린 다음 다른 사람과 결혼할 때까지 계속 여자 꽁무니를 좇았다. 그가 그녀를 언제나 사랑했다는 건 분명하지만, 그는 자기 자신을 고치는 고된 일을 해낼 능력은 없는 사람이었다. 그는 다음과 같이 쓴다. "나는 여자 중독 재활원이라도 알아봤어야 했다. 하지만 당신이 내가 정말 그럴 거라고 생각했다면 도미니카 남자들을 전혀 모르는 것이다."

우리는 그의 사례에서 교훈을 얻어야 한다. 부정적인 방향으로 향하는 대부분의 충동은, 궁극적으로는 그저 지나가는 일시적인 문제이거나 아니면 뭔가가 잘못되고 있다는 신호 중 하나다. 만약 당신이 문제 자체를 좇고 있는 거라면, 부정에 대한 해결책으로 반창고나 붙이고 마는 건 아무 가치 없는 행동이다. 그러니 연애할 대상을 찾아 두리번거리는 눈길을 잠깐의 불장난 쪽으로 돌리는 대신 문제를 근본적으로 뜯어고처라. 훨씬 더 풍부한 관계, 풍부한 자아라는 보상을 얻게 될 것이다. 어쩌면 둘 다 얻을 수도 있다.

얼마 전, 나는 잭이 여기서 계속 던지는 질문을 내가 데이트 하던 남자에게 해봤다. 인간 남자는 생물학적으로 바람을 피우도록 프로그램 돼 있나요? 그의 대답은 이랬다. "우연히 마주치는 여자 중 5~10% 정도와는 진짜로 자고 싶기는 해요. 하지만 진화한 인간으로서 저는 그 욕망을 통제할 수 있어요. 그리고 그것에 굴복하지 않는 쪽을 택한답니다. 왜냐하면 내가 아무나와 하는 섹스보다 더 원하는 건 당신과의 관계이고, 당신과 맺는 신뢰거든요. 내가 만약 다른 사람과 자면 당신은 상처받고 즉시 날 차버리겠죠. 그러니 충실한 남자가 되는 편이 훨씬 쉬워요."

24

지옥으로 가는 혁명의 길
Revolutionary Road To Hell

'진정한 나'를 찾겠다고 헤매는 남자는 답이 없다
_리처드 예이츠, 『레볼루셔너리 로드』

모라의 이야기

∽

이십대 중반, 나는 사랑에 빠졌다고 생각했다. 문제의 그 남자는 내가 그랬듯 뉴욕이 마법과도 같은 도시란 사실을 잘 알았으며, 우리는 언제나 작은 모험을 했다. 우리는 웨스트 빌리지의 교회 뒤편에서 비밀 정원을 발견했다. 톰 웨이츠의 목소리로 프랭크 시나트라의 노래를 부르는 크루너* 가수를 찾기 위해 외진 곳에 있는 싸구려 클럽으로 여행을 떠났다. 또는 CBGB** 근처에서 투박하지만 보석 같은 식당을 우연히 발견하기도 했다. 그 식당의 구석자리에 앉으면 주방에서 벌어지는 일들을 모두 볼 수 있었다. 우리는 그런 장

---

* crooner   낮게 속삭이듯 부르는 1930~40년대에 유행하던 창법.
** CBGB 'Country, BlueGrass, and Blues'의 약자이자 뉴욕의 유명 음악 클럽.

면들이 내뿜는 예상치 못한 광채를 언어로 붙잡고 싶었다. 작가의 꿈을 꿨던 것이다.

그는 금융회사에서 큰돈을 만지던 일을 얼마 전에 그만두었다. 그의 진정한 열정의 대상은 영화였고, 위대한 미국 극작가 윌리엄 골드먼—〈우리에게 내일은 없다〉〈프린세스 브라이드〉〈대통령의 음모〉 등의 각본을 썼다—같은 시나리오 작가가 되는 게 그의 꿈이었다. 하지만 그의 좋은 영화 취향과, 추진력 있는 이야기를 만들어 내는 능력은 별개의 문제였다.

시나리오 작가 혹은 소설가로 대박을 치고 싶은 사람들 거의 대부분은 그러기 전까지 꽤나 오랫동안 분투해야 한다. 그들은 종종 보수가 좋은 직업과 더 안정적인 경력을 포기한 다음, 가난과 갈등과 불안정과 의심과 궁핍의 시기를 거친다. 반복되는 거절과 작업상의 차질에 직면해야 하고, 그것들과 싸워 통과하기 위해 불굴의 정신을 다져야 한다. 하지만 이 남자는 골드먼 같은 사람이 됨으로써 얻게 될 명성과 인정을 원하면서도, 그러기 위해 필요한 위험들을 기꺼이 감수하지는 않았다. 대신 그는 안전하게 굴었다. 몇 달 정도 자신의 영혼을 탐색한 후, 그는 자기가 경영대학원에 가길 원한다는 결정을 내렸다.

거기에 뭐 잘못된 점은 없다. 하지만 삶을 꾸리는 방편으로 더 예술적인 길을 찾아 헤맸던 사람, 그 남자가 제 입으로 그랬듯 자신이 영화와 명성과 부로 이루어진 특출한 삶을 살 운명이라고 생각했던 사람에게는 우스운 선택이긴 하다.

돈을 따라가라*. 아마 이게 윌리엄 골드먼의 가장 유명한 대사였던 것 같다. 또한 이 대사는 내가 만난 그 잘난 남자가 내린 결정을 요약해주기도 한다.

몇 년 전 〈마리 클레르〉 편집자와 저녁을 먹고 지하철역으로 걸어가다가 파크 애비뉴 근처에서 그 사람을 우연히 만났다. 그는 마치 귀 뒤에 손을 갖다대면 백 달러짜리 지폐를 마술처럼 뽑아낼 수 있을 것처럼 보였다. 그를 바라보자 부유함이 보였다. 완벽한 맞춤 양복, 빛나는 타이, 번쩍거리는 이탈리아제 가죽 신발, 비싸게 주고 다듬은 헤어스타일. 우연찮게도 우린 서로를 보았다! 나는 그의 삶이 어떻게 변했는지 궁금했고, 우리는 근처의 바에 들러 가볍게 한 잔 했다. 놀랍게도, 나는 그에게서 예전의 총명함이나 비범함을 찾지 못했다. 그는 어딘가 우둔했고, 쉽게 돈을 버는 듯 보이는 사람들이 그러듯 터무니없이 거만을 떨었다. 그는 최근에 구입한 별장에 대해 설명했다. 그는 자기가 하고 있는 일에 대해 말했고 자기 부부가 최근에 아이가 생겼다고 말했다. 그리고 그는 나와 떡을 치던(그렇다. 그는 '떡을 친다'는 표현을 썼다) 일을 몇 년 동안 많이 생각했다고 말했다.

내가 거기서 뭔가를 좀 더 했다면 그가 내게 자기가 묵고 있는 호텔로 가는 게 어떻겠느냐고 제안했을 거라는 느낌이 든다. 하지만 나는 그의 부인을 생각하면 그러고 싶지 않았다. 심지어 나 자신을 생각해 봐도 그러기 싫었다. 그래서 나는 눈길을 피하며 말했다.

"딸아이 얘기나 좀 더 해 봐!"

* Follow the money 영화 〈대통령의 음모〉에 나오는 대사. 영화 속에서는 '자금의 흐름을 추적하라'는 의미로 사용된다.

나는 그를 보며 프랭크 휠러를 떠올렸다. 휠러는 리처드 예이츠의 냉소적인 걸작 『레볼루셔너리 로드』의 쓰디쓴 핵심 주제를 표현하는 주인공이다. 컬럼비아 대학 졸업생인 휠러는 이십대 초반에 인정을 받기 시작한다. 그 기간 동안 그는 "난생처음으로…… 칭찬을 받았다. 그리고 여자들이 진심으로 그와 잠자리를 원한다는 사실은 그가 같은 시기에 깨달은 다른 발견들에 비해 살짝 대단한 일일 뿐이었다. 그 발견이란 요컨대 사내라면…… 자신이 하는 말을 귀 기울여 듣고 싶게 만들 수 있어야 했다.…… 그에게 필요한 것은…… 자기를 찾을 수 있는 시간과 자유였다…… 그는 자신이 지닌 뛰어난 역량에 대해 의심을 품어본 적이 한 번도 없었다."

카리스마 넘치며 스스로가 두려울 정도로 똑똑하기도 한 남자 프랭크는 젊고 아름다우며 포부 넘치는 여배우 에이프릴과 결혼한다(영화에서 프랭크는 리어나도 디캐프리오가, 에이프릴은 케이트 윈즐릿이 연기했다). 부모가 될 준비를 하기도 전에 임신하자, 에이프릴은 낙태를 했으면 한다. 하지만 프랭크는 그게 말도 안 되는 소리라고 생각한다. 그리고 지루하지만 보수를 잘 주는 직업을 얻기로 결심한다. 그 이유는 그게 도덕적인 일이라는 느낌보다는 그러는 게 정상적이라는 생각이 더 크기 때문이다. 그들은 결국 "첫 아이가 실수가 아니었음을 입증하는" 둘째 아이를 얻게 되고, 이웃들과 교류하기 위해 코네티컷 교외에 있는 집을 한 채 산다.*

프랭크는 자신이 일궈낸 삶이 만족스럽지 않다. 그는 일상적인 회사 일이 "상상할 수 있는 가장 지겨운 일"이라고 생각한다. 그는

---

* 그 집이 있는 곳이 '레볼루셔너리 로드'다.

아이들을 딱히 좋아하지 않는다. 소설이 시작되는 연도인 1955년에 아이들은 초등학교에 다니는 중이다. 그는 이웃들에게 잘난체한다. 그에게 에이프릴은 "날이면 날마다 그 존재를 부정하려고 안간힘을 쓰는, 기품이란 찾을 길 없고 고통스러운 피조물"이다. 문제를 더 추레하게 만드는 건 그가 자신이 일하는 사무실의 나약한 비서와 불륜을 저지르고 있다는 사실이다. 모든 걸 엉망으로 만들고 있는 게 그 자신인데도, 그는 계속해서 자신이 더 나은 일을 하도록 태어났다고 믿는다.

역설적으로, 자신의 삶에 대한 프랭크의 깊은 혐오는 스스로를 위로하는 데 도움이 된다. 그는 자신을 둘러싼 단조로운 교외사람들과 사무실의 게으른 인간들보다 자신이 똑똑하고 훨씬 흥미로운 사람이라는 확신을 다지는 방법들을 꾸준히 생각해낸다. 그가 실로 날카롭게 갈고 닦은 재능이 있다면, 그건 미국에 사는 사람들의 문제가 뭔지 또렷하게 표현하는 놀라운 능력이다. 정작 본인은 스스로에 대한 진실을 간과하는 데 선수이지만. 어느 날 저녁, 아내와 그들 부부의 '친구들'과 함께 술잔을 기울이던 도중 그는 다음과 같이 불평한다. "그 누구도 더 이상 생각하거나 느끼거나 괘념치 않고…… 편안하고 우라지게 평범한 자신의 삶이 아니면 아무것도 믿지도 않아요."

자신이 특별하다고 중얼거리면서 편안하고 관습적인 삶을 꾸리는 프랭크의 사정이 그나마 낫다면, 그의 위선적인 자부심을 보며 사는 에이프릴은 훨씬 더 고통스럽다. 그녀는 공적인 무대에서나 침실의 사적인 무대에서나 결코 연기를 잘할 수 없었다. 또한 프랭크와 같은 방식으로 자신을 기만할 수도 없었다. 그녀는 천천히 결혼생활에 질식해간다. 그녀의 남편은 순응하는 삶이 사람을 얼마나 바보로 만드는지 불평하지만, 동시에 삶의 중요한 순간마다 고르는 선택들 때문에 자신이 깔보는 사람들과 점점 더 닮아간다. 반면 에이프릴은 거기에 반항하고자 노력하기 시작한다. 그녀는 썩 좋아하기 어려운 인물이다. 하지만 이 소설을 두 번째로 읽으면서, 나는 그녀가 그녀의 남편보다는 훨씬 진실한 사람이라는 걸 알았다. 그녀는 자신의 삶을 정직하게 바라보고 적지 않은 위험을 감행할 용기를 가진 사람이다.

연기자가 되겠다는 평생의 꿈에 닻을 내리고자, 에이프릴은 동네 극단을 찾아가 주연 여배우 역할을 맡게 된다. 그러나 공연 당일 밤 그녀의 연기는 말 그대로 재난이다. 그녀도 그 사실을 안다. 하지만 일단 도전하고 실패한 뒤, 그녀는 가치 있는 교훈을 얻게 된다. 연기는 그녀가 현재 처한 불만족스러운 상황을 탈출할 길이 아니라는 사실이다. 그녀의 다음 생각은 그들 부부의 삶을 다른 어떤 극적인 전환보다도 더 극적으로 변화시킬 것이었다. 그녀는 가족들 모두 파리로 이주하자고 제안한다. 파리에서 그녀는 나토NATO의 비서 자리를 알아보게 될 테고, 프랭크도 마침내 자신을 발견할 시간을 갖게 될 것이다. 이건 놀라운 제안이다. 혼자 생계를 책임지는 걸 마다하지 않으면서 본업으로 일을 한다는 건 에이프릴 같은 젊고 부유한 1950년대의 어머니에게는 흔치 않은 일이기 때문이다. 하지만 에이프릴은 프랭크가 걱정하는 것 같은 "전통적 도덕"에는 관심이 없다. 그녀는 그저 덜 비참하게 살고 싶을 뿐이다.

무척 내키지 않아하면서—어쩌면 그건 만약 정말로 자기 자신을 찾았을 때, 발견할 게 썩 많지 않으리라는 사실을 그가 어느 정도 알고 있기 때문일 수도 있다—프랭크는 파리 행에 동의한다. 하지만 그의 상사가 별안간 그에게 승진을 제안하고, 그와 거의 동시에 에이프릴은 임신했다는 사실을 알게 된다. 그러자 그는 여행을 그만두고 모든 걸 제자리로 돌려놓을 기회를 잡는다. 그는 새 업무에도 그리 큰 흥미가 없고 아이도 진짜로 원하지 않지만, 자신의 범상함을 직면하는 순간을 지연시킬 수 있는 상황이 딱 알맞게 벌어진 것이다.

프랭크가 유럽에 가겠다는 약속을 어긴 직후, 에이프릴은 결혼 생활을 망가뜨리리라는 걸, 어쩌면 지금보다 더 나빠질 수 있다는 사실을 알면서도 임신 중절을 시도한다.

물론 많은 사람들은 자신의 약점, 한계, 개인적 실패를 어쩔 수 없이 깨닫게 되는 상황에 몰리느니 스스로를 속이는 편을 더 행복해한다. 하지만 우리 중 에이프릴과 같은 사람들은 스스로에게 진실하고자 노력한다. 그것만이 진짜 마음의 평온을 발견하는 길이라고 믿기 때문이다. 그런 이들이 프랭크처럼 자기기만을 예술의 경지로 실천하는 사람과 짝이 된다면 고통에 시달릴 게 빤하다.

에이프릴이 살던 시대보다 훨씬 다행인 점은 오늘날 이혼이 불행한 결혼이라는 덫에 걸렸다고 느끼는 여성들에게 선택사항이 될 수 있다는 사실이다. 직장생활 역시 선택사항인 건 마찬가지다(안전한 낙태에 대해서라면, 음, 지금 추세라면 얼마 안 가 미래에는 1950년대에 그랬던 만큼이나 어려운 일이 될지도 모르겠다). 어쨌든 오늘날 우리가 모든 선택권을 쥐고 있다는 얘기는, 우리가 자신이 어떤 인간인지 직시하길 거부하는 남자와 함께 작은 거짓말로 꽉 찬 관계로 미끄러져 들어가면 절대 안 된다는 뜻이다.

많은 사람들이 프랭크처럼 산다. 그들은 인생에서 결정을 내릴 필요가 있을 때마다 의미 있는 영혼의 탐색을 감행하기보다는 쉬운 길을 택한다. 하지만 그런 사람들의 근거 없는 자존감과 자기중심적 성향은, 특히 그들 곁에 영원히 매여 있는 배우자들에게는 정말 짜증나는 것이 될 수 있다. 더 나아가, 자기 자신의 삶을 진실하게 들여다보지 못하는 사람은 종종 온갖 종류의 부정에 통달한 사람이 될 수 있다. 프랭크와 같은 종류의 남자가 자주 바람을 피우는 것 역시 우연이 아니다. 최고의 관계—우리가 목표해야 하는 종류의—에는 그저 말이나 행동뿐 아니라 존재 자체를 믿을 수 있는 사람이 포함된다. 이 세상에 널린 프랭크들은 불쾌한 배우자감이다. 그건 그들이 관습적인 인간이어서가 아니라 자신들이 관습적이지 않다는, 예외적이고 흥미로우며 특히나 똑똑하다는 생각 위에 자신들의 에고를 부정직하게 세워놓았기 때문이다.

이렇게 말하면 우습게 들릴 수도 있겠지만, 자기 꿈을 추구한 사람은, 설사 실패한 다음 다른 일로 넘어간다 해도 자신의 약속에 따라 살고자 하거나, 자신의 능력을 한 번도 제대로 시험해 본 적 없이 타고난 재능으로 늘 슬렁슬렁 살아가는 사람보다 훨씬 사랑스러운 파트너가— 비록 더 부유한 파트너는 아닐지라도—될 것이다. 한 번이라도 뭔가를 진짜로 시도해본 사람은 자기 자신을 알고, 겸손하고, 공감하는 마음씨를 갖췄을 가능성이 크다. 그는 자기가 주변 사람들보다 우월하다고 중얼대지 않는다. 그는 살면서 직업이나 여성에 대해 알아본 뒤 "이런, 더 잘할 수 있었는데"라고 생각하지 않는다. 그러느니, 만약 불만족스럽다면 상황을 더 낫게 만들 건설적인 방법에 대해 생각할 것이다. 프랭크 같은 사람들은 반대로 자기가 다른 사람들과 얼마나 많이 닮았는지 깨닫기를 거부한다. 그들에겐 다른 사람을 (그리고 자기 자신을) 신실로 사랑하기 위해 우리 모두가 필요로 하는 덕목인 겸손이 결여돼 있다.

현대 미국 사회에서 돋보이기 위해서는, 한때 프랭크는 자신이 그럴 수 있다고 생각했는데, 뛰어난 아이디어, 지성, 재능보다 더 많은 것(리얼리티 TV쇼 프로듀서와 알고 지내는 것 이상)이 필요하다. 진짜 중요한 것은 자신의 습관과 생각, 행동을 대중과 분리할 수 있는 용기다. 당신을 응원하는—또한 당신이 고난의 길을 걷는 동안 옆에 있겠다고 약속하는—든든한 파트너를 얻는다는 건 헤아릴 수 없이 도움이 된다. 사실 그건 그 자체로 꿈이다. 프랭크는 그걸 절대 이해 못했다. 그가 했던 실수를 저지르지 마라.

25
아들과 엄마의 연인
Sons And Mother-Lover

그래, 그 사람 자기 엄말 너무 좋아하는 것 같아
_D. H. 로렌스, 『아들과 연인』

모라의 이야기

∽

좋은 독신남이 좋은 짝이 될 수 있을지를 알아내기 쉬운 신호들 중에―이를테면 동물에게 친절하고, 친구에게 의리 있고, 웨이터, 택시기사, 도로요금소 직원에게 예의바르다―그 무엇이든 간에 어머니와의 건강한 관계를 능가할 것이 있을까. 자기 어머니에게 깊은 존경심과 애착을 느끼는 남자는 대개 진실한 친밀함과 지속적인 애정을 드러낼 수 있는 사람인 경우가 많다. 배우자에게도 숭배와 흠모의 염을 담아 대우할 공산이 크다. 내 친구의 모친이자 정신과의사인 메리 캐서린은 이렇게 썼다. "어머니와 긍정적인 관계를 가진 남자들은 종종 다른 여성들에게도 그와 비슷한 긍정적인 태도를 보인다. 그들은 믿을 만하고, 공손하고, 주변 사람들을 편하게 한다." 부주의하고 까다로운 어머니를 두었거나 어머니가 없는 사람들과 같이 지내는 경우에는 그들이 지닌 우울증이나 냉담한 성격 때문에 훨씬 힘들 경우가 많다. 메리 캐서린의 말에 따르면 "이런 남자들은 까다롭고 사람 헷갈리게 한다. 돌연 애정을 갈구하고, 불안정하고, 확신을 잃어버리기 때문이다."

이렇게 말하긴 했지만, 어떤 남자들은 자기 엄마와 좀 지나치게 가까울 때가 있다. 엄마를 너무 격렬하게 찬양하고 자신과 지나치게 동일시하는 바람에 어머니와의 유대에서 벗어나는 데 어려움을 겪는다. 그들은 자기 기준에 맞는 여성을 찾을 수 없을 듯 보인다. 어머니가 홀몸이거나 불행한 결혼생활을 영위할 때, 그녀의 아들이 좋은 남편의 대역 같은 존재가 되는 경우도 종종 있다. 혹은 둘 사이의 연결이 커다란 감정적 촉매, 이를테면 형제자매의 죽음이나 장기간의 요양 등으로 인해 증폭되기도 한다. 그런 단짝 관계에서 설사 무의식적이라 해도 집안의 기둥 역할을 하는 어머니—말하자면, 이오카스테*—는 관계의 공모자인 경우가 많다. 그들은 아들의 애정과 신뢰에 감정적으로 지나치게 의지하고 있어서 아들이 심리학적으로 자기에게 묶인 상태로 머무르도록 조장한다.

여기 최고의 예가 있다. D. H. 로렌스의 소설 『아들과 연인』의 주인공 젊은 화가 폴 모렐이다. 이 소설은 다른 무엇보다 어머니를 가장 가까운 친구로 여기는 남자들을 조심해야 한다는 한 편의 기나긴 훈계다. 세기말과 세기 초, 영국 노팅엄셔의 탄광 마을을 배경으로 하는 이 소설은 폴과 때 이르게 태어난 페미니스트인 그의

* Jocasta 오이디푸스의 어머니. 아들과 결혼한다.

어머니 사이의 관계를 중심으로 돌아간다. 그녀는 "호기심 강하고 감수성 예민한 마음을 갖고 있었고…… 관념과…… 교육받은 사람과 종교, 철학, 정치에 관하여 토론하는 걸 좋아했다." 하지만 지적인 취향을 지녔음에도 불구하고 그녀는 교육받지 않은 광부와 결혼한다. 둘 사이의 육체적 연결이 강렬했던 탓이다. 그들의 섹스는 훌륭했지만 아버지 모렐은 모든 면에서 그녀에게 실망스러운 인간이다. 그는 술을 너무 많이 마시고, 경제관념은 엉망이다. 그중 최악은 그녀와 흥미로운 대화를 나눌 수 없다는 사실이다. 스스로를 위안하고자 모렐 부인은 자식들에게 철저히 헌신하고, 종내는 자신의 삶과 아이들 사이에 극도로 강렬한 유대감을 느끼게 된다. 특히 둘째인 폴에게. 그가 태어났을 때 그녀는 아이를 팔에 안고 자신이 남편과 얼마나 먼 관계인지를 생각하며 "폴의 연약하고 작은 몸과 그녀를 연결하던 탯줄이 아직 끊기지 않은 것처럼 느꼈다. 뜨거운 사랑의 물결이 그녀에게서 아이로 흘러갔다."

굳이 여러분에게 얘기할 것도 없지만, 이건 불편할 정도로 성적인 구절이다.

폴—그는 형보다 훨씬 감성적이고 통찰력 있다—이 아기에서 어른으로 성장하면서, 그는 어머니에게 상호적인 열정을 느끼기 시작한다. 소년기에 접어들면서부터는 그녀의 기분을 보면 그의 상태도 알 수 있게 된다. "그녀가 불안해할 때면 그는 그것을 알아차렸고 마음을 편안히 가질 수 없었다"고 로렌스는 쓰고 있다. "그의 영혼은 언제나 그녀에게 관심을 쏟고 있는 듯이 보였다." 그는 다른 아이들이 그러듯 사춘기에 엄마에게서 벗어나는 대신 그녀와 더 가까워진다. 14살의 나이에 외과 의료기구 제조사의 사무원이라는 첫 직장생활을 시작한 뒤, 폴은 그녀에게 매일의 이야기를 "'천일야화'처럼" 들려줌으로써 그녀로 하여금 아들의 삶을 사는 듯 느낄 수 있게 북돋는다. 그녀의 또 다른 사랑하는 아들인 폴의 형 윌리엄이 공연을 위해 런던으로 떠나자, 폴과 그녀는 그 어느 때보다 서로 가깝게 맺어진다. 로렌스는 이를 다음과 같이 서술한다. "모렐 부인은 이제 폴에게 집착했다. …… 그리고 그는 여전히 어머니에게 매달렸다. 그가 하는 모든 일은 어머니를 위한 것이었다. 그녀는 어두워질 무렵 그가 집에 오길 기다렸다가, 낮 동안 그녀가 생각한 일이라든가 그녀에게 일어났던 일을 모두 털어놓았다. 그는 진지하게 앉아서 들었다. 그 둘은 삶을 공유했다." 미심쩍은 마음에 눈썹을 치켜 올리기에는 이미 이 정도로도 충분한데, 그는 노골적으로 그녀에게 수작을 건다. 그녀가 얼마나 매력적인 여인인지 말하고, 그녀에게 주고자 물망초를 딴다. 그녀는 이런 행동을 말리기보다는 즐긴다.

폴이 다 자라서 집을 떠나기도 전에 윌리엄이 폐렴 합병증으로 사망한다. 그러자 오이디푸스 콤플렉스적 상황은 더 강화된다. 특히 폴이 미리엄이라는 이름의 이웃 소녀와 급격히 관계를 키워나가는 걸 폴의 어머니가 질투하게 된 이후엔 더욱. 미리엄이 너무 소유욕이 강하다고 혼잣말을 하면서 모렐 부인은 자신이 "폴을 지키기 위해 싸워야" 한다고 결심한다. 그리고, 이런, 그걸 실천한다. 어느 날 밤, 미리엄이 방문했을 때 폴이 그녀에게 정신을 팔다가 빵을 태워먹은 뒤, 모렐 부인은 질투에 불타는 연인처럼 그를 비난하며 말한다. "넌 내가 네 시중 들기만 원하지. 나머지는 모두 미리엄 차지고." 그는 엄마가 그렇게 말하는 걸 견디지 못한다. "본능적으

로 그는 자기가 어머니에겐 생명과 같다는 걸 알았다. 그리고 결국
에는 그녀가 그에게는 우선하는 존재이자 하나뿐인 최고의 존재였
다." 그래서 그는 어머니에게 자기가 정말로 미리엄을 사랑하는 건
아니라고 말한다.

"난 그애와 얘길 해요." 폴이 설명한다. "하지만 엄마가 있는 집
으로 돌아가고 싶어요."

그 뒤 모렐 부인과 나누는 대화는 점점 더 가관이다.

"난 못 참겠다…… 걔는 내게 숨 쉴 틈을 안 줘. 조금도 안 준
다고."

그러자 폴은 그 즉시 미리엄을 격렬하게 증오했다.

"난 결코, 너도 알지, 폴, 난 남편다운 남편이 없었어. 정말로."

그는 어머니의 머리를 어루만졌다. 그의 입술은 그녀의 목에
닿아 있었다……

"전 걔를 사랑하지 않아요, 엄마." 그가 웅얼거렸다. …… 그
의 어머니는 그에게 길고 뜨거운 키스를 했다.

"내 새끼!" 그녀는 열정적인 사랑으로 인해 떨리는 목소리로
말했다.

…… 그는 그녀의 얼굴을 부드럽게 만졌다.*

말도 안 된다고? 엄마와 아들간의 관계가 이렇게 대놓고 성적인
건 불가능하다고? 음, 『아들과 연인』은 무척이나 자전적인 소설로

* 데이비드 허버트 로렌스, 『아들과 연인』 1권, 정상준 옮김, 민음사, p.470

추정된다.

로렌스의 얼터 에고인 폴에게로 돌아가자. 폴은 미리엄을 진심으로 사랑하기 때문에―어머니를 사랑하는 것만큼은 아니더라도―어머니에겐 끝내고 싶다고 말했지만 그녀와 아예 관계를 끊을수는 없다. 그와 미리엄은 몇 년을 만났다 헤어졌다 한다(사람들이 그들의 관계에 대해 물었을 때 그가 이렇게 대답하는 게 그려진다. "복잡해요."). 그러는 와중에 그는 연상의 여인인 클라라 도스와 깊은 관계를 맺게 되는데, 그녀는 미리엄의 친구로 공장에서 폴과 같이 일을 한다(그는 어른이 되자 그곳에 취직했고 그 와중에 화가로서 명성을 얻고자 노력하고 있다). 현명하고 관습에 얽매이지 않는, 남편과 별거한 초창기 페미니스트인 클라라는 표면상으로는 모렐부인과 흡사하고 미리엄과는 정반대의 인물이다. 어릴 때부터 알고지냈던 미리엄과 폴의 인연은 대개 지적이고 정신적인 것이었지만, 그가 클라라에게 끌리는 것은 주로―때로는 거의 압도적으로―육체적인 면이다.

모렐 부인은 클라라를 미리엄보다는 더 쉽게 받아들인다. 아마도 이혼하지 않은 여자와 폴과의 관계가 갈 수 있는 지점에 한계가 있기 때문일 것이다. 혹은 폴이 클라라에게 주로 성적으로 관심이 있다는 걸 모렐 부인이 알고 있어서일 수도 있다. 그녀는 아들에게 지나치게 빠져 있지만 거기에 한계를 그을 줄도 안다. 아무튼 폴은 곧 클라라를 버거워하게 된다. 자신의 불만을 어머니에게 털어놓으면서 그는 이렇게 말한다. "전…… 클라라를 사랑해요. 미리엄도 사랑했고요. 하지만 결혼을 해서 저 자신을 그들에게 주는 건 할 수 없었어요. 그들에게 예속될 수 없었어요. 그들은 절 원하는 것 같은 데 전 그 사람들에게 저를 줄 수 없어요…… 전 엄마가 살아 있는 동안에는 제대로 된 여자를 만날 수 없을 거에요." (와우. 적어도 자기 감정에는 충실하다고 해야 하나.)

모렐 부인은 그가 둥지를 떠날 수 있도록 딱히 용기를 북돋거나 하지는 않는다. 그녀의 반응은, 그가 아직 만나지 못했다 뿐이지 조만간 다른 사람을 만나게 될 거라고 힘없이 주장하는 게 전부이다.

병이 몇 년 동안 진행되면서 모렐 부인은 중환자가 된다. 마지막 몇 달을 침대 곁에서 보내며, 폴은 그녀의 죽음이 자신의 낭만적 격동을 해결하는 데 도움을 줄 열쇠가 될지 궁금해한다. 그는 그녀가 죽는다면 자신이 마침내 다른 곳으로 갈 수 있을 거라고 생각한다. 그래서 폴과 그의 누이가 어머니가 그렇게 고통 받는 걸 지켜보기 어렵다는 이유로 우유에 약을 넣어 그 노인을 몰래 안락사시킬 때, 독자들은 폴의 진짜 동기가 궁금해질 수밖에 없다(이런 가족 상황이라면 보통 살해당할 쪽은 아버지 아닌가?). 하지만 그녀가 육체적으로 사라진 뒤에도 폴은 그의 정신을 붙들고 있는 어머니를 털어버릴 수가 없다. 그는 비참함에서 빠져나오는 데 도움이 되길 바라며 잠시 미리엄에게 돌아간다. 오로지 그를 되찾고자 하는 의욕에 넘친 나머지, 그녀는 그가 자신과 결혼해야 한다고 주장한다. 그러면 그녀는 "그가 자신을 소모하는 걸 막을" 수 있다.

자신이 겪는 고통에도 불구하고 그는 그녀의 제안을 받아들일 수 없다. 혹은 그녀에게서 어떤 진실한 위안도 얻을 수 없다. 그들은 하룻밤을 함께 보내지만, 다음날 그는 다음과 같은 사실을 깨달으며 미리엄에게 작별을 고한다. "그의 영혼은 어머니를 떠날 수 없었다. 그녀가 어디 있건 간에…… 그는 여전히 그녀와 함께였다."

소설은 폴이 "어머니! 어머니!"라고 흐느끼다가 "그녀는 그를 지탱해 준 유일한 존재였다……"라고 생각하는 걸로 끝닌다.

그가 매치닷컴*에 빠른 시일 안에 가입하지는 않으리라는 느낌이 오시는지?

만약 당신이 알고 보니 가족의 여성 우두머리와 의심스러우리만치 가까운 듯 보이는 인간을 만나고 있다면, 그 남자에게 『아들과 연인』을 한 권 선물하면서 그가 재밌게 읽을 수 있을 거라고 넌지시 얘기해보는 것도 괜찮은 방법이다. 그 남자가 자신이 폴을 얼마나 이해했는지, 그리고 그와 자기가 얼마나 으스스할 정도로 닮았는지 계속 떠들어댄다면, 그에게 다음으로 추천해줘야 할 책은 프로이트의 『토템과 터부』**다. 그 책과 함께 꺼져 달라는 말이 필요할지도 모른다.

하지만 당신과 사귀는 남자가 당신 방식 대신 늘 어머니의 방식대로 일을 처리하길 바라는데 이미 그와 깊은 관계일 경우, 어머니라는 목욕물을 버리려다 애까지 같이 버리지는 말아야 한다. 확실히 당신 방식이 그 남자 어머니의 방식만큼은 좋을 것이다. 어쩌면 더 나을 수도 있고. 그러나 어느 관계에서건 타협은 필요한 법이다. 그러니 한 발 물러서서 자문해 보자. "내가 지금 여기서 우리가 토론하는 문제에 대해 정말로 신경을 쓰는 걸까? 아니면 이건 그의 어머니와 나 사이의 권력투쟁인 걸까?" 후자라면 그냥 내버려 두

* Match.com 온라인 만남 사이트.

** Totem and Taboo 프로이트의 저서. 이 책에서 그는 종교가 오이디푸스적 범죄를 통해, 즉 아버지를 살해하고 아버지의 고기를 먹음으로써 생겨난 죄의식으로부터 만들어진 것이라고 주장한다.

라. 그의 어머니가 어른이 될 수 없다면 당신이 어른이 돼라.

반면 엄마곰에게 가끔 정면으로 맞서는 것 또한 당신 입장에 유리하게 작용할 수 있다. 당신의 남자는 자기가 늘 굴복하던 여성에게 도전한다는 이유로 존경을 표할지 모른다. 당신의 방법이 어째서 실제로 더 나은지 설명할 만한 강력한 논거가 있을 때는 주장을 펼쳐라. 평정을 유지하라. 목소리는 높이지 마라. 미소를 지으라. 그녀가 당신 두 사람에게 사 주고 싶어하는, 그녀가 거주하는 플로리다의 은퇴자 공동체에서 폭발적인 인기를 얻고 있는 크림색 가죽 응접세트에 아낌없는 감사를 표하라. 하지만 그게 아파트와 어울리지 않는다는 사실을 분명히 밝히라. 그 토론이 실내장식에 관한 것이지 당신과 그녀 중 누가 나은 여자인지에 관한 건 아니라는 점을 기억하라. 그녀가 이따금 생기는 이런 반항에 제대로 대처하지 못한다면—또한 그녀의 아들이 어머니의 말도 안 되는 소리로부터 당신을 보호하지 않는다면—그 관계가 과연 싸워서 얻을 가치가 있는지 의문을 가져 볼 만하다(당신의 남자와 휴일을 보내고, 휴가를 떠나고, 새 세탁소와 거래를 할 때마다 이 자만심 강한 여인과 논쟁을 벌이고 싶은가?). 하지만 당신과 그녀가 이성적인 토론을 할 수 있다면, 그걸 그녀가 당신을 동등한 사람으로 보고 생각을 바꿀 수 있다는 좋은 신호로 간주하라. 비록 자식이 자기에게 딸린 존재가 아니라는 점을 깨닫는 데는 무척이나 압박을 받겠지만 말이다.

독자 여러분이 눈치챘다시피, 예전 나는 엄마 문제로 장애를 겪는 남자와 '데이트'를 한 적이 있다. 이름은 마셜이었고, 부유한 이혼 가정의 외아들이었다. 우리는 그가 자기 고등학교 동창이자 뉴잉글랜드 캠퍼스에서 나와 같이 대학교를 다닌 친구를 만나러 왔다가 알게 됐다. 우리 둘은 엄청나게 죽이 잘 맞았다. 아마 그래서였겠지만 나는 몽롱한 아지랑이 속을 거니는 기분이었다. 그는 내 기숙사 방에서 하룻밤을 잤다(진한 애무 이상은 나가지 않았지만. 『벨 자』에 대해 쓴 장을 읽은 분들이라면 무슨 말인지 알 거다). 그는 아침에 공항에 가려고 차에서 내리기 전에 내게 키스했다. 그건 마치 뭔가 거대한 일의 시작 같았다.

두어 달 뒤 여름이, 영원히 함께하겠다는 우리의 계획이 시작되는 시간이 왔다. 나는 웨스트 코스트에서 인턴 일을 시작했다. 그가 여름에 머무를 곳에서 멀지 않았다. 내 계획은 내가 전대*해놓은 집으로 옮길 수 있을 때까지 그의 집에서 체류기간의 첫 주를 지내는 것이었다. 그리고 이어지는 몇 달 동안 영화 〈졸업〉의 마지막 장면보다 더 아름다운 캘리포니아 스타일 로맨스를 즐기며 보내는 거였고.

다만……

다만 그가 나를 극도로 짜증나게 하기 시작하는 바람에 그곳에 하루도 못 있게 되었다는 사실만 빼면. 크라바트**에 벨벳 연미복을 걸치고 옆에 대기하고 있는 집사에게 지시를 내리면 딱 어울리겠다 싶을 타입처럼, 그는 소름끼칠 정도의 비음으로 제 엄마에 대해 쉴새없이 떠들어댔다. 예를 들면 "엄마한테 네가 오늘 온다고 말했어" 같은 대사가 있다. 그러고 나서 첫날 밤 저녁을 준비하면서 제

---

* sublet 집주인 혹은 세입자가 휴가 등의 이유로 장기간 집을 비울 경우 빈 집을 다시 세 주는 것.
** cravat 넥타이처럼 매는 남성용 스카프.

엄마에게 전화를 걸어 페스토 소스에 대해 물어본다는 핑계를 대고는 거진 15분을 재잘댔다. 내가 잘못 기억하고 있을 수는 있겠지만, 모자가 마침내 서로에게 안녕을 고하고 난 뒤, 그가 나를 위아래로 훑어보면서 제 엄마에게 이렇게 말했다는 사실은 맹세라도 할 수 있다. "내 생각엔 엄마도 앨 좋아할 거야. 수지만큼은 아닐지도 모르지만."

나는 소파에서 잤고, 다음날 바로 전대한 집으로 옮길 수 있도록 일정을 조정했다. 그게 그 마마보이와의 끝이었다.

사랑의 헛수고

일이 제대로 되게 하는 법

&

『등대로』

『달려라 토끼』

『보바리 부인』

『안나 카레니나』

『황폐한 집』

『하워즈 엔드』

26
개집으로
To The Doghouse

무정한 남자를 다루는 법
_버지니아 울프, 『등대로』

잭의 이야기

∽

나는 감성지능이라는 개념을 사랑한다. 그 개념은 우리 자신과 타인의 감정을 느끼고 이해하는 능력이 그냥 괜찮은 사회적 특성 정도가 아니라 실제 인지력이자 인간 존재의 '지능' 전반에 불가결한 구성요소라는 점을 심리학자들과 철학자들이 마침내 깨달았음을 뜻한다.

비정상적일 정도로 발달한 지적 능력을 갖고 있지만 사람과 사람 사이의 관계에 대해, 사람들이 어떻게 움직이는지, 다른 사람을 어떻게 하면 잘 대할 수 있는지에 대해 아무런 생각이 없는 사람이 얼마나 많은가. 데이트가 벌어지는 참호 속에 들어가 있는 내 이성 친구의 보고를 근거로 하자면, 가끔 이 우뇌만 있고 좌뇌는 없는 그

롭은 '남자'라고 불려야 하는 듯 보인다.

　버지니아 울프의 소설 『등대로』에서 우리가 찾는 최고의 사례 연구를 취해보자. 이 소설에서는 극도로 높은 감성지능을 지닌 여성이 철학자인 남편을 이해하고 대처하고자 분투하는데, 남편은 논리적이고 추상적인 총명한 사상가이지만 적나라한 과학에 입각해 까칠한 말을 툭툭 내뱉는다. 울프는 인간 심리에 대한 예민하고 심오한 연구자로는 문학계에서 (그리고 어쩌면 세상에서) 가장 알아주는 사람이고, 그녀의 주인공 램지 부인이 램지 씨가 겉보기에는 퍽이나 지성인이지만 그와 동시에 덜떨어진 인간일 수 있다는 사실과 어떻게 교섭하는지 지켜보는 건 아주 환상적이다. 왠지 나는 모든 여성들이 (그리고 아마도 남자들 중 다수가) 이 소설을 읽는 동안 자신도 비슷한 처지임을 깨닫지 않을까 싶다. 흑백으로 이루어진 아무 생기 없는 곳에서 테크니컬러 영화처럼 총천연색인 우리의 복잡한 감정을 바라보고 있는 누군가와 대체 어떻게 소통할지를 고민하듯이.

　소설의 제목은 램지 가족이 헤브리디스에 있는 여름용 별장에서 근처의 등대로 소풍을 갈 수 있을지에 대한 질문에서 따 온 것이다. 나중에 가서 그 등대는, 소설의 등장인물들이 만약 소유하고 있다면 아주 조금밖에 갖고 있지 않을, 일종의 자족自足에 대한 상징이 된다. 램지 가에는 여덟 명의 자녀가 있는데, 여섯 살 난 아들 제임스가 특히 그곳에 가는 데 열심이다. 소설은 램지 부인이 "그럼, 물론이지, 내일 날씨만 좋으면 말이야"라고 말하는 걸로 시작한다. 그 말은 그녀의 아들에게는 "마치 등대 행이 확정이나 된 듯이, 무슨 일이 있어도 이번에는 기필코 이루어지게 돼 있기나 한 듯이 커다란 기쁨을 안겨주었다. 그렇게나 여러 해를 두고 고대해 왔던 이 일이…… 성사될 것 같았다."

그러나 페이지를 넘기자 남편이 딱 잘라 말한다. "하지만 내일 날씨는 좋지 않을걸." 그러자, 우리가 곧 안나 카레니나가 자기 남편에 대해 얘기하는 것과 거의 흡사한 구절을 통해 램지 부인은 이렇게 생각한다. "그가 말한 것은 옳았다. 항상 옳았다. 그는 거짓을 모르는 사람이었다. 사실을 왜곡하는 적도 없었다. 그 어떤 인간의 기쁨이나 편의를 위해서도 완곡한 표현을 쓰는 법이 없었다. 특히나 그의 자녀로 태어난 이상 어렸을 때부터 인생이란 어렵다는 사실을 알아야만 하는 아이들에게는 더 가차 없었다."

다시 말해 그에겐 항상 완벽하게 정확성을 추구하는 것보다 사람이 우선해야 한다는 사실을 깨닫는 정서지능과 공감능력이 현저히 결여돼 있다. 또 다른 말로 하자면, 그는 사람들이 말을 꺼낼 때마다 맥락 같은 건 무시하고 그걸 죄다 교정하는 잘난척쟁이 타입이기도 하다. 누구나 한 번쯤은 만난 적 있는.

반면 램지 부인은 그와 정반대의 사람이고, 아들을 위해 이 난관을 벗어나고자 이렇게 말한다. "하지만 날씨는 좋아질지도 몰라요. 좋을 것 같은데요."

그녀는 이미 아버지를 죽이고 싶은 심정인 아이를 달래려 노력하고 있다. 좋은 어머니로서, 그녀는 아들뿐 아니라 모든 사람에게 사려 깊은 이가 될 수밖에 없다. 많은 여성들이 그렇듯이 램지 부인도 "다른 성性 전체를 자기 보호 아래 뒀다." 그녀 생각에 남자들은 "조약을 체결하고, 인도를 지배하고, 재정을 관장했다." 하지만 그녀는 그들을 돌보았다.

하지만 바로 그 문제의 성에 속하는 사람으로 한마디 하자면, 지금은 우리가 스스로를 돌보는 법을 배워야 하는, 더 나아가 램지 부인 같은 사람들도 조금 돌볼 줄 알아야 하는 때가 아니겠습니까?

슬프게도 『등대로』에 등장하는 남자들은 공감능력이 전혀 없다. 소설에 등장하는 또 다른 남자이자 역시 학자인 찰스 탠슬리 역시 그녀의 말에 반박해야 할 필요를 느낀다. "내일 등대에 오를 일은 절대 없을 걸요." 아저씨! 이제 됐어!

이 장면에는 여러 요소가 멋지게 겹쳐 있다. 울프는 남자들이 어린 소년의 느낌과 욕구에 얼마나 무감한지를 그려내 보일 뿐 아니라, 고작 다음날 날씨 얘기를 하는 것인데도 자기들이 추정하는 지식을 그렇게나 확신에 넘쳐 주장하는 모습을 통해 그들을 꼬치에 꿰듯 한꺼번에 엮는다. 나 자신 또한 내가 과장된 확신을 품고 뭔가를 강하게 말하면, 많은 사람들이 자신이 틀렸고 내가 옳다고 추정하게 된다는 걸 살면서 여러 번 봐 왔다. 또한 여자들이 내 말을 들으면서 내가 틀렸다는 걸 완벽하게 알고 있으면서도 여전히 아무 말도 하지 않는다는 사실 또한 여러 번 깨달은 바 있다. 이 이야기의 교훈은 다음과 같다. 여성들이여, 우리가 떠드는 헛소리를 멈추게 하고 싶으면 우리가 그럴 때 더 혼내기 시작하라!

램지 부인은 아직 그럴 준비가 되지 않았다. 그래서 대신 그녀는 자신이 짜고 있는 양말을 내일 등대지기의 아들에게 갖다 주고 싶다는 얘기를 되풀이한다. 남편은 그에 대해 "내일 그들이 등대에 갈 확률은 눈곱만큼도 없다"고 "화가 나서 톡 쏘아붙인다." 램지 부인은 "바람의 방향이 자주 바뀐다"는 점을 지적하며 "어떻게 아느냐"고 반문한다.

이건 멋진 상황설정이다. 생각해보면 두 사람 다 사실 옳기 때문이다. 그들이 등대에 갈 가능성은 별로 없지만 그럼에도 여전히 가능성은 있다. 그리고 이런 식으로 보자면, 진실이란 상당수의 경우 몇몇 과학자들이 생각하듯이 '이것이냐 저것이냐'가 아니라 '이것도 저것도 다'일 텐데, 이는 관점, 강조점, 필요, 그 외의 수많은, 정말로 인간적인 요인들에 달린 것이다. 우리가 관계 속에서 벌였던 논쟁들을 돌아볼 때, 우리가 우리 입장에서 옳았던 것만큼이나 그들 또한 자기들 입장에서 옳았다는 사실을 깨달은 적이 얼마나 많던가.

젊은 시절 나 또한 램지 씨와 마찬가지로 모든 상황에는 옳고 그름이 딱 나뉘어 있고, 내가—운이 좋아서가 아니라 당연히 그럴 자격이 있어서—그에 대한 대답을 유일하게 갖고 있다는 철학과 사고에 사로잡혀 있었다. 그와 대조적으로 슬픈 부분은 여덟 자녀의 어머니이자 한 남자의 아내인 램지 부인이 내가 될 수 있는 어떤 사람보다 현명한 여인일 텐데도, 그녀의 행동이 그와 거의 정반대라는 사실이다. 그녀는 자신의 의견을 자주 의심할 뿐만 아니라 심지어 자신의 가치도 의심한다. 그녀는 "자신이 인간의 감정들을 빨아들이는 스펀지에 불과하다고 자주 느끼곤 했다. …… 그녀는 자기가 그의 구두끈을 매줄 정도도 못 되는 인간이라고 생각했다."

하지만 이거야말로 여성들이 해서는 절대 안 되는 생각이다! 예전에도 꺼낸 얘기이지만, 당신이 태도상으로나 목소리를 낮추는 걸 통해서 점점 더 복종할수록 우리 남자들은 우리 행동이 받아들일 만한 것일 뿐 아니라 옳기도 한 것이라고 계속 생각하게 된다. 계속 그런 식으로 밀어붙이면, 결국 당신이 스스로를 의심하고 우리에게 굴복할 것이라 어렴하는 것이야말로 우리의 술수다. 슬프게도, 이건 잘 먹힌다.

나는 왜 이런 일이 벌어지는지 안다. 남자들은 자기들이 항상 옳다고 생각하게 하는 조건에 처하는 경향이 있고, 여성들은 다른 방향의 조건에 처하는 경향이 있다. 나는 여성의 자기주장이 강할 때 남자들이 겁먹고 달아난다는 사실을 안다. 하지만 말하건대, 그건 참 속 시원한 일이다! 만약 남자가 다리 사이로 꼬리를 말고 허겁지겁 도망간다면, 그건 당신이 그가 틀렸거나 제 생각에 갇혀 있다는 사실을 기꺼이 지적했기 때문이다. 그러니 달아나는 남자의 등 뒤에서 문을 쾅 닫아야 한다(이랬다간 데이트 가능 인력의 수를 줄일 수도 있다는 생각은 든다. 하지만 절대 타협해선 안 되는 것들이 있게 마련이다).

나는 궁극적으로는 울프가 맞다고 생각한다. 그녀는 "척박하고 헐벗은, 놋쇠로 된 부리 같은…… 남성이라는 치명적인 불모성"에 대해 이야기한다. 이 말을 통해 그녀가 뜻하는 건, 감성지능이 없을 때 남자들이 갖는 생각일 것이다. 램지 부인은 남편에 대해 생각하면서 그가 그저 "사정없이 내리치는 놋쇠 부리, 남성이라는 무미건조한 언월도"를 갖는 대신, "감각을 되찾아 그가 가진 척박함이 비옥해지길" 바란다. 울프는 램지 부인의 좌절에 한 번 더 밑줄을 긋고자 오리너구리처럼 복합적인 이 은유를 한 번 더 반복한다("이기적인 인간이었던 아버지의 무미건조한 언월도, 그 놋쇠 부리가 그녀를 거꾸러뜨리며 공격했다." 우, 프로이트 박사를 호출할 대목. 박사님, 계세요?). 왜 그녀의 남편은 이해하지 못할까?

램지 부인은 허레이쇼(혹은 램지 씨)의 철학이 꿈꾸는 것 이상의 것들이 세상 천지에 있음을 안다. 그에겐 램지 부인이 갖고 있는 감성지능이 한 조각도 없기 때문에 그걸 보지 않을 뿐이다.

하지만 결국에 가서 그녀를 옥죄는 것은 다음과 같은 느낌이다. "그녀는 단 한 순간도 자신이 남편보다 낫다고 느끼고 싶지 않았다." 유감이다. 슬리퍼가 발에 맞으면, 그리고 자주 그렇게 된다면, 나는 자신이 믿는 바를 위해 스스로 일어나 남자에게 신뢰를 주는 것이 여성의 의무라고 생각한다. 만약 그게 여자가 남자에 대한 존경심을 버리는 거라고 생각하는 남자는 애초에 그런 존경을 받을 자격이 없었던 것이다.

~ 모라의 한마디 ~

잭의 말에 이렇게 동의한 적도 없는 것 같다. 만약 당신 생각에 남자가 흰소리를 해댄다면, 그에게 알려줘라. 만약 당신들 일상생활에 영향을 미치지 않는 문제에 대해 서로 다른 정치적 의견을 갖고 있다면(이를테면 잘 모르지만 총기 규제 같은 것), 당신은 그 문제를 토론하지 않는 데 동의했을지도 모른다. 의견이 일치하지 못하리라는 걸 아니까. 그건 괜찮다. 하지만 그의 목소리가 크고 더 단호하다는 이유로 자동적으로 당신 땅을 양도하면 절대 안 된다. 당신은 자기 생각을 가질 권리가 있다(당신이 자기 입장을 방어하기가 어렵다면, 일단 그 사실을 받아들여라. 그리고 차후에 조사를 해라. 많은 허풍쟁이들은 현재 이슈에 대해 신문에서 읽거나 구글 검색으로 조금씩 긁어모은 것 이상은 잘 알지 못한다). 남자가 당신을 깔아뭉개게 놔두지 마라. 한번 그러고 나면 당신이 완전히 무너질 때까지 계속해서 그럴 것이기 때문이다.

반대로 말하면, 당신은 주어진 문제에 대한 당신의 시각을 방어함으로써 당신만의 힘을 얻게 될 것이다. 비록 자신 없고 편협한 나머지 본심을 말하는 여자를 상대하지 못하는 남자들이 가끔 있긴 하지만—그런 패배자들과는 헤어지는 게 더 낫다는 잭의 말은 옳다—, 많은 남자들은 당신이 남자 쪽 입장에 도전하거나 남자들의 어떤 부분이 우스꽝스럽다고 지적할 때 무척이나 감사하고 심지어는 기뻐한다. 사실 온라인 데이트사이트의 프로필을 쭉 읽어보면, 놀랍게도 많은 수의 남자들이 실제로 자기 프로필에 이따금 그의 잘못을 지적할 수 있는 여성을 원한다고 적어놓고 있다.

그러는 게 어째서 매력적일까? 내 생각엔 남자들이 경쟁을 좋아한다는 점과 관련된 것 같다. 남자들은 자신을 좀 밀어내는 여자들을 '도전'으로 본다(비싸게 구는 것과는 다른 방식으로 약간의 피드백을 주거나 말대꾸를 하는 건 도전적인 사람이 되는 괜찮은 방법이다. 이를 통해 당신은 남자를 갖고 노는 게임을 하는 게 아니라, 쌍방간에 더 솔직하게 타협하는 법을 배우는 것이다). 어쩌면 다음과 같은 설명이 더 단순명료할 수도 있겠다. 진실을 말하기를 두려워하지 않는 상대를 찾는다는 건 안심되는 일이다. 그녀와 함께라면 어디에 서 있는지 늘 알 수 있을 테니까.

27

달려라 토끼, 소리를 지르면서

Rabbit, Run Screaming

결혼생활의 권태라는 문제
_존 업다이크, 『달려라, 토끼』

잭의 이야기

∞

래빗 앵스트롬은 존 업다이크가 창조해낸 훌륭한 캐릭터다. 그는 서로 연결된 네 편의 장편소설과 한 편의 중편소설(『달려라, 토끼』 『토끼 돌아오다』 『토끼는 부자다』 『토끼 잠들다』, 그리고 「기억 속의 토끼」)의 주인공으로, 미국 교외의 일상을 묘사하는 작가 업다이크의 가장 중요한 매개자다. 그 중 첫 번째 소설인 『달려라, 토끼』는 1960년대 초반 버전의 '위기의 주부남편Desperate Househusband'이라 불러도 좋을 작품이다. 래빗은 간신히 취직한 직장인이다. 임신한 아내는 래빗의 부모 집에 맡겨둔 두 살짜리 아들을 데려오라며 그를 내보낸다. 그는 차를 타고 열쇠를 돌린다. 그때 깨달음의 순간이 온다. 그는 돌아오지 않을 생각으로 마을을 떠난다.

그것은 불화, 권태, 책임, 그리고 현실로부터의 도피다. 래빗(그의 진짜 이름은 해리다)은 한때 꿈같은 삶을 살았다. 예전의 그는 고등학교 농구 스타이자 마을의 총아였지만 이제는 표준적인 평범한 존재로 축소되었다. 하지만 그는 여전히, 거의 어느 면으로 보나 뛸 수 있는 몸이고, 스트레스를 받거나 짓눌릴 때는 문자 그대로든 비유적으로든, 날아오른다. 그러나 슬프게도, 이런 도약의 지점에서 그는 대개 그가 처한 삶의 환경에 패한다.

그의 문제들 중 으뜸가는 것은 가정사로, 래빗은 자신이 아내 때문에 한계점을 넘어버렸다는 사실을 갑작스럽게 깨닫고 위기에 빠진다. 외판원인 그는 소설의 시작 부분에서 전기 채소 껍질제거기의 방문판매를 마치고 집으로 돌아가다가, 한 무리의 십대들과 길거리 농구를 하기 위해 (정장을 입었음에도) 걸음을 멈춘다. 그는 아이들에게 본때를 보여주고, 그 덕분에 흥분하여 "공기에서 새로운 가능성"을 느끼지만, 그 기분은 현관문을 열었을 때 아내인 재니스가 평소처럼 취해 "올드패션드 칵테일을 든 채 안락의자에 앉아 텔레비전을 보고 있는" 모습을 보자 무너져 내린다. 페이지가 넘어가기 전, 그는 배우자에 대해 떠올릴 수 있는 가장 혹독한 생각을 순간적으로 머릿속에 떠올린다. "래빗이 보기에 그녀는 바로 어제부터 예쁘기를 그만둬버린 것 같다." 어이쿠!

하지만 사실 그들의 문제는 표면에 드러나는 것보다 훨씬 깊다. 그가 재니스 쪽으로 다가가니, 그녀는 마우스키티어*들을 보고 있다. 정작 그들의 아들은 집 안에 있지도 않은데. 뉴스가 시작되자

---

* Mouseketeers TV쇼 프로그램인 『미키마우스 클럽』에 나오는 십대 아이들을 일컫는 말.

그녀는 TV를 끈다. 래빗은 마침내 뭔가 결론을 내리는데, 그는 그 결론을 여러 번 되풀이하게 된다. "그녀는 멍청하다."

그다음으로는 알코올 문제가 있다. 재니스의 상태는 키티 듀카키스* 수준에 도달한 정도다. 그리고 현재는 섹스 문제가 걸려 있다. 그들의 섹스는 "언제나 노력중"이기만 하다. 그는 어찌 할 바를 모르는 상태인 데다, 불행히도 상황이 더 좋아지리라는 생각이 들지 않는다. "그녀가 오직 한쪽 방향으로, 주름살은 깊어지고 머리숱은 더 빈약해지는 쪽으로 갈 것만 같다." 상황은 나쁘고, 악화일로로 치달을 일만 남았다.

그가 얼마나 화가 났는지 눈치챈 재니스가 예언하듯 말한다. "나한테서 도망가지 마, 해리. 당신을 사랑해." 하지만 그녀가 해리에게 담배 심부름을 시키면서 아들을 데려오라고 할 때, 업다이크는 해리의 상태를 이렇게 요약한다. "그는 덫에 걸려 있다. 확실히 그런 것 같다. 그는 밖으로 나간다."

최후의 결정타는 그가 부모님 집 창문을 통해 그의 아들을 지켜볼 때 찾아온다. 래빗은 자신의 어머니가 조그만 아이에게 밥을 먹이기 위해 노력하는 모습을 보면서 깨닫는다. "이 집이 그의 집보다 행복하다." 그 순간부터 그는 떠나고 싶다. 그는 차에 올라타 고속도로로 나간다. 아들과 임신한 무직의 아내를 남겨두고.

배우자와 가족을 저버리는 게 어느 면으로 보나 비양심적인 행동이라는 데는 우리 모두 전적으로 동의하기가 어렵지는 않다. 하지만 이런 환상을, 그러니까 가족에게서, 연인관계에서, 혹은 심지

---

* Kitty Dukakis 1988년 조지 H. W. 부시와 경합했던 미 대선후보 마이클 듀카키스의 아내. 알코올 중독으로 고생했으며, 소독용 알코올을 마시고 병원에 입원하기도 했다.

어 제발 지옥의 명부 꼭대기에 올려 주십사 빌고 싶은 상사에게서 달아나는 환상을 품어본 적 없는 사람이 누가 있을까.『달려라, 토끼』의 멋진 점은 래빗이 마침내 뚝 하고 부러지기까지 하나둘 쌓여가는 것들을 우리가 또렷이 지켜볼 수 있게 해 주는 방식, 즉 결혼생활의 권태라는 항시적 위협이 어떤 식으로 맨얼굴을 드러내는지 보여주는 방식에 있다. 우리는 거기서 교훈을 얻고자 노력할 수 있고, 그런 일이 우리에게 벌어질 위험을 줄이고자 노력할 수 있다.

시간이라는 칠판위에 장기적인 관계가 그려질 때, 우리는 이중의 면에 주목하게 된다. 얼굴에는 주름살이 낙서처럼 그려지고, 한편으로는 서로에게 열중하던 예전의 활력과 불꽃이 지워진다. 우리는 늙어간다. 하지만 그러면서 새로운 일을 벌이기도 하고, 유쾌하게도 굴어 보고, 로맨스의 새 시대를 열어 보려는 노력도 한다. 그러고 나선 어느 날 아침에 일어나, 마치 래빗처럼 자신의 파트너에게서 매력을 찾을 수 없다는 사실, 섹스가 쉽게 이뤄지지 않는다는 사실, 둘 중 하나나 아니면 양쪽 다 알코올 때문에 둔해지고 있다는 사실, 또는 묶여 있고 덫에 걸려 있고 희망이라곤 없다고 느낀다는 사실을 괴롭게 의식한다. 결혼생활에 안주한다는 건, 다시 말해 당신이 결혼생활에 감사해야 하고 돌려줘야 하고 거기에서 힘을 얻을 수 있는 모든 것들을 점차 당연하게 받아들이는 건, 분명 치명적인 행동이다. 습관은 우리를 둔하게 한다. 우리는 스스로를 일깨우려 거듭 노력해야 한다. 그 노력을 계속 유지하도록, 헌신적인 상태로 머무르도록, 노고를 아끼지 않도록 노력해야 한다.

내 경우도 관계 초반에 설정한 속도를 유지하는 데 어려움이 따른다. 관계가 시작되자마자 나는 전속력으로 달린다. 줄 수 있는 만큼 사랑을 주고, 예쁨 받고 사랑 받고 싶다는 희망을 품은 채 남자 친구로서 할 수 있는 만큼 착하게 군다. 한두 해가 지나면 그 상태를 끈기 있게 유지하는 게 어려워진다. 의지도 좀 약해진다. 하지만 불행히도 이미 설정해 놓은 패턴과 기대가 있다. 그걸 유지하지 못하면 상대방에게 고통을 주게 된다. 최근의 연애에서, 2년 된 내 여자친구는 자신이 내 아파트에서 직접 컵에 물을 따라 본 적조차 없다는 사실을 깨달았다. 하물며 설거지도, 쓰레기 치우기도, 차 한 잔 끓이는 것도 해본 적이 없었다. 내 안의 어떤 면이 그녀를 공주처럼 대하여 그녀가 아무것도 하지 않는 게 습관이 될 정도까지 가도록 노력했던 것이다. 그건 내 잘못이었다. 유혹할 때라면 아마 더 할 나위 없었겠지만, 관계를 오랫동안 튼튼하게 유지하고 싶다면 끔찍한 짓이었다.

내 친구 중에 정반대의 접근법을 취하는 친구가 있다. 그는 연애 초기에는 아무것도 하려고 하지 않는다. 마치 앞으로 40년 동안 쭉 그럴 생각이 없다는 듯이! 꽃 같은 건 없어, 자기야. 남은 인생 동안 매주 그런 걸 하며 묶이고 싶지 않다고. 비싼 저녁식사? 설거지? 밸런타인데이 깜짝 여행? 내 사전엔 그런 거 없어! 이게 대략 그가 온몸으로 말하는 것들이다. 하지만 말할 것도 없이, 나는 여전히 싱글인데 반해 그는 결혼해서 행복하게 잘 살고 있다(맞다. 진짜 속이 쓰리다).

그러니 그 친구의 거북이 접근법이 결국에는 내 토끼 접근법보다 잘 먹힌다는 사실을 인정할 수밖에. 하지만 연애 초반에 사랑의 열병에 휩쓸리고 싶지 않은 사람이 누가 있겠나. 처음 누군가를 사랑할 때의 우리 모습은 우리가 될 수 있는 모습 중 최고의 버전이 실체화된 것이라는 생각을 가끔 하는데, 그것을 영원히 유지하고 싶다는 희망을 품지 않을 사람이 누가 있겠나.

하지만 관계가 오래 지속될 가능성을 높이기 위해서는, 또한 관계를 오랜 기간 동안 활력 넘치고 만족스럽게 유지하기 위해서는 다음과 같은 사실을 깨달아야 한다. 즉 새로운 사랑을 부표처럼 띄우는 많은 것들은 시간이 지나면 사라질 것이고, 그것들을 보상할 다른 것들로 대체하는 것이 우리가 할 일이라는 점 말이다. 동료애, 신뢰, 차츰 발전하는 섹스, 진실한 지지, 깊은 이해, 배려. 이런 것들을 몇 년에 걸쳐 길러내야 한다. 그것을 얻기 위해 노력한다면, 이를 통해 그녀가 한때 그랬던 것만큼 그리 듬직하면서도 사근사근하지 않다는 사실, 혹은 그 남자에 대한 당신의 인내심이 관계를 시작했을 때만큼 그리 강하지는 않다는 사실, 그리고 두 사람의 섹스가 전보다는 줄었다는 사실(하지만 희망컨대 이것이 더 큰 이해와 친밀함에 의한 결과이기를)들 사이에 균형을 잡을 수 있다. 섹스를 사랑을 나누는 것으로 온전히 변화시켜라. 익숙함에서 경멸이 아니라 접촉을 키워내라.

래빗에게 그건 요원한 일이다. 웨스트버지니아까지 차를 몰고 가던 그는 주유소에서 기름을 채우는 동안 나이 든 농부 타입의 남자가 던진 말 때문에 불안해진다. 남자는 래빗에게 이렇게 말한다. "어딘가에 갈 수 있는 유일한 방법은, 알다시피, 가기 전에 어디 갈지 미리 생각하는 거요."

물론 그 말은 사실이 아니다. 하지만 지도를 잘못 읽고 몇 번 길을 잘못 들어 어느 도로를 달리고 있는지 알 수 없게 되자, 래빗은 자신이 처한 상황—혹은 아마도 현실—의 부조리를 인식하기 시작한다. 그는 지도를 찢고 집 쪽으로 차를 돌린다(비록 아직 아내에게 돌아가는 건 아니지만).

소설이 그 이후 어떻게 전개되는지 말하지는 않겠다. 하지만 래빗이 실은 넌더리나는 현실로부터 계속 달려 도망치는 중이며, 지금의 현실에서 그의 생각에 더 나을 거라 믿는 다른 현실로 도망치고, 그 뒤 또 다른 현실로 도망치고, 그러다 또다시 제자리로 다시 돌아오고 있다는 얘기는 해두자. 그러면서도 그는 몇 번이고 "사람 비위를 맞추는 일의 어려움"에 "답답하게 둘러싸이기" 시작하는 걸 느낀다. 그는 관계들에 정면 대응하고, 그 관계들에 정말 필요한 것들을 제공하고자 고군분투한다. 둘 다 쉽지 않으며, 투자와 노력을 지속해야만 하는 일이다.

결국 그러는 대신, 그는 모든 게 끝났으며 결혼과 아이들로 인해 자기 자신이 죽어버렸다고 믿는 실수를 저지른다. 향수에 차서 영광의 날을 돌아보는 세계관 속에서 그는 그것을 이렇게 요약한다. "래빗은 진실을, 그의 삶을 떠난 것은 다시 돌이킬 수 없다는 것을 느낀다. …… 우리가 자연에 몸값을 내면, 자연을 위해 아이들을 만들어내면, 충만함은 끝이 난다. 그러면 자연은 우리와 관계를 끝낸다. 처음에는 우리의 안이, 다음에는 밖이 쓰레기가 된다."

사랑과 가족으로부터 기쁨을 느끼는 대신, 그 때문에 자아를 완전히 포기했다고 믿다니, 이 얼마나 슬픈 일인가. 대안은 얼마든지 있었을 텐데도.

28
자유부인 보바리
Madame Ho-Vary

불륜이 언제는 괜찮은 적이 있었나?
_귀스타브 플로베르, 『보바리 부인』

잭의 이야기

✑

어떻게 하면 배우자를 배반하는 게 괜찮은 일이 될 수 있을까? 불륜이 단 한 번이라도 정당화될 수 있을까?

내 일부는 아니라고 말하고 싶다. 천성적으로 나는 한 여자만의 남자이기 때문이다(사실 나도 놀 만큼은 놀아 봤다. 하지만 모노가미*를 전제로 한 진지한 관계에 빠졌을 때 그녀에게 충실하게 머무는 데는 아무 문제가 없었다. 비록 결혼은 한 적이 없지만……).

내 다른 일부도 역시 아니라고 말하고 싶다. 왜냐하면 나는 불륜—특히 남자의 불륜—은 속임을 당하는 쪽이나 관계 자체의 취

---

* monogamy '일부일처제'나 '한 사람을 만날 때 다른 사람을 동시에 만나지 않는 관계'를 뜻한다.

악함보다는, 속이는 쪽의 나약함과 더 관계가 있다고 생각하는 경향이 있기 때문이다.

그렇긴 해도 내가 모든 상황에서 강경 노선을 고집하는 건 아니다. 남편을 속였던 여성들을 몇 알았는데, 나는 이 세상을 어지럽히는 건 대부분 남자들의 책임이라고 생각하는 편이라서(그게 전적으로 사실이라고 생각하는 건 아니지만), 결혼생활에서 바람을 피우는 여성들에 대해서는 기본적으로 연민을 장착하고 있다. 그녀들의 애인은 악랄한 야수가 틀림없고, 그녀들은 애인과 사회와 그 외 여성들을 괴롭히는 다른 문제들(나 같은 남자들은 그에 대해 죄책감을 느끼는 법인데) 때문에 묶여 있으며, 따라서 그녀들의 마음은 틀림없이 선하리라는 생각이 드는 것이다.

내가 아는 한 여자의 예를 들어 보자. 그녀는 4년이 넘도록 남편에게서 어떤 사랑도 받지 못했다. 하지만 그것과는 별개로 그들의 관계는 좋았다. 그녀는 돈도 직업도 없기 때문에 그를 떠난다는 건 경제적으로 힘든 일이 될 거였다. 더군다나 애들도 몇 있었다. 그녀는 무척이나 행복한 이 가정을 파괴하고 싶지 않았다.

그녀가 어떻게 해야 했을까? 만약 당신이 사랑도 없고 섹스도 없는 결혼으로 고통당하고 있다면, 하지만 거기서 벗어날 수 없는 타당한 이유가 있다면, 당신의 선택은 무엇인가? 누구에게나 약간의 애정을 받을 권리는 있지 않나?

파트너가 육체적으로나 감정적으로 심하게 태만하다면, 부정이라는 것이 그 또는 그녀가 시도해 볼 만한 일일 수 있다는 생각을 하는 게 어려운 일은 아니다. 누군가를 속이는 건 대부분의 경우 끔찍한 게 사실이나, 바람을 피운 사람이 정당화되는 상황도 실제로 있게 마련이다.

하지만 그저 정신적 실패이자 잘못된 의사결정에 해당되는 부정—최소한 어떤 관점으로 보자면—과 묵과할 수도 있을 연애를 어떻게 분리할 수 있을까? 서양 문학에서 가장 유명한 두 명의 불륜녀에 대한 이야기를 검토하는 방법이 있다. 그들은 바로 플로베르의『마담 보바리』(1856)와 톨스토이의『안나 카레니나』(1877)의 주인공이다.

어찌 보면 두 소설은 무척 비슷하다. 하지만 이 작품들을 주의 깊게 읽으면, 나 또한 그랬듯, 여러분은 한 여성에게는 공감할 점을 발견하지만 다른 여성은 혐오스럽다고 생각하며 둘 사이에 차이를 두게 될 것이다.

러시아인인 여주인공의 경우, 그녀는 얄팍하고 영혼이 죽어가는, 착한 척하는 인간과 결혼했다. 이에 대해서는 다음 장인『안나 카레니나』에서 더 자세히 살필 예정이지만, 지금은 그녀의 가정생활이 한 떨기 선인장이라면 몰라도 많은 양의 사랑과 관심을 필요로 하는 인간이라는 존재에게는 충분치 않다는 정도로 얘기해두자.

이에 반해, 엠마 보바리의 가정생활은 이상적이진 않지만 최소한 조금 더 낫다. 그녀의 남편인 샤를은 공의公醫이고, 기본적으로 열정적이고 사랑스러운 남편이다. 비록 "눈치가 없다"는 소릴 듣긴 하지만. 그렇긴 해도 엠마는 결혼 전 분명 그에게 끌렸다. 그가 엠마의 집으로 호출되어 왔을 때 그녀는 그에게 추파를 던졌다. 그녀가 식전주 잔의 밑바닥에 고인 술을 도발적으로 핥는 장면을 통해 우리는 그 사실을 알 수 있다.

하지만 막상 결혼하고 나자 남편이 모든 관심을 쏟아주는데도 불구'하고 그녀는 마냥 따분해지기 시작한다. 플로베르는 그걸 엠마가 로맨스 소설을 지나치게 많이 읽은 탓으로 돌리는데, 그로 인해 그녀는 "여러 가지 책들에서 볼 때는 그렇게도 아름다워 보였던 희열이니 정열이니 도취니 하는 말들이 실제 인생에서는 도대체 어떤 의미인지 알고 싶었다."

나는 결코 누군가가 인생에 대해 실망하는 걸 못마땅해하는 사람은 아니다(내 핏속에도 비관적인 세계관이 깊이 흐르고 있다). 하지만 엠마는 샤를과의 관계를 개선하려는 어떠한 노력도 하지 않는다. 대신 그녀는 점점 참을성을 잃으며 결국에는 "맙소사, 내가 어쩌자고 결혼을 했던가"라고 중얼거리고, "이제 어떤 것에 대해서도, 어떤 사람에 대해서도 더 이상 경멸을 감추지 않았다…… 그녀는 떠들썩한 생활, 가면무도회의 밤들, 방자한 쾌락을 선망했다."

지난번에 쓴 다른 책*에서 나는 플로베르가 저 구절에서 "방자한"이라는 단어를 쓴 것은, 엠마가 본인이 생각하는 것 같은 비운의 여주인공은 아니라는 사실을 귀띔하기 위해서였다고 얘기한 적이 있다. 나는 플로베르가 그녀가 저지른 간통을 비판적으로 보려는 의도가 있었다고 확신하며, 텍스트 자체가 그 점을 증명한다고 본다. 그녀가 레옹을 만날 때 어떻게 구는지 보자. 레옹은 여관에서 만난 지역 서기로, 훗날 그녀의 연인이 된다. 보바리 부부는 그와 식사를 같이 한다. 부인이 여행으로 피곤할 게 분명하다고 레옹이 견해를 밝힐 때, 우리 여주인공의 입에서 맨 처음 나오는 말은 이미 추파를 담고 있다! "'정말 그래요.' 하고 엠마가 대답했다. '하지만

---

* 잭 머니건, 『고전의 유혹』, 오숙은 역, 을유문화사, 2012

들쑤석거리는 건 언제나 재미있어요. 나는 장소를 바꾸는 걸 좋아해요'" 레옹의 대답도 물론 비슷한 식이다. "'한 장소에 못 박혀 지낸다는 건 정말 지긋지긋하죠!' 하고 서기가 한숨을 내쉬었다." 하지만 그녀는 결혼한 지 채 1년도 안 됐다! 그게 못 박혀 있는 거라고 할 수 있을까!

그렇다. 엠마 보바리는 희생자가 아니다. 그녀는 그저 경박한 여자일 뿐이다. 딸 베르트를 낳은 지 얼마 지나지 않아 그녀는 어머니 노릇에 싫증을 느낀다. 그것 역시 자기 상상에 부합하지 않기 때문이다.

마침내 그녀는 로돌프를 만난다. 난봉꾼인 그는 즉시 그녀를 유혹하기로 마음먹지만 그러고 나서 "나중에 어떻게 떼버릴지"를 미리 생각하는 인간으로, 엠마는 그가 시골 마을의 "숨 막힐 것만 같은 생활"을 비판하자 쉽게 넘어가버린다. 엠마는 자기 입장에서 시골에 산다는 건 "아무 보람도 없는 일"이라고 맞장구친다. 아무것도? 진짜? 전혀? 그녀가 버릇없고 변덕스러우며 노력할 의지가 전혀 없는 여자라는 내 얘기가 무슨 뜻인지 아시리라 믿는다.

로돌프는 당연히 자기 생각대로 밀고 나간다. 그들은 한참 동안 은밀히 만나지만, 그는 결국 엠마가 남편을 버리고 그와 달아나기 직전에 그녀를 버린다(말하자면 이는 겉보기에 무척이나 낭만적으로 보이는 불륜이 그냥 사그라지지 않았을 경우, 현실에서 보통 어떤 식으로 끝나는지 보여주는 예이기도 하다).

거기서부터 그다음도 똑같이 예측 가능하다. 엠마는 병에 걸린다. 거의 죽을 뻔한다. 잠시 종교에 의탁한다. 자살을 고려한다. 레옹에게 돌아간다. 곧 그에게도 싫증을 느낀다. 옷들을 사대면서 남편, 샤를에게 심각한 빚을 안긴다. 그리고 마침내 빚쟁이가 찾아오자 진짜로 자살한다. 파멸한 남편을 남겨둔 채.

이래도 우리가 연민을 가져야 하나?

그녀가 가장 순진한 순간에, 그러니까 "내가 좇고 있었던 그 모든 꿈들을 당신은 모르세요" 같은 말을 할 때 그녀의 편을 들지 않기는 어렵다. 여러 세대의 독자들이 그랬던 것처럼, 그녀가 사회의 억압을 깼고 결국 그로 인해 처벌당한 치열하고 야심찬 몽상가라고 상상하는 것 역시 어렵지 않다. 하지만 그거 아시는지? 그건 이 책에서 진짜로 벌어지고 있는 일이 아니다.

아래의 구절은 플로베르가 자기 여주인공을 좋아하지 않았다는 (비록 "마담 보바리는…… 나 자신이다!"라는 유명한 말이 있음에도) 내 주장을 뒷받침하고 싶을 때 항상 인용하는 것이다. 이 부분은 엠마 보바리가 자살을 시도한 직후에 나온다(그녀의 음탕함과 정욕에 대한 경멸과 조롱, 그리고 철저한 비난에 주목하시라). "신부는…… 종부성사를 시작했다. 우선 지상의 모든 영화를 그토록 갈망했던 두 눈에, 다음에는 따뜻한 미풍과 사랑의 냄새를 그토록 좋아했던 콧구멍에, 다음에는 거짓을 말하기 위해 벌어지고 오만에 전율하며 음란한 쾌락에 울부짖던 입에, 다음으로는 기분 좋은 감촉을 즐기던 두 손에, 그리고 마지막으로 욕망을 채우기 위해 그토록 빨리 달렸건만 이제는 이미 걸어다니지도 못할 발바닥에 성유를 발랐다."

지금도 연민이 느껴지시는지? 안나 카레니나의 남편이 안나의 삶을 적극적으로 지옥으로 만든 독실한 체하는 바보였던 반면, 샤를 보바리는 그저 서툰 남자일 뿐이었다. 남편에게서 흥미로운 점을 찾아내려고 노력하거나 관계를 발전시키는 대신, 엠마는 자기 눈앞에 보이는 것들을 그냥 붙잡았다(바로 그 충동이 처음에 그녀를 결혼으로 이끌었다). 안나 카레니나는 그저 집에서 죽어가고 있던 게 아니었다. 그녀는 살해당하고 있었다. 그녀의 연애는 분명 필요한 것이었고 용서할 만한 것이었다. 엠마 보바리의 연애는 반대였다.

실제 삶에서도 마찬가지다. 분명 잘못된 결혼이 있다. 나쁜 배우자의 희생자가 우선적으로 해야 할 일은 그 결혼을 끝내려고 노력하는 것이다. 그게 언제나 가능한 건 아니다. 하지만 (앞으로 안나 카레니나 얘기를 통해 보게 되겠지만) 당신의 동반자 관계가 얼마나 잘못됐건 간에, 그 때문에 기쁨 없는 삶을 살아야 할 필요는 결코 없다.

그렇긴 해도 불륜을 저지르는 대부분의 사람들은 엠마 보바리와 더 비슷하다. 이기적이고, 나약하며, 나쁜 상황을 고치거나 끝내려는 의욕이 없다.

그러니 당신이 맺고 있는 관계를 숙고해 보고 정말로 어느 단계까지 와 있는지 생각하라. 사랑도 못 받고 돌봄도 못 받지만 이혼은 할 수 없는 상황인가? 그렇다면 아마도 불륜만이 유일한 선택일 것이다. 하지만 당신이 상황을 바로잡을 수 있거나 관계를 끝낼 수 있다면, 불륜이 더 나은 선택이라고 보기는 힘들다.

불륜이 유일한 탈출구가 아니라 쉬운 탈출구일 때, 그것은 정당화될 수 없으리라 보아야 할 것이다.

29
만나[*] 카레니나
Manna Karenina

어느 날 연인이 하늘에서 뚝 떨어진다면
_톨스토이, 『안나 카레니나』

잭의 이야기

∽

독자들이여, 유혹은 존재한다. 다만 슬프게도—혹은 그리 슬프지 않게도—헤비 렌치를 든 기계공, 멋진 석류를 든 식료품점 주인, 혹은 심지어 친한 친구의 배우자. 헉!—가 당신의 백일몽에 전화를 걸어오는 인물로 등장하게 될 텐데, 그 백일몽은 당신으로 하여금 지금껏 가지 않았던 길을 고려하게 만드는 동시에 편안하거나 반가운 것과는 거리가 먼 놀라운 두근거림까지도 선사한다.

인류라는 종은 네 발 짐승에서 진화했고, 여러분은 그것들이 어떻게 행동하는지 잘 안다.

---

* Manna 성서에서 이스라엘 민족이 40일 동안 광야를 방랑하고 있을 때 여호와가 내려 주었다고 하는 양식.

그러나 좋은 소식은, 내가 『오스카 와오의 짧고 놀라운 삶』을 다룬 장(23장)에서 썼듯, 우리는 고도로 발달한 유기체이기 때문에 그처럼 저급한 충동에 따라 살지 않아도 된다는 것이다. 우리는 반성력과 분별력을 지니고 있다. 이를 통해 예상되는 결과와 효과를 가늠할 수 있고, 문제를 더 깊이 들여다볼 수 있으며, 급작스레 닥치는 정욕이 그저 정욕일 뿐인지 아니면 그와는 다른 신호인지 판단할 수 있다. 그러고 나서 우리는, 은유적으로 말하자면, 그 능력을 바지에 도로 집어넣은 다음 그 자리를 떠날 수 있다.

그래야 할 이유가 뭔지 아시는지? 바람은 후진 결과를 낳는다. 불륜은 보통 실망스럽다. 천국이라고 해서 잔디가 늘 푸르지는 않다.

왜 그럴까? 우리의 사랑스런 친구 안나 카레니나가 벌인 유명한 불륜 사건을 예로 들어 보자. 우리는 그녀에 대해 앞에서 얘기한 바 있고, 그녀의 결혼생활이 실질적으로 너무나 끔찍했던 나머지 다른 남자와 어울리는 걸 정당화할 수 있을 정도였다는 결론을 내렸다(엠마 보바리나 유니오르 데 라스 카사스의 경우는 아니었다). 이제 그 이유를 정확히 들어 보자. 아래의 문단에서 그녀는 그녀의 남편과 자신의 끔찍한 가정생활에 대해 요약한다.

그는 비열하고 또 혐오스러운 사람이야! 하지만 나 말고는 아무도 그 점을 알지 못하고, 또 앞으로도 그럴 거야. 그런데 나는 그것을 설명할 수가 없어. 사람들은 그가 독실하고, 도덕적이고, 정직하고, 현명한 사람이라고 말하지만, 그들은 내가 본 것을 못 보았어. 그들은 그가 8년 동안 얼마나 내 삶을 옥죄었는지, 얼마나 내 안에 살아 있는 모든 것을 숨 막히게 했는지, 즉 그가 한 번도 내가 사랑을 필요로 하는 살아 있는 여자라는 사실을 알지 못해. 그들은 그가 얼마나 끊임없이 나를 모욕하고 자기만족에만 빠져 있는지 몰라. 내가 노력하지 않았던 걸까, 내 삶의 의미를 찾기 위해 더 많이 노력하지 않았던 걸까? 나는 그를 사랑하려고 애써 왔잖아? 그를 사랑할 수 없다는 것을 안 뒤로는 아들을 사랑하려 애써 왔잖아? 그러나 이제 때가 왔어. 나는 더 이상 나를 속일 수 없다는 것, 내가 살아 있는 사람이고, 죄가 없고, 신이 나를 사랑에 목마르고 삶에 굶주린 존재로 만드셨다는 것을 깨달았어.*

사랑에 목마르고 삶에 굶주리는 것. 그것은 이 인간적인 존재가 요구해 마땅한 것들로 보인다. 그렇지 않은가? 최소한 나로서는 안나가 가정에서 얻지 못하는 사랑을 추구하는 것이 정당하다고 느끼는 게 어렵지 않다.

하지만—여기서 얘기가 안 좋게 끝나는데—설사 그녀가 그런 것들을 찾아 헤매는 게 정당화되더라도, 불륜을 저지름으로써 안나가 그걸 제공받게 되리라 생각한다면 여러분은 삼단논법의 일부를 빼먹은 것이다.

분명 우리 모두는 살아가고 사랑할 권리가 있다. 하지만 정말 불륜이 그런 것들을 실현할 수 있는 방법인가? 책을 아직 안 읽은 분들에게 내용을 누설하고 싶진 않지만, 그녀가 브론스키와 감행한 조그만 사랑의 도피가 정확히 그녀가 바라던 대로 되지는 않았다

---

* 레프 니콜라예비치 톨스토이, 『안나 카레니나 상, 하』, 윤우섭 옮김, 작가정신, 상권, p.557

는 정도로 얘기해두겠다.

일단 앞으로의 일을 너무 많이 드러내지 않고, 그녀의 이야기를 좀 더 따라가 보자. 그래야 여러분이 살아가다가 주머니가 만나로 가득한 아르마니 슈트 같은 연인이 천국에서 떨어질 경우, 그 품에 뛰어들지 말지를 결정하기 전에 스스로 몇 가지 질문을 던질 수 있을 테니까. 그렇다. 살다보면 초인종이 울리는 경우가 있다. 하지만 그게 그냥 우편배달부라면, 누군가 말했듯 벨은 다시 울릴 테니 당장 뛰쳐나갈 필요는 없다.*

놀라운 일은 배우자를 속이는 사람들이, 기혼자와 불륜을 저지르고 싶어하는 상대가 어떤 종류의 인간들인지 자문하지 않는 듯 보인다는 사실이다. 그런 인간들은 특정한 유형의 사람들일 개연성이 높지 않을까?

안나의 경우 문제의 남자는 젊은 난봉꾼인 브론스키다. 그는 안나를 만나던 당시 소설의 또 다른 여성 인물인 키티에게 착각을 불어넣던 중이다. 그는 이제 막 그녀를 차버리고 그녀의 평판을 망치려는 참이다. 하지만 그는 자신이 그저 자연스러운 행동을 하고 있다고 믿는다. 톨스토이는 다음과 같이 쓰고 있다. "그는 키티를 대하는 그의 행동이 특별한 명칭으로 불린다는 것을, 그것은 결혼할 생각도 없이 처녀를 유혹하는 일이고, 그 유혹이 그와 같은 젊은이들 사이에서 흔히 볼 수 있는 바람기라는 것을 몰랐다. 그는 제일 먼저 이 기쁨을 발견했다고 생각했고 그래서 그 발견을 즐기고 있었다."

불행하게도, 나는 바람을 피울 때 마주치기 쉬운 상대가 이런 종

---

* 제임스 M. 케인의 소설 『포스트맨은 벨을 두 번 울린다』를 거론하는 구절. 이 소설은 식당 주인의 부인과 어느 날 갑자기 식당을 찾아온 방랑자 사이의 치명적인 불륜을 다뤘다.

뷰의 남자(혹은 심지어 여자)라는 사실을 경험상 알고 있다. 그들은 추적을 즐기지만, 자기가 잡은 걸 지키는 데는 흥미가 없다. 몇 번 결혼한 여자들과 사귀었을 때―그 사실이 자랑스럽다고는 말 못하겠다―나는 그 상황에서 내 진심은 닫아두고 싶었고, 이기적이게도 진실한 책임은 원하지 않았다. 의식적인 수준까지는 아니라 하더라도, 기혼자와 깊은 관계를 맺는 사람은 아마도 한쪽 발은 문 밖에 내놓고 싶어한다고 봐야 한다. 그런 사람은 당신이 모든 것을 걸어야 할 연인이 아니다.

설사 진짜 모든 걸 걸었다 치고, 그래서 당신이 얻고 싶은 건 무엇인가? 어째서 우리는 환상에 따라 움직이는 것이 사실상 환상 그 자체를 실현하는 것이라고 여기는가?

이것이 삼단 논법에서 빠진 부분, 즉 내가 사람들이 불륜에 대해 충분히 깊이 생각하지 않는다고 믿는 이유다. 분명 당신 마음속에서 불륜은 정말 굉장한 일일 것이다. 섹스는 열정적이고 충만해질 것이며, 서로를 숭배할 테고, 모험심이 되살아나리라. 물론 다른 사람의 감정에 휘둘리거나 상처받을 일도 없다. 하지만 그걸 어떻게 확신하나? 심지어 섹스도 생각만큼 특별하지 않을 수 있다. 새로운 사람과 해봤자 얼마나 자주 하겠나? 더불어 당신이 그걸 훌륭한 관계로 만드는 데 얼마나 투자했나 생각해 보라. 지금 현실이 그 투자에 부응하고 있는 듯 보이는가?

안나와 브론스키의 경우, 우리는 정확히 일이 어떻게 된 건지는 모른다. 하지만 그 여파는 확실히 보기 좋지는 않다.

"신이시여, 용서해주세요!" 그녀는 흐느끼면서 말했다…… 그녀는 그를 보면 자신의 육체적인 타락이 느껴져 아무 말도 하지 못했다. 그도 살인자가 자신이 생명을 빼앗은 시체를 보며 느끼는 것과 똑같은 그런 감정을 느꼈다…… 수치라는 끔찍한 대가가 치러진 일을 상기하면, 그 속에는 무엇인가 무섭고 혐오스런 것이 있었다…… 그래서 살인자는 정욕과도 같은 분노를 가지고 그 시체에 달려들어 끌고 다니고 난도질하는 것이다. 그렇게 그도 입맞춤으로 그녀의 얼굴과 어깨를 덮어버렸다."*

하지만 당신이 배우자 말고 다른 사람에 대해 사회 통념에 어긋나는 생각을 품고 있다고 가정해 보자. 대체 어떻게 해야 할까?

신약성서에서는 머릿속에서 죄를 짓는 것이 실제로 죄를 짓는 것과 똑같다고 말한다. 하지만 현대의 심리학자들은 반대로 가정한다. 그들의 말에 따르면, 현실에서 하고 싶은(하지만 아마도 할 수 없을) 수많은 것들에 대해, 심지어 실제로는 절대 할 수 없을 일들에 대해 환상을 품는 건 자연스러운 일이다.

왜 그런지는 아무도 모른다. 하지만 우리의 뇌가 무척 어두운 생각들을 할 수 있는데도, 우리가 그 생각들을 그것이 속해 있는 곳, 즉 '환상'이라는 영역에 가둬둘 수 있는 것이야말로 자유의지를 가짐으로써 누리는 특권이다.

흥미로우면서도 종종 간과되곤 하는 부분은, 상상을 실제로 실천함으로써 꿈꿔 온 것을 얼마나 제대로 망쳐버릴 수 있는가 하는 점이다. 스리섬threesome을 상상해본 적 있는가? 많은 사람들이 그걸

* 레프 니콜라예비치 톨스토이, 같은 책, 상권, p.291

해 보고 싶어하고, 실현되면 얼마나 굉장할까 생각한다. 하지만 대부분의 경우, 삼자 동거*는 서투르고 실망스러우며, 사람들이 호들갑을 떨던 수준의 근처에도 미치지 못한다. 그다음엔 어떻게 될까? 그에 대한 이상화는 오염되고, 따라서 그에 대해 상상하는 재미도 떨어진다. 현실은 환상을 죽일 수 있다. 그건 절대 좋은 게 아니다.

안나의 경우, 그녀가 브론스키를 볼 때 느꼈던 두근거리는 충격을 그의 품에 안기며 느끼는 행복으로 굳이 바꿀 필요는 없었다는 사실을 인식할 필요가 있다. 그들의 연애 초기 단계에서 톨스토이는 이렇게 말한다. "그녀의 상상을 가득 채운 그 환영 속에는 …… 아무런 불쾌한 것이나 음울한 것이 없었다. 그 반대로 마음을 들뜨게 하는, 불타는 듯하고 흥분시키는 그 무엇이 들어 있었다."

짐작해보면, 그녀는 자신의 상상에 따라 행동하지 않음으로써 그 들뜬 기분을 더 길게 유지할 수도 있었다. 생각해 보라. 신선함이 차츰 사라지면, 그다음은 어떤 일이 일어나는지.

어느 정도의 활력과 흥분 없이는 어떤 장기적인 관계도 시작되지 않는다. 그 에너지는 시간이 지나면 대개 시들해진다. 따라서 결혼생활에서 양쪽이 할 일은 그 에너지를 계속 생생한 상태로 유지하려고 노력하는 것이다. 안나의 결혼생활에서 그 에너지는 오래전에 사라졌다. 그녀에게 브론스키는 진정한 사랑의 가능성을 표현하는 존재였다. 그녀는 그에게 사랑이란 것이 자신에게 "무척이나 많은 의미를 가졌다"고, "그가 이해할 수 있었던 것보다 훨씬 더" 그렇다고 말한다.

---

* les ménages 프랑스어 'ménage'는 본래 '가정, 부부'라는 뜻이지만 여기서는 '삼자 동거 (ménage à trois)'의 약자로 쓰였다.

하지만 안나가 결국 그러듯, 당신이 새로운 연인 때문에 배우자를 진짜로 버린다고 가정해 보자. 시간이 흐르면서 이 새로운 관계에는 조종이 안 울리게 될까? 처음에는 매력적이었던 그의 특성이 지금에 와서는 지겨워지게 됐다는 걸 눈치채지 못하려나? 물론 위대한 사랑으로 성장하는 불륜이 있을 수도 있다. 하지만 결혼생활을 괴롭히던 것과 똑같은 무기력함과 환멸이 새로 대체된 사랑을 고통스럽게 하는 일이 훨씬 더 잦다. 온갖 사랑 노래들이 떠들어대는 바와는 달리, 성공의 열쇠는 누구와 함께 있느냐가 아니라 어떻게 함께 있느냐에 달려 있다.

즉, 가장 중요한 질문은, 상황을 개선할 조치들이 가정에서 이뤄질 수 있는가에 달려 있다는 얘기다.

안나의 경우에는 불가능했지만, 당연하게도 모두가 그런 건 아니다. 부정을 저지르려는 충동을 느끼는 사람은 우선 상대방 또는 자기 자신을 잘 들여다본 다음, 문제가 거기서 시작했는지 아닌지 판단하는 것이 온당하다. 부정은 간혹 부부 관계 자체와는 관계없는 이유로 일어나면서도, 상대방을 돌이킬 수 없이 상처 입히곤 한다.

안나와 브론스키의 관계가 분명히 보여 주는 것, 또한 현실이 거듭 입증하는 건, 불륜이란 결국 이상한 판돈이 걸린 일종의 도박이라는 사실이다. 모든 걸 잃을 위험은 이길 가망보다 훨씬 크고, 거기 뛰어드는 사람들이 있다는 건 참으로 이해하기 어렵다. 만약 우리가 모든 것을 위험에 빠뜨리기 전에 도박의 성공 가능성을 볼 수 있었다면, 안나 카레니나와 엠마 보바리 같은 이들은 훨씬 적었을 것이다.

그러나 변한 건 없다. 사람들은 가정을 벗어나 똑같은 주사위를 굴리고 또 굴린다. 가엾게도.

30

황폐한 집이라고? 이 집은 아냐
Bleak House? Not This One

완벽한 결혼을 위한 디킨스의 처방
_찰스 디킨스, 『황폐한 집』

잭의 이야기

∽

인정하겠다. 난 진짜로 말랑한 사람이다. 누군가가, 심지어 그게 만화영화의 주인공으로 나오는 쓰레기 압축기라 해도, 그가 외롭고 사랑받지 못하는 기분을 느끼면 가슴이 찢어진다는 이유로 〈월-E〉를 보다가 엉엉 우는 사람이 바로 나다. 나는 집 가까이에 있는 동물 보호센터 옆을 지나가지 않으려 애쓴다. 창가에 있는 유기견을 보면 즉시 집으로 데려가리라는 사실을 알기 때문이다. 심지어 나는 길에 버려진 식물을 봐도 내 아파트—버림받은 것들을 위한 일종의 성소—로 가져가는 경향이 있다. 간호를 받은 식물들이 모두 건강을 회복하는 건 아니지만, 많은 것들이 나아진다.

내가 이러는 건, 말할 필요도 없지만, 그저 모든 것들이 돌봄을 받기를 내가 원하기 때문이다. 나는 이 행성의 그 어떤 존재도 홀로 여서는 안 된다고 믿으며—그렇다, 테드 카진스키*, 당신마저도 그렇다!—누군가(혹은 무언가)가 다른 사람과 더불어 사는 경험을 놓치는 걸 보면 억장이 무너진다.

따라서 내 눈에 무엇보다 근사한 장면은 나이 든 커플이 손을 잡고 인도를 걸어가는 광경이다. 남자는 멋진 중절모를 쓰고 있다. 여자는 스카프로 목을 감싸고 있다. 그들은 팔짱을 끼고 걷는다. 분명 수십 년을 그렇게 살았겠지. 그가 아내에게 입을 맞추려 가까이 다가갈 때(이제 그는 아내와 키가 똑같다), 여러분은 거기에 여전히 불꽃이 반짝거리고 있음을, 남자가 여전히 그녀에게 감사하고 있음을, 그들이 따뜻하고 사랑스럽고 행복한 사람들이 틀림없음을 알게 될 것이다. 이보다 더 좋은 게 있을까?

물론 경험상 나이 든 부부가 서로에게 끊임없이 불평을 늘어놓는 경향이 있다는 사실을 나는 안다. 하지만 그들이 이제는 서로 떨어질 수 없는 사람들이 되었고, 그들의 삶과 심지어 정체성마저도 그들이 맺은 동료애를 중심으로 온전히 형성되어 있으며, 따라서 어느 한쪽이 죽으면 다른 한쪽은 설사 건강하다 할지라도 곧 죽게 된다는 사실 또한 안다.

나는 이런 커플로 살고 싶다. 나는 고등학교에서 댄스파티 때마다 샀던 나비넥타이들(나중에 안 것이지만, 이건 미래의 신부를 얻을 날을 앞당기는 데는 그리 좋은 방법이 아니었다)을 마침내 다 맬 수 있을 만큼 충분히 나이 들 때까지 한 사람과 지낼 수 있기를

---

* Ted Kaczynsk 유나바머(UnABomber)라는 이름으로 유명한 미국의 폭탄 테러범.

바란다. 나는 아내에게 기대어 그녀의 얼굴을 보고, 내 눈을 불꽃으로 가득 채우고 싶다. 그 불꽃은 내가 그녀를 사랑하고 앞으로도 언제나 사랑하리라는 걸 내가 깨닫고 있음을 그녀에게도 알려줄 것이다.

찰스 디킨스의 최고 걸작이라 일컬어지는 『황폐한 집』에 등장하는 바그넷 씨 부부를 내가 문학 작품 속 커플들 중에서 가장 좋아하는 이유가 그것이다. 바그넷 부부는 런던이라는 거대한 극장을 무대로 하는 『황폐한 집』에서 비중이 그리 크지 않은 등장인물들이다. 하지만 디킨스가 단역 배우들을 다루는 방식은 그 어떤 작가와도 다르다. 그들은 정말 융숭한 대접을 받는다. 다음의 대목에서 작가는 바그넷 부인을 이렇게 소개한다.

바그넷 부인은 전혀 병약한 여인으로 보이지 않는다. 골격은 굵고, 피부는 곡식의 낟알처럼 거칠며, 이마 위에 드리운 머리칼을 그을린 태양과 바람으로 인해 주근깨가 져 있다. 하지만 건강하고, 튼튼하며, 눈은 반짝인다. 그녀는 강하고, 바지런하며, 활동적이고, 정직한 표정을 가진 여인이다. …… 깔끔하고, 강인하며, 무척이나 검소하게 차려입고 있다(비록 대체로 그렇다는 얘기긴 하지만). 그녀가 끼고 있는 유일한 장신구는 결혼반지인 것처럼 보인다. 처음 반지가 그녀 손에 끼워진 이후로 그녀의 손가락이 점점 굵어졌기 때문에, 반지는 먼지가 된 바그넷 부인과 뒤섞이기 전까지는 결코 빠지지 않을 것이다.

나는 이 묘사를 사랑한다. 남편과 60년 이상 결혼생활을 유지했던 우리 루마니아인 증조할머니가 떠올라서만은 아니다. 좀 노골적이긴 해도 반지라는 메타포가 좋고, 바그넷 부인이 인생에 주어진 모든 것들을 허투루 여기지 않고 감사하기 때문에 나는 그녀를 더더욱 사랑한다. 다음의 구절이 이를 증명한다. "전날 상에 올랐던 건 삶은 돼지고기와 야채였다. 오늘의 다채로운 식단을 구성하는 건 삶은 소고기와 야채다. 바그넷 부인은 똑같은 방식으로 음식을 나누고, 최고로 좋은 기분으로 양념을 한다. 그녀는 무척이나 드문 종류의 나이 든 여인이다. 그녀는 더 나아질 거라는 징조 같은 게 없어도 현재의 좋은 걸 두 팔 벌려 받아 안는다. 또한 그녀 주변의 어둠이 아무리 작은 지점이라 해도 거기서 빛을 포착한다."

바그넷 부인은 그저 모든 걸 포용함으로써 하느님의 박애를 더한다. 한편 바그넷 씨는 겉과 속이 다르지 않은, 꾸밈이 없고 삶을 사랑하는 사람으로, 내가 지금까지 읽었던 어떤 소설 속 인물보다도 더 자신의 부인을 사랑하고 존경한다. 디킨스는 바그넷 씨와 그의 우렁찬 목소리를 다음과 같이 묘사한다(바그넷 씨와 그의 목소리 사이의 관계에 대한 비밀은 곧 밝혀진다). "바그넷 씨는 전직 포병으로, 키가 크고 자세가 꼿꼿하다. 눈썹은 거칠고 구레나룻은 코코넛 표면의 까슬한 섬유 같으며 머리 위에는 머리털이 한 가닥도 없다. 안색은 타는 듯 붉다. 무뚝뚝하고, 깊고, 풍부하게 울리는 그의 목소리는 그가 몰두하고 있는 악기의 톤과는 전혀 닮은 데가 없다. 사람들은 일반적으로 그에게서 불굴의, 굽히지 않는, 융통성 없는 분위기를 볼 수 있을 것이다. 마치 인간으로 만든 오케스트라의 바순이라도 되듯이."

다시 말해, 그들은 이 지상의 가장 거친 소금으로, 그들이 접촉하는 모든 것에 깊이와 풍미를 더해준다. 있는 그대로의 삶에 솔직하고 낙관적으로 접근하는 그들의 자세는 둘째치고, 우리는 그들에게서 어떻게 사랑을 유지하는지에 대한 진정한 교훈을 얻을 수 있다. 여기 그들이 사용하는 훌륭한 비결 세 가지가 있다.

1. 완벽한 찬사

바그넷 씨는 아내를 숭배한다. 그의 친구 조지가 바그넷 부인이 "장미만큼이나 신선하고 사과만큼이나 건강해" 보인다는 얘기를 꺼내자 바그넷 씨는 그 '할멈'(그는 그녀를 이렇게 부른다. 몇십 년을 같이 살지 않았다면 좋은 생각이 아니긴 하다)에 대해 이렇게 말한다.

"…… 머리부터 발끝까지 훌륭한 여자야. 그런 고로 구름 한점 없이 맑은 날 같은 사람이지. 살아갈수록 점점 더 좋아져. 할멈만 한 사람을 본 적이 없어."

…… "정말 귀중한 사람이야." 포병이 대답한다.

"금?" 바그넷 씨가 말한다. "똑똑히 말해주지. …… 할멈을 금속으로 치자면 귀중하다는 말로는 턱도 없어. 가장 귀중한 금속 이상이라고. …… 할멈을 지브롤터 해협의 바위만큼 고귀하다고 한번 생각해 봐. 자넨 아직도 할멈을 낮잡아 보는 거야. …… 그녀는 넌패럴 대대의 중사 같은 존재라고."

내가 감상적인 것에 홀딱 잘 넘어가는 사람이긴 하다. 하지만 지금껏 읽은 파트너에 대한 묘사 중 가장 달콤하지 않은가? 일단 당신이 이런 식으로 느끼게 하는 사람을 만났다면—그리고, 이게 훨씬 더 중요한데, 당신이 만난 사람이 당신에 대해 이렇게 느낀다면—당신은 '계 탄' 거나 다름없다.

2. 상대방의 의견을 신뢰하기

바로 앞서의 팁은 꽤 간단한 반면, 바그넷 씨의 지혜로운 방법을 통해 디킨스가 바그넷 부부의 관계를 보여주는 다음의 디테일은 무척이나 미묘하다. 바그넷 씨가 바그넷 부인으로 하여금 둘에 관련된 중요한 결정을 내릴 수 있게 해 주는 대목이다. 그러면서도 그는 자신의 체면을 잃지 않는다. 19세기 영국에서라면(혹은 오늘날조차도) 면이 서지 않을 경우였을 텐데도.

이 장면이 어떻게 돌아가는지 보라. 포병인 조지는 이런 경우 일이 어떻게 돌아가는지 잘 알고 있고, 그 순서를 완벽하게 따른다.

바그넷 씨는 포병에게 그의 사정을 진술해 보라고 요청한다. 이에 조지 씨는 훌륭한 분별력을 발휘한다. 그는 바그넷 씨에게 말하는 것처럼 보이지만, 그의 눈은 말하는 내내 오로지 할멈에게만 가 있다. 바그넷 씨 본인도 그러듯이. 그녀는 그들과 똑같이 신중하게, 바삐 바느질을 한다. 포병은 이야기를 다 마치고, 바그넷 씨는 본인의 표준적인 술책을 써먹는다. ……

"그게 전부란 말이지, 조지?" 그가 말한다.

"그게 전불세."

"내 의견대로 할 건가?"

"그에 따를 걸세." 조지가 대답한다. "꼭 그대로 하지."

"할멈," 바그넷 씨가 말한다. "저 친구에게 내 의견 좀 들려줘. 내 생각이 뭔지 알잖아. 그대로 말해 주라고."

간단히 말해 사업, 감정, 혹은 실제적인 결과를 필요로 하는 것들에 대해 말해 달라는 요청을 받을 경우, 바그넷 씨는 그의 부인이 자기보다 자기 생각을 더 분명하게 표현할 수 있다고 말한 다음 그녀가 입을 열게 한다. 그녀가 자기보다 현명한 사람이라는 사실을, 자신이 그녀가 말하는 거라면 뭐든 따르길 원한다는 사실을 잘 알기 때문이다.

자기 부인을 그렇게나 신뢰하는 남자를 보는 건 정말 가슴 따뜻해지는—또한 내 지성을 밝혀주는—일이다. 당신이 꼭 모든 결정을 그녀에게 일임해야 한다는 건 아니다(당연하다). 하지만 당신이 당신이란 사람을 무조건적으로 믿는 누군가와 함께 있다는 걸 깨닫는다면, 그리고 그 사람이 당신에게 그 믿음을 무조건적으로 돌려주고 있다면, 당신은 아마도 일생 동안 지속될 놀라운 관계의 기반을 닦고 있는 것이리라.

3. 일을 멋지게 만들기 위해 노력하기

바그넷 부부의 마지막 비결은 아마도 가장 실용적인 방법일 것이다. 다른 사람을 위해, 할 수 있는 만큼 상황을 즐겁게 만들고자 비상한 노력을 기울이는 것이다. 디킨스는 무한한 지혜와 유머를 담아 바그넷 부부의 관계에서 이 요소를 설정하지만, 그 순서는 예상과는 반대다. 그렇다. 바그넷 씨는 매년 부인의 생일 때마다 정말 온갖 노력을 기울인다. 어느 정도냐면, 저녁식사에 쓸 특별한 닭들을 사고 그걸 직접 요리할 정도다. 하지만 요령이 없는지라 당연하게도 "유럽의 모든 닭장에 있는 것 중에서도 가장 늙은 닭"을 파는 푸줏간 주인에게 바가지를 쓰는데, 그러고는 다음과 같다.

푸른색과 하얀색의 깨끗한 손수건(식사 준비에는 필수다)으로 동여맨 이 튼튼한 전리품과 함께 집에 돌아와서는, 무덤덤한 태도로 바그넷 부인에게 저녁에 뭘 먹고 싶은지 공표하라고 아침식사 자리에서 요청한다. 바그넷 부인은, 일치하지 않은 적이 절대 없었던 것으로 알려진 우연의 일치에 의해 가금류를 먹고 싶다고 대답하고, 바그넷 씨는 그 즉시 관대한 놀라움과 기쁨 속에서 은닉처에 숨겨놓았던 꾸러미를 풀어놓는다. 그는 더 나아가 할멈에게 오늘은 하루 종일 아무것도 하면 안 된다고, 가장 좋은 가운을 입고 앉아 있다가 자신과 젊은이들에게 시중 받는 것 말고는 꿈쩍도 하면 안 된다고 요청한다. 그의 요리 솜씨가 딱히 저명한 건 아닌지라, 이게 할멈의 입장에서는 즐거움이라기보다는 자리에 가만히 앉아 있을 수 있느냐의 문제가 되는 게 맞겠지만, 그녀는 상상할 수 있는 모든 기쁨을 표현하며 자신의 자세를 유지한다.

마지막 줄은 실제 일이 어떻게 진행되고 있는지를 우리에게 윙크하듯이 알려준다. 바그넷 부인은 남편이 저녁식사를 완벽한 재난으로 만들어버리리라는 사실을 알면서도, 기쁜 마음으로 자리에 앉아 모든 일이 남편을 즐겁게 하는 방향으로 돌아간다는 걸 확인하면서 그의 실수투성이 모습 뒤의 의도를 이해하는 중이다. 비록 그녀는 "눈앞에서 잘못되고 있는 것들을 막고 싶어 근질거리지만", 조용히 앉아 닭이 활활 타오르도록 놔둔다.

나는 항상 관계를 지속시키는 핵심은 다른 사람이 우리를 사랑한다는 사실을 믿을 수 있는 데 달려 있다고 생각해 왔다. 그렇기 때문에 그가 닭을 태워먹고, 약속시간에 늦고, 기념일을 까먹거나 버럭 화를 낼 때, 우리는 그가 우리에게 상처를 주는 게 아니라 뭔가 다른 일이 있기 때문이 분명하리라는 사실을 되새길 수 있는 것이다. 그는 나약하고, 뭔가 분투하는 중이며, 불행하지만 우리를 사랑하고, 아마도 자신이 선택할 수 있는 방법이라면 뭐든 동원해서 우리를 사랑하려고 노력중일 것이다. 우리가 그를 돕고, 붙잡아주고, 가장 중요하게는 상황을 서운하게 받아들이지 않는다면, 우리는 사랑과 헌신을 통해 길 위의 덜컹거리는 몇몇 부분을 넘어갈 수 있다는 사실을 둘 다 깨닫게 되는 순간에 도달할 수 있다. 심지어 우리가 서로에게 진정으로 꼭 맞는 존재라는 결론을 내릴지도 모른다.

그러고 나서 나이를 먹어 가게 되면, 우리는 그녀의 생일날 사랑하는 사람에게 몸을 기댈 테고, 자리에 모인 사람들에게 바그넷 부인의 남편이 그녀에 대해 하는 말을 (매년) 들려줄 것이다. "하루 종일 빨빨거리며 돌아다녀 봐라. 이만한 사람은 못 찾을 테니. 그녀에게 건배를!"

바그넷 부부의 사랑이 영원하길. 우리도 그들처럼 사랑하기 위해 최선을 다하길.

31
겁쟁이들의 끝
Coward's End

사랑 때문에 정치적 견해를 희생하면 무슨 일이 벌어지나
_E. M. 포스터, 『하워즈 엔드』

모라의 이야기

∽

나는 정치적 견해가 상당히 다른 사람과는 절대 데이트를 할 수 없다고 확신하면서 인생의 대부분을 살아왔다. 그런 남자와 마주칠 때마다 나는, 정반대였더라면 무척이나 매력적이었을 사람이라 해도, 우리 모두가 파트너에게서 찾게 되는 편안함이나 교감을 느끼지 못했다. 나의 정치적 견해는 내가 확신하는 것이 옳다는 확고하고 근본적인 믿음에 근거하고 있다. 따라서 나아 아주 다른 생각을 가진 사람이 틀렸다고 생각하지 않는다는 건, 정말 쉽지 않다. 내 집구석 어디에서도 헤비 메탈 음악이 쩌렁쩌렁 울리는 걸 원치 않는 것과 꼭 마찬가지로, 나는 불편한 생각을 항상 떠들어대는 사람과 함께 살고 싶지 않다.

그런데……

최근에 온라인 데이트사이트에서 어떤 사람을 만났다. 이메일로
보건대 똑똑하고 멋지며, 적극적인 사람인 게 분명했다. 그러고 나
서 사진들이 왔다. 진짜일까 싶을 정도로 지나치게 잘 나온 사진이
었다(다만…… 사진이 좀 많긴 했다. 사진마다 살짝살짝 다르게 생
기긴 했지만—어떤 사진은 조시 하트넷을 닮았고, 어떤 사진은 맷
데이먼을 닮았다—공통된 특징은 잘생겼다는 거였다). 나는 만나
볼 만한 가치가 있다고 마음먹었다. 우리는 동네 술집에서 같이 축
구 경기를 보기로 했다. 술집에 갔을 때 내가 마주친 건 〈굿 월 헌
팅〉의 주인공인 젊은 스타와 진짜로 비슷하게 생긴 남자였다(어깨
가 좀 덜 벌어지고 근육이 좀 더 없었다면 확실히 그랬다). 우리는
큰 소파에 앉아 술집에서 파는 점심을 먹으며 게임에 눈을 고정한
채 즐겁게 수다를 떨었다. 한 시간 뒤쯤 그는 갑자기 내게 팔을 두
르더니 내 몸을 꽉 잡았다. 그와 동시에 나는 허를 찔린 듯 놀랐고
매혹되었다. 그 뒤 우리는 브루클린 부둣가를 같이 걸었다. 여름 소
나기가 갑자기 쏟아졌고, 우리는 나무 아래에서 비를 피했다. 그리
고 그는 내게 키스했다! 그럼에도 나는, 아래에 설명할 이유 때문에
내가 그에게 정말 반했는지 확신할 수가 없었다. 하지만 그가 두 번
째 데이트를 신청했을 때, 나는 '안 될 게 뭐야?'라고 생각했다. 세
번째 데이트라는 문제가 발생했을 때, 나는 그와 즐거운 저녁식사
를 함께하는 정도는 해가 되지 않으리라 판단했다. 일은 그렇게 흘
러갔다…… 우리가 다른 사람을 만나지 않을 거라는 점에 서로 동
의할 때까지.

내가 그를 좋아할 이유는 정말 많았다. 신사다웠고, 관대했으며,

안정적이었던 데다, 거의 모든 것에 대해(고대 철학부터 망가진 내 믹서기를 고치는 법까지) 수많은 지식을 갖고 있었다. 불행히도 그를 좋아하지 않을 이유 또한 많았다. 그가 남의 말을 경청하는 사람이 아니라는 이유만은 아니었다(잭이 『무한한 농담』에 관해 쓴 11장에서 배운 바에 따르면, 남자들은 그냥 긴장한 탓에 말을 많이 하기도 한다. 그들 전부가 당신이 말할 거리가 없다고 생각해서 말참견을 못하게 하는 나르시시스트는 아니다. 굿 윌 헌팅 씨 역시 나중에 가선 내가 입을 열 때 내 말을 듣기 시작했다. 비록 네 번째 데이트 때까진 아니었지만). 그는 내가 가장 재미있어하는 많은 것들, 이를테면 현대미술이나 시에 대해 조금도 관심이 없었다. 그는 할 수만 있다면 거의 매일 밤마다 친구들과 맥주를 마시며 보냈다. 내가 선호하는 형태의 사교활동은 디너파티였다. 그리고 나는 술을 마시고 난 다음날에는 휴식 시간이 그 사람보다 훨씬 더 많이 필요했다.

그중 가장 큰 문제는 현대 미국 사회에 대해 그가 말하는 방식에서 비롯됐다. 그의 정치적 견해는 짜증스러웠다. 그는 뉴욕이나 버몬트 같은 주가 합중국에서 탈퇴한다면 얼마나 이상적일지에 대해 지나칠 만큼 자주 열변을 토했고, 어떤 생산적인 해결책이나 선제 대응을 내놓으려 노력하지 않는 정부가 얼마나 거지 같은지에 대해 지나칠 만큼 많이 불평을 했다. 하루는 너무 짜증난 나머지 결국 이렇게 소리를 지르고 말았다. "알았어, 다 거지 같다 이거지! 알아들었어! 하지만 항상 끔찍하기만 한 예들을 그렇게까지 많이 지적할 필요가 있어?"

알고 싶었다. 왜 그가 미국의 문제들에 대해 그리도 불평하고, 그에 내한 불가능한 '해결책'을 제안하느라 많은 시간을(그리고, 음, 어쩌면 내 시간도) 낭비하는 걸까? 세계정세에 대해 토론할 때 그렇게도 자주 날 짜증나게 했던 남자와 어떻게 해서 한 번이라도 진지하게 데이트를 할 수 있었던 걸까? 그가 멍청이라는 생각을 그렇게 자주 했는데도. (아, 진짜 생각 좀 해 봐. 합중국에서 탈퇴한다고? 정신 차리셔! 그런 일은 절대 안 일어나!)

하지만…… 굿 윌 헌팅 씨는 내게 정말 잘해줬다. 몇 년 동안 뉴욕에서 끊임없이 쏟아져 나오는 건달들의 손에 시달리고, 셀 수 없이 많은 야심찬 예술가 타입의 남자들에게 무시당한 뒤라(어느 정도는 확실히 내가 자초한 벌이기도 했다), 나를 좋아하는 게 분명한 남자와 같이 있으면서 안도의 한숨을 쉴 수 있었다. 그는 나를 마치 왕처럼, 우리 모두가 (마음 저 깊은 곳에서) 대접받기 원하는 게 바로 이런 거라고 내가 믿는 바대로 대우해 줬다. 그는 내가 그를 필요로 할 때 언제나 그 자리에 있었다. 이를테면 겨울날 한밤중, 아침에 주차위반 딱지를 떼지 않으려면 차를 눈 속에서 빼내야 한다는 사실을 깨달았는데, 열쇠를 그 망할놈의 차 안에 꽂아둔 채 차 문을 잠가버렸고, 시동은 걸려 있는데 눈발은 계속 날리고, 조깅용 반바지를 입은 채 얼어 죽게 생긴 데다 심지어 지갑이나 장갑도 없었던 그런 때. 차를 죄다 쏟는 바람에 랩톱 컴퓨터를 홀랑 태워먹은 날도 있었다. 이 책의 마감중이었는데! 고치느라고 700달러나 쓴 뒤 수리점에서 컴퓨터를 찾아온 그날 오후, 컴퓨터는 그 즉시 또 죽어버렸다. 엄청난 직업적 트라우마를 겪고 나서 내 경력이 끝장날까봐 두려움에 떨었던 한 주도 있었다. 그는 그때마다 날 위해 와줬다. 자전거를 타고 와서 나와 같이 열쇠수리공을 기다렸고, 여분의 맥북을 빌려줬으며, 해야 할 일을 조언하고, 그 일들이 거대한 산이 아니라 두더지가 파낸 흙 두둑에 불과하다는 사실을 깨닫는 데 도움이 되는 정서적인 지원을 제공했다.

그는 메트로폴리탄 오페라하우스에서 열리는 실내악 공연 같은 데 분명 큰 관심이 없었지만 나를 공연장에 데려갔고, 콘서트 후반의 아방가르드 레퍼토리를 싫어했음에도 끝까지 자리를 지켰다. 그는 영화를 보고 나서 영화에 대해 얘기하며 시간을 보내는 걸 그리 즐기지 않았지만 나와 내 친구와 같이 영화관에 갔고, 영화가 끝난 뒤 저녁 식사 자리에서 즐거운 기분으로 수다에 참여하곤 했다. 그는 전화로 얘기하는 걸 싫어했지만(사실 나도 좀 그렇다), 내가 잠들기 전에 "잘 자고 좋은 꿈 꿔"라고 전화로 짧게 말하는 걸 좋아한다고 분명히 밝혔을 때 그에 수긍하고 나중에 가선 나름 그 순간을 즐겼다.

하지만…… 정치 문제가 날 가만 놔두지 않았다. 그와 어떤 사회적 정세(이를테면, 음, 전부 다)에 대해 토론을 한다는 건, 그의 세계관이 내가 어울리는 사람 대부분과 얼마나 다른지, 그가 모든 이에게 자기 의견을 얼마나 열정적으로 이야기하는지를 고려해볼 때 무척이나 골치 아픈 일 가능성이 컸다. 나는 우리 사이에 겹치는 관심사가 없음으로써 생겨난 한계 때문에 실망을 거듭했다.

이런 관계, 끝까지 가기는 고사하고 조금이나마 오래갈 수나 있을까?

그를 만나고 몇 달 뒤, 나는 E. M. 포스터의 걸작이자 섬세한 플롯을 지닌 소설 『하워즈 엔드』를 읽기 시작했다. 소설은 슐레겔 집안의 여자들 주위를 맴돈다. 그들은 결혼 적령기에 이른 총명하고 교양 있는 두 자매로, 몇몇 운명의 장난 덕에 런던의 또 다른 가족과 깊은 관계를 맺게 된다. 슐레겔 자매 중 어리고 더 예쁜 헬렌은 정치적 관점에서나 관계에서나 타협을 좋아하지 않는 이상주의자다(행간을 읽어보건대, 나는 그녀의 빼어난 미모가 본인의 완고함을 부추기는 건 아닌가 하는 상상해 본다. 당신이 누구나 쳐다볼 정도의 외모를 가진 사람이라면 젊은 시절에 융통성 있게 구는 법을 배우기 어려울 것이다. 다들 매혹된 나머지 당신의 의지에 따를 테니까). 현실적인 마거릿은 이상적인 세계에서라면 좋을 것과 현실에서 당신을 행복하게 해 줄 수 있는 것 사이에 차이가 있음을 본능적으로 인식하고 있다. 마거릿—내가 여기서 주목하는 쪽—이 나중에 그녀만의 굿 윌 헌팅 씨를 만날 때, 그녀는 내가 직면했던 질문에 맞닥뜨린다. 여성은 자신과 너무도 다른 인생관을 가진 남자와 결혼할 수 있는가? 그래야만 하나?

소설의 시작 부분에서, 거의 서른이 다 된 마거릿은 노처녀의 삶을 향해 가고 있는 듯 보인다(반면 이십대인 헬렌은 남자들과 번갈아 놀아나다가 문제가 생긴 듯 보인다). 데이비드 로지David Lodge가 이 책의 펭귄 클래식 판 서문에 썼듯, 이 자매들은 "애정 어린 대인관계와 미에 대한 사색이야말로 최고로 훌륭한 정신상태"라고 믿는 일군의 런던 지식인들과 교제한다. 슐레겔 자매와 친구들은 온갖 최신의 문화적 사건들을 바지런히 좇는다. 온갖 새로운 사상들을 세세히 들여다본다. 그들은 부분적으로는 더 좋은 대화를 나누는 데 도움이 되기 때문에 책을 읽고, 부분적으로는 책을 더 즐겁게 읽는 데 도움이 되기 때문에 대화를 나눈다. 좋은 교육을 받은 슐레겔 자매는 세상을 바꾸길 원하는 여성 참정권주의자들이다. 그들은 그들보다 운이 덜 좋은 친구들을 위해 할 수 있는 일들을 한다. 그들의 윤리적 이상은 그들의 미학적 사상과 밀접하게 연결되어 있다. 정의는 세상을 질서 있고 아름답게 유지하는 데 도움을 준다는 것이다. 만약 이 소설이 현재의 미국에서 쓰였다면, 슐레겔 자매는 뉴욕에 사는 진보주의자들이었을 것이다.

독일에서 휴가를 보내는 동안 자매는 같은 영국 출신인 윌콕스 가문 사람들을 만나게 된다. 오늘날로 치자면 공화당원인 사람들이다. 그들 중 가장 윌콕스 가문다운 사람은 가장인 헨리로, 그는 허튼짓이라고는 조금도 않는 자본가이자 고무 무역으로 백만장자가 된 거물이다. 그는 나쁜 남자는 아니지만 자신의 산업이 자기 자신과 사업 동료들, 그리고 (아주 좁게 정의된) 가족들을 제외한 나머지 사람들에게 어떤 영향을 끼치는지에 대해서는 그다지 생각하지 않는다. 헨리와 다른 윌콕스 가문 사람들은 마거릿이 "외부 세계"라 부르는 것, 다시 말해 현실적으로 "쓸모"가 없는 감정적 발견과 심리적 쾌락으로 이루어진 내면적인 삶보다는 실용적인 세부사항과 눈앞에 보이는 성취에 집중하며 살아간다. 윌콕스 가문 사람들—부르주아적이고, 교양 없고, 틀에 박힌 남성들—은 경쟁심이 강하며, 이기기 위해 항상 유리한 점을 찾으려 애쓴다.

그런 차이에도 불구하고 두 가문은 서로 끌린다. 헬렌과 윌콕스 씨의 작은아들 폴은 잠시 불장난을 저지르나 그 관계는 불행하게 끝나고, 그녀는 폴과 그의 친척들을 경멸하기 시작한다. 반면 마거릿은 윌콕스 가문의 삶에 대한 접근법이 자신이 보기에 불쾌한 만큼이나 그녀 자신의 것보다 더 실용적이라는 사실을 깨닫게 된다. 동생과 대화하던 도중 그녀는 이렇게 말하며 사색에 잠긴다. "그건 강한 인간을 만들어내." 그녀는 윌콕스 씨가 "모든 수완을 다 갖추는" 방식에 감탄한다. 그 말은 즉, 그가 삶이라는 보트를 어떻게 타야 하는지 확실히 알고 있다는 소리다. 그녀는 자신이 "중용"이라 부르는 것, 즉 타협의 중요성을 인식하기 시작한다. 그녀는 소설의 한 대목에서 새로 사귄 친구에게 사람은 언제나 가장 높은 이상을 품고 시작해야 하지만, "중용이 마지막 수단이 되어야 해요. 더 좋은 방법들이 실패했을 때, 막다른 골목에 다다랐을 때"라고 말한다. 마거릿은 공통의 지반을 발견하는 데 무척 흥미를 갖고 있으며, 그리하여 문학사상 가장 인기 있는 캐치프레이즈 중 하나인 "단지 연결하기만 한다면Only connect"이라는 말을 떠안은 인물이 된다.

마거릿과 아내를 잃은 윌콕스 씨는 예기치 못한 동지적 관계를 구축한다. 헨리는 그녀보다 꽤 연상이지만, 마거릿은 그의 자신감과 능력에 매력을 느낀다. 이 둘은 내가 굿 윌 헌팅 씨에게서 무척 좋아하는 덕목들이다. 헨리는 결국 강한 의지를 가졌지만 완고하지는 않다는 이유로 마거릿을 존중하게 되고 그녀의 다정함에서 위안을 찾는다. 그가 그녀에게 프러포즈했을 때 그녀는 놀란다. 그녀는 자신을 "결혼상대로 탐낼 사람"은 아니라고 생각했고, 그는 어쨌거나 부유한 거물이기 때문이다. 동시에 그녀는 기뻐한다. "맑은 날씨가 세상에 뿌리는 행복과 가장 닮은 커다란 기쁨이 밀려들었다." 그녀는 헨리가 자신을 사랑한다는 생각에 사로잡히고, 그 생각은 그녀가 그에 반응하여 그를 사랑하기 시작하는 데 도움을 준다. 그리하여 헬렌이 무척이나 불만스러워함에도 마거릿은 그의 부인이 되는 데 동의하고, 자신의 사랑이 헨리를 더 좋은, 더 행복한 남자로 만들 수 있길 바란다.

하지만 그녀가 그 같은 일들을 성사시킬 수 있을까?

심각한 시련들을 함께 겪은 후—마거릿의 가족 중 한 사람은 혼외정사로 예기치 않게 임신을 하고, 헨리의 가족 중 한 사람은 살인죄로 기소된다—마거릿은 헨리를 눈에 띄게 바꿔놓는 역할을 제대로 수행한다. 그가 처한 난관과 그녀에 대한 존경심을 품은 사랑이 그로 하여금 공감의 중요성을 일깨운다. 그들의 관계는 작은 유토피아의 기반이 된다. 그들은 새롭게 이뤄진 가족들과 함께 '하워즈 엔드'라는 이름의 저택으로 이사한다. 마거릿이 직관적으로 이해한 듯 보이고 헨리가 마침내 스스로 깨닫게 되는 것은, 행복한 사회와 행복한 커플이란 특정한 생각을 엄격히 따름으로써 만들어지는 게 아니라 도덕적인 틀의 한계 안에서 서로 절충함으로써 이뤄지는 것이라는 사실이다.

그래서…… 굿 윌 헌팅 씨와 나의 사이는 계속 이어질까? 장담은 못하겠다. 하지만 그에 대해 골똘히 생각하다 보면 마거릿을 염두에 둘 수밖에 없다. 그녀는 상호 신뢰와 애정에 기반을 둔 낭만적인 동맹이 현실에 초연하고 변하기 쉽다는 것을, 자기 자신을 주로 가족의 생계를 책임지고 그들을 보호하는 사람이라고 믿는 사람—굿 윌 헌팅 씨와 헨리가 공히 걷고 있는 길이다 —과 파트너가 된다는 것이 반드시 나쁜 일이라고만은 할 수 없다는 사실을 직감적으로 알았다. 어쩌면 외부 세계의 세부사항에 더 많은 흥미를 갖고 있는 사람이야말로 정확히 내가 같이 있어야 할 필요가 있는 사람일 수도 있다. 처음 헨리를 만났을 때의 마거릿과는 달리 내가 다소 몽상가인 데다 보헤미안이라는 사실을 고려한다면 말이다. 어쩌면 굿 윌 헌팅 씨는, 말하자면 건물을 제공할 수 있을지 모르고, 나는 인테리어 장식에 손을 댈 수 있을지도 모르겠다.

말해놓고 보니 행복한 가정을 이루기 위한 무척 좋은 비결처럼 들린다. 안 그런가?

결론

오해 받은 론리하트?
Mistaken Lonelyhearts?[*]

연애상담가라고 모든 걸 다 아는 건 아니다

잭과 내가 이 책을 끝내가는 마당에, 우리와 직업상 더없이 비슷한 소설 주인공을 언급하면 좋겠다는 생각이 든다. 그는 상담 칼럼니스트인 '미스 론리하트'다.

론리하트는 너새네이얼 웨스트가 쓴 음울한 명작에 등장하는, 책의 제목과 동일한 이름을 지닌 반영웅이다. 여성적인 필명을 가졌지만 사실 그는 남자이고, 우리가 이 책 속에서 노력했듯이 독자가 겪는 개인적인 어려움을 벗어나는 데 도움이 될 지혜의 말을 건네고자 노력한다. 하지만 아이러니하게도 론리하트가 칼럼을 길게 쓰면 쓸수록 상담자로서의 그가 발휘하는 효과는 줄어든다. 비록 근본적으로는 행복한 삶을 사는 법에 대한 전문 지식으로 수당을

[*] 너새네이얼 웨스트의 소설 『미스 론리하트Miss Lonelyhearts』를 이용한 언어유희.

받지만, 론리하트는 그런 글을 쓰는 사이 천천히, 하지만 확실하게 신경쇠약에 걸려간다. 독자들로부터 오는 편지가 그에게 이 세상이 얼마나 고통스럽고 절망적인지를 끊임없이 상기시키는 구석이 있기 때문이다.

론리하트는 칼럼니스트 일이라는 것이 "판촉 행사였으며 모든 직원이 그걸 농담으로 간주했다"는 점을 알고 있으면서도 그 직책을 떠맡는다. 그 일이 더 크고 좋은 기회로 이어지길 바랐기 때문이었다. 하지만 그가 몇 달 동안 받은 대공황 시기의 편지들 속에서 사람들은 가정폭력, 미관손상, 그리고 당연하게도 절망적인 가난에 대처하려 노력하면서 진지한 도움을 간청했고, 그 후로 론리하트는 더 이상 자신의 직책을 가벼이 여길 수 없게 된다. "그는 편지의 대부분이 도덕적이고 영적인 조언을 가슴 깊은 곳에서 애절히 갈구하고 있다는 걸, 그것들이 …… 고통 받는 사람들의 진실한 표현이라는 걸 알게 되었"다고 말한다(여기서 론리하트는 만났다 헤어지기를 반복하는 여자친구 베티에게 자신을 3인칭으로 묘사하고 있다). "그는 편지를 보내오는 사람들이 그의 조언을 진지하게 받아들이고 있다는 사실도 알게 되었어."

뉴잉글랜드 출신의 청교도이자 침례교 목사의 아들인 론리하트는 독자들에게 세상에는 살아야 할 이유가 있다고 확신에 차서 말할 수 있길 소망하지만, 정작 그 자신은 그 이유를 깨닫는 데 어려움을 겪는다. 그는 그들에게 신앙을 가지라고 말하고 싶지만, 그래야 한다는 걸 그들에게 어떻게 확신시킬지에 대해 알지 못한다. 그는 예수 그리스도를 믿고 싶지만 믿지 않는다. 그 자신이 그리스도적인 사람이 되고 싶지만, 카리스마적인 영적 지도자는 고사하고

디어 애비* 역할을 이어갈 수 있도록 절망을 극복하는 것조차 어렵다. 그는 독자들에게 늘 그의 침대 맡에 두는 소설인 『카라마조프씨네 형제들』에 나오는 조시마 장로의 조언들을 전할까 고려해 본다. "그의 죄 속에서도 인간을 사랑하십시오. 왜냐하면 그것이야말로 하느님의 사랑과 닮은 사랑이자 지상 최고의 사랑이기 때문입니다. 하느님의 모든 피조물들을 사랑하십시오, 세상 모든 것들을, 모래 한 알에 이르기까지 말입니다. …… 모든 동물들, 식물들을 사랑하시고 모든 사물들을 사랑하십시오. 모든 사물들을 사랑하게 되면 그 사물들 속에서 하느님의 숨은 뜻을 발견하게 될 것입니다. 일단 그것을 알게 되면 매일매일 한층 더 많은 것을 끝없이 알게 될 것입니다. 그리하면 마침내 우주의 범세계적 사랑으로 온 세상을 사랑하게 되는 것입니다."

실로 멋진 자세다. 하지만 론리하트는 그걸 전할 수가 없다. 그 자신이 그런 생각을 고수할 수가 없어서다. 그는 자신의 추종자들—그들은 대체로 그에게 추상적인 존재이며 오직 편지를 통해서만 "볼 수 있는" 사람들이다—을 돕고 싶어하지만, 살아 있는 실제의 인간을 그리 좋아하는 듯 보이지는 않는다. 그는 고통 받는 영혼이며, 자신이 인생에서 가장 신경을 쓰는 온화한 여성인 베티 정도나 간신히 사랑할 수 있을 뿐이다. 정신적 붕괴가 실제로 나타나기 직전, 그는 그녀에게 프러포즈를 하지만 그녀가 결혼에 동의한 바로 그 다음 날부터 그녀를 피하기 시작한다. 그녀가 자신을 (혹은 그가 자기 자신을) "이런 식으로 문제가 해결되리라고 생각하도

---

* Dear Abby 미국의 유명 상담 칼럼니스트.

복"소롱했다는 사실에 화가 나서다.

짧은 기간 동안이긴 해도, 론리하트는 젊은이로서 "문학을……미美를, 개인적인 표현을 절대적인 목적이라고" 믿었던 적이 있었다. 하지만 그 방어벽은 그에게 도움을 주지 못했고, 그는 그걸 대체할 수 있는 납득할 만한 조직적인 원칙을 발견하지 못한다. 그것은 그가 그 일을 하기가 점점 더 불가능해진다는 문제뿐만이 아니다. 그는 세상 속에서 마음을 편히 먹기가 점점 더 어려워진다. 그가 전화로 병가를 내고 있었다는 얘기를 들은 베티는 그에게 칼럼 일을 그만두는 게 어떻겠느냐고 한다. 하지만 그가 그녀에게 말하듯 그만두는 건 도움이 되질 않는다. 그에게는 어떤 실질적인 탈출구도 보이질 않는다. 일을 버려도 결코 그 편지들은 잊을 수가 없는 것이다.

지금쯤이면 여러분도 분명히 알겠지만, 론리하트는 심각한 우울증을 앓고 있다. 좋은 사람이 되려고 노력하는 만큼이나 그의 냉소주의가 자신을 혹독하게 갉아먹고 있기 때문에 그는 자신의 가장 비도덕적인 본성과 더욱더 맞서 싸우게 된다. 론리하트는 사장의 부인에게 추파를 던지고, 절름발이와 결혼한 여자와 동침하며, 술집에서 늙은 게이 신사를 공격해서 그 남자가 비명을 지르기 시작할 때까지 그의 팔을 한치의 망설임도 없이 비튼다. 소설의 끝부분에서 론리하트는 정신이 나간 나머지 광적인 발작을 일으키고, 망상 상태에서 마침내 신을 믿기 시작한다. 그는 자기가 신과 소통하고 있다고 상상한다. 이지적인 신께서는 론리하트가 앞서 언급한 아내에게 배신당한 절름발이를 포옹함으로써 그를 치유하길 원하시며, 론리하트는 그에 따른다. 문제가 좀 있다면, 상대 남자가 우연찮게도 장전된 총으로 무장을 하고 있었다는 사실이다.

내가 『미스 론리하트』 얘기를 꺼낸 건 무장한 남자를 끌어안는 게 그리 좋은 아이디어는 아닐지도 모른다는 사실을 주장하고 싶어서만은 아니다. 그보다는 여러분이 이미 직접 내렸을 결론을 강조하고 싶어서다. 우리가 비록 직업적인 상담가이기는 하지만, 잭과 나 또한 가끔은 당혹스러워지고, 때로 혼란스러워지며, 꽤 자주 우울해한다. 하지만 론리하트가 그런 상태에 빠지기 시작했을 때와는 달리, 여러분을 공정하게 대하고 싶다는 바람을 품고 이 프로젝트를 시작했던 순간부터 우리는 무척이나 진지했으며, 우리 중 누구도 책을 쓰는 동안 신경쇠약에 내몰리지 않았다.

삶의 여러 지점에서, 잭과 나는 론리하트만큼이나 필사적으로 의미를 찾아 헤맸다. 우리는 이야기 속에서 그걸 수없이 찾아냈다. 우리는 허구의 이야기를 읽고, 진실한 얘기들을 서로 나누고, 우리 자신의 삶에 질서를 부여하는 서사를 구축한다. 우리는 아직 '그 뒤로 영원히 행복하게 살았습니다'를 성취하지는 못했다. 하지만 론리하트와는 달리, 우리는 많은 것들, 위대한 문학과 사적인 표현과 가까운 우정의 힘을 믿는다. 미, 진실, 인간애는 모두 우리로 하여금 우리가 더 큰 세계와 어떻게 연결되어 있는지 이해하는 데 도움을 준다.

가엾은 론리하트는 이렇게 생각했던 것 같다. 삶의 의미란 단순한 공식을 통해 얻어질 수 있고, 만약 그가 마음의 눈을 뜨는 몇몇 순간에 이런저런 단순한 공식을 믿도록 자기 자신을 설득할 수만 있다면, 일상에 존재하는 일이 쉬워지리라고 말이다. 사실 그와는 반대로, 의미란 우리가 매일 찾아내고 재확인해야 하는 것이다. 하지만 일단 의미를 찾는 습관을 들이기만 하면, 그러니까 서사에 귀를 기울이고, 아름다움에 예민한 상태를 유지하고, 연결하고자 노력한다면, 그 일은 어렵지 않다. 사실 그 안에는 묘한 기쁨이 존재한다.

이건 재미있는 패러독스다. 만약 당신이 의미를 믿지 않는다면 결코 그걸 추구하지 않을 것이다. 그 말인즉슨 절대 그걸 찾지 못할 거라는 얘기다. 사랑에 대해서도 비슷한 얘기를 할 수 있을 것이다.

E.M. 포스터는 이렇게 말했다. "단지 연결하기만 한다면."

이에 대해 나는 이렇게 말하고 싶다. 단지라고? 단지라고! 아저씨, 그게 얼마나 힘든지 알기나 해요? 하지만 어쩌면, 우리가 생각하는 것만큼 힘든 일은 아닐지도 모른다.

감사의 말

잭

감사의 말은 아무리 해도 충분치 않다. 하지만 시작해보자면, 나의 에이전트인 리처드 어베이트와 대니카 미트로빅, 내가 초고를 썼던 세르비아의 하숙집 주인에게 감사한다(냠냠). 나의 첫 편집자였던 앰버 쿠레시와 마지막 마지막 편집자인 리 밀러에게, 그들이 준 도움과 열정에 감사한다. 이 책의 아이디어를 낸 모라에게(그리고 그녀가 열심히 뽑아낸 탁월한 결과물에) 감사한다. 처음 내게 모라를 소개해 준 데이브 카우프먼에게도 감사한다. 그리고 여전히 나를 지탱해 주는 세라 해리슨에게 감사한다.

모라

내가 정기적으로 감사의 인사를 올려야 할 사람들이 정말 많다. 여기 다 적을 수 있다면 좋으련만. 하지만 짧게라도 해 보자. 케이트 테일러, 당신이 없었다면 내가 최근 몇 년을 버틸 수 있었을지 모르겠어요. 이 책을 끝내는 건 말할 나위도 없고. 테디 웨인, 당신의 지지와 조언은 제게 정말 중요하답니다. 프렘 크리슈나무르티, 이 책을 작업하는 데 특별한 도움을 줬어요. 메리 캐서린 시벨, 최고의 조언을 주는 사람, 존경해요. 잭 프랭크, 당신도요. 팀 시히, 그 수많은 실연 속에서 절 도와줬지요. 평생 빚진 마음으로 살 거예요. 제이슨 스템, 언제나 제 일부가 될 거예요. 아드리안 브로뒤르와 댄 미네이커, 수년 동안 제게 불어넣어준 용기에 감사해요. 톰 벨러와 수지 헨슨, 당신들도요. 제가 글쟁이 노릇을 시작하는 데 도움을 줬지요. 앨리슨 브라우어, 애비 페스타, 드니즈 브로디, 팸 오브라이언, 내닛 베리언에게, 제게 베푼 전문적인 지원과 임무에 감사드려요! 웨인 존스턴, 핀키 베네딕트, 커트니 브릭, 글쓰기에 대한 여러분의 조언은 헤아릴 수 없이 귀중했어요. 신뢰로 이루어진 추진력이 필요할 때마다 저는 이런 노래를 불러요. "케이트 리, 탁월한 에이전트이시여." 정말 감사해요, 당신은 정말 똑똑하고 열심히 일하는 법률가예요. 은퇴하고 나면 나의 편집자인 리 밀러와 함께 북부로 가서 지내고 싶어요. 다른 할머니들과 잼을 만들고 그림을 그리면서요. (앰버 쿠레시, 얼른 여기 붙어요!) 충실한 홍보 담당 조슬린 캘머스, 당신이 그렇게 열심히 일하는 데, 그리고 그 놀라운 스프레드시트에 감명 받았어요! 잭, 당신의 문학에 대한 사랑이 이 책을 낳는 데 도움을 줬어요. 당신의 위트와 지혜가 책을 유쾌하게 만들었고요. 에반 베티어, 당신은 내 삶에 불을 밝혀 줬답니다. 끝으로 여동생과 특히 아버지, 그리고 당신의 사랑이셨던 분께 감사를 드립니다. 비록 아버지가 이 책을 안 읽었으면 좋겠지만요! 최소한 8장은!

모라와 잭이 권하는 사랑의 고전

1장

실비아 플라스, 『벨 자』, 공경희 옮김, 문예출판사, 2008

쇼데를로 드 라클로, 『위험한 관계』, 윤진 옮김, 문학과지성사, 2007

2장

찰스 디킨스, 『위대한 유산1,2』, 이인규 옮김, 민음사, 2009

아미르 레빈, 레이첼 헬러, 『그들이 그렇게 연애하는 까닭-사랑에 대한 낭만적 오해를 뒤엎는 애착의 심리학』, 이후경 옮김, 랜덤하우스코리아, 2011

3장

카슨 매컬러스, 『마음은 외로운 사냥꾼/슬픈 카페의 노래』, 강혜숙 옮김, 동서문화동판, 2012

어니스트 헤밍웨이, 『킬리만자로의 눈』, 정영목 옮김, 문학동네, 2012

4장

제인 오스틴, 『오만과 편견』, 전승희 옮김, 민음사, 2003

5장

윌리엄 포크너, 『팔월의 빛』, 이윤성 옮김, 책세상, 2009

그렉 버렌트 & 리즈 투칠로, 『그는 당신에게 반하지 않았다』, 공경희 옮김, 해냄, 2004

6장

샬럿 브론테, 『제인 에어 1, 2』, 류경희 옮김, 펭귄클래식코리아, 2010

7장

토머스 만, 『마의 산』, 홍성광 옮김, 을유문화사, 2008

마르셀 프루스트, 『잃어버린 시간을 찾아서: 꽃피는 아가씨들 그늘에』, 김창석 옮김, 국일미디어, 1998

존 키츠의 시 「나이팅게일에 부치는 노래」 『빛나는 별』, 허현숙 옮김, 솔출판사, 2012

8장

Jay McInerney, 『Bright Lights, Big City』, Vintage, 1984

9장

가브리엘 가르시아 마르케스, 『콜레라 시대의 사랑 1, 2』, 송병선 옮김, 민음사, 2004

10장

F. 스콧 피츠제럴드, 『위대한 개츠비』, 김영하 옮김, 문학동네, 2010

11장

David Foster Wallace, 『Infinite Jest』, Little, Brown and Company, 1996

아인 랜드, 『아틀라스: 지구를 떠받치기를 거부한 신 1~5』, 조은묵, 신예리, 정명진 옮김, 민음사, 2003

12장

어니스트 헤밍웨이, 『무기여 잘 있어라』, 김욱동 옮김, 민음사, 2012

어니스트 헤밍웨이, 『파리는 날마다 축제』, 주순애 옮김, 이숲, 2012

13장

베르길리우스, 『아이네이스』, 천병희 옮김, 도서출판 숲, 2007

『아킬레스의 방패: 오든 시선집』, 봉준수 옮김, 나남출판, 2009

『테렌티우스 희곡선』, 최현 옮김, 범우사, 2001

14장

레프 니콜라예비치 톨스토이, 『전쟁과 평화 1~3』, 박형규 옮김, 범우사, 1997

15장

제인 오스틴, 『이성과 감성』, 윤지관 옮김, 민음사, 2006

헬렌 필딩, 『브리짓 존스의 일기』, 임지현 옮김, 문학사상사, 1999

제인 오스틴, 『에마 상, 하』, 이미애 옮김, 열린책들, 2011

세스 그레이엄 스미스, 『오만과 편견 그리고 좀비』, 최인자 옮김, 해냄출판사, 2009

제인 오스틴, 『맨스필드 파크 1,2』, 김지숙 옮김, 현대문화센터, 2007

오리 브래프먼, 롬 브래프먼, 『클릭: 신속하게 끌리고 오래 지속되는 관계의 비밀』, 박세연 옮김, 리더스북, 2011

16장

마르셀 프루스트, 『잃어버린 시간을 찾아서: 스완네 집 쪽으로 1,2』, 김희영 옮김, 민음사, 2012

17장

표도르 미하일로비치 도스토옙스키, 『카라마조프 씨네 형제들 상, 중, 하』, 이대우 옮김, 열린책들, 2009

표도르 미하일로비치 도스토옙스키, 『죄와 벌 상, 하』, 홍대화 옮김, 열린책들, 2009

18장

헨리 밀러, 『북회귀선/남회귀선』, 오정환 옮김, 동서문화사, 2011

19장

데이비드 허버트 로렌스, 『채털리 부인의 연인 1,2』, 최희섭 옮김, 펭귄클
래식코리아, 2009

제프리 초서, 『캔터베리 이야기』, 송병선 옮김, 책이있는마을, 2003

20장

어니스트 헤밍웨이, 『태양은 다시 뜬다』, 이한중 옮김, 한겨레출판, 2012

제롬 데이비드 샐린저, 『호밀밭의 파수꾼』, 이덕형 옮김, 문예출판사, 1998

21장

Philip Roth, 『Sabbath's Theater』, Vintage, 1996.

22장

허먼 멜빌, 『모비 딕』, 김석희 옮김, 작가정신, 2011

허먼 멜빌, 『필경사 바틀비』, 공진호 옮김, 문학동네, 2011

유도라 웰티, 『낙천주의자의 딸』, 왕은철 옮김, 토파즈, 2008

23장

주노 디아스, 『오스카 와오의 짧고 놀라운 삶』, 권상미 옮김, 문학동네,
2009

24장

리처드 예이츠, 『레볼루셔너리 로드』, 유정화 옮김, 노블마인, 2009

25장

데이비드 허버트 로렌스,『아들과 연인 1,2』, 정상준 옮김, 민음사, 2002

26장

버지니아 울프,『등대로』, 박희진 옮김, 솔출판사, 2004

27장

존 업다이크,『달려라, 토끼』, 정영목 옮김, 문학동네, 2011

28장

귀스타브 플로베르,『마담 보바리』, 김화영 옮김, 민음사, 2000
잭 머니건,『고전의 유혹』, 오숙은 옮김, 을유문화사, 2012

29장

레프 니콜라예비치 톨스토이 ,『안나 카레니나 상, 하』, 윤우섭 옮김, 작가
정신, 2010
제임스 M. 케인『포스트맨은 벨을 두 번 울린다』, 이만식 옮김, 민음사,
2008

30장

찰스 디킨스 ,『황폐한 집』, 김현숙 옮김, 지식을만드는지식, 2011

31장

E. M. 포스터,『하워즈 엔드』, 고정아 옮김, 열린책들, 2010

결론

너새네이얼 웨스트,『미스 론리하트』, 이종인 옮김, 마음산책, 2010

옮긴이 **최민우**
서울대학교 서양사학과와 한국예술종합학교 연극원 서사창작과 전문사 과정을 졸업했다.
2002년부터 대중음악과 관련된 글을 쓰기 시작했고, 대중음악 웹진 웨이브(weiv)의 편집장
을 지냈다. 2012년 계간 〈자음과모음〉 신인문학상을 받았고, 크리스 비틀스의 『고양이들』을
우리말로 옮겼다.

제인 오스틴의
연애수업

초판 1쇄 인쇄 2013년 8월 26일
초판 1쇄 발행 2013년 9월 3일

지은이 모라 켈리, 잭 머너건
옮긴이 최민우
펴낸이 김선식

Chief editing creator 김현정
Editing creator 박여영
Design creator 조혜상

2nd Creative Story Dept. 김현정 박여영 조혜상 백상웅
Creative Marketing Dept. 최창규, 이주화, 이상혁, 박현미, 백미숙
　　　　　Communication Team 서선행, 반여진
　　　　　Contents Rights Team 김미영
Creative Management Dept. 김성자, 송현주, 권송이, 윤이경, 김민아, 한선미

펴낸곳 (주)다산북스
주소 경기도 파주시 회동길 37-14 3층
전화 02-702-1724(기획편집) 02-6217-1726(마케팅) 02-704-1724(경영관리)
팩스 02-703-2219
이메일 dasanbooks@hanmail.net
홈페이지 www.dasanbooks.com
출판등록 2005년 12월 23일 제313-2005-00277호

종이 한솔피엔에스
인쇄 · 제본 (주)현문자현

ISBN 979-11-306-0008-6 03840